Marie-Laure Banville

Achève et prends ma vie

LE TRAM NOIR

Lemaitre Publishing
159 avenue de la Couronne
1050, Bruxelles

ISBN : 978-2-8080-1104-4
Dépôt légal : D/2018/12603/293

« Les pieds dans les glaïeuls, il dort. Souriant, comme
Sourirait un enfant malade, il fait un somme :
Nature, berce-le chaudement : il a froid ».

Arthur RIMBAUD, « Le Dormeur du val », Poésies

PREMIÈRE PARTIE

1

Il était tapi au fond d'un bois depuis plusieurs heures. Il aurait voulu oublier ce qui s'était passé, évidemment. Quand il était parti ce jour-là, vers midi, il avait juste pris de quoi manger, quelques morceaux de pain et du chocolat, une pomme et de l'eau. Il voulait oublier, surtout, oublier.

La faim et la soif le tenaillaient – il avait un peu froid, aussi : on était déjà au mois d'octobre. Il ne savait plus où aller. Il avait marché longtemps, d'après ce qu'il lui semblait. L'épuisement le gagnait et se confondait avec cette misère de solitude, la vision des champs et des bois désolés de l'automne, la grisaille puis la nuit qui tombe, encore et encore, avec son cortège d'ombres.

Lucas appréhendait le crépuscule parce qu'il craignait d'être surpris et ramené chez lui par la police ou des gens bien intentionnés. Qui aurait cru que ses parents étaient si durs avec lui ? Après tout, c'étaient des gens comme tout le monde, et puis les enfants inventent tellement de choses, comment les croire ? Il était encore blotti contre les haies, entre deux champs, lorsqu'une une silhouette massive, aux contours dessinés par la lumière de la lune, une silhouette de nuit, s'approcha de lui et lui tapota l'épaule :

– Allons, mon garçon, qu'est-ce que tu fais là ?

Il mit quelques instants à réagir à la voix masculine qui l'avait sorti de sa torpeur. Il commença à trembler, leva les avant-bras au-dessus de son visage pour se protéger, et ses entrailles se nouèrent. *Ce n'est pas le moment*, pensa-t-il en un éclair. L'homme continua d'avancer et étendit sa lourde main pataude vers lui avant de la poser sur son épaule.

– Allons, mon garçon, n'aie pas peur.

Lucas cria avant de s'évanouir.

*
* *

Il se réveilla dans un drôle d'endroit. Une sorte de grenier, avec un plancher plein de poussière, un vasistas et une charpente apparente au-dessus de sa tête. Il était couché sur un lit de fortune, un matelas recouvert d'un drap blanc et d'une couverture de pensionnat. À ses pieds se trouvaient une bouteille d'eau plate, un morceau de pain, une pomme et un seau pour ses besoins. Il resta allongé sur le dos, sans toucher à la nourriture, les yeux fixés sur le plafond, la bouche entrouverte. La poussière dansait dans la lumière et le parquet dégageait une forte odeur de bois ; ses yeux commencèrent à piquer.

On était sans doute le matin ; il n'avait pas mangé depuis la veille et personne n'était venu le voir. Était-il seul dans la maison ? Qui l'avait amené ici ? Il se leva difficilement et faillit perdre connaissance ; la faim, la marche et le manque de sommeil l'avaient considérablement affaibli. Il fallait se sauver au plus vite, car les gens qui l'avaient découvert avaient sans doute déjà prévenu la police. Il se dirigea vers la porte et s'aperçut qu'elle n'était pas fermée à clé. Il tourna le loquet précautionneusement et sortit. Un long couloir menait à un escalier en bois. Il entendit des voix humaines qui venaient d'en bas.

– Qu'est-ce que tu vas en faire de ce gamin ? criait une femme. Tu crois pas qu'on n'a pas assez d'emmerdements comme ça ? Et il est sûrement recherché, tu y as pensé à ça, au moins ? Même pas, je parie, de toute façon, tu penses jamais à rien. T'es rien qu'un mec qui fait que ce qu'il a envie et c'est tout.

– Écoute, il nous posera pas de problèmes. Il est affamé, il ne sait plus qui il est, on dirait. Faudrait pas qu'il nous claque entre les doigts, ça c'est sûr, mais on va s'en occuper.

Lucas entendit des pas dans l'escalier. Il retourna précipitamment dans sa chambre et referma la porte. Il n'y avait pas de verrou, et il était exclu de sauter par la fenêtre : c'était trop haut. Il s'adossa contre la porte, mais il savait qu'avec un seul coup pied l'homme aurait raison de sa résistance. Le silence retomba, rythmé par les battements de son cœur et le souffle qu'il entendit soudain derrière la porte. Deux régularités qui se répondaient. L'homme, tapi, semblait guetter quelque chose.

— Tu es là ? Ça va ? demanda-t-il derrière la porte.

Lucas ne répondit pas. Il se demandait d'ailleurs s'il fallait dire quelque chose ou faire comme s'il n'était pas là.

— Oui, m'sieur, finit-il par lâcher après un court instant.

— Bon, tant mieux. Dis donc, il serait peut-être temps de descendre, tu dois avoir faim.

— Oui, m'sieur, répondit à nouveau mécaniquement Lucas, comme si un autre que lui venait de parler, comme s'il était en train de se transformer en une abstraction pure.

— Alors, je t'attends. Tu peux descendre quand tu le souhaites.

Les pas s'éloignèrent. Lucas n'avait rien apporté avec lui, il n'avait pas à se préparer, il n'avait donc plus qu'à descendre, en toute logique. L'homme le savait, pourquoi lui laisser du temps ?

En bas, une femme, vêtue d'un peignoir matelassé, épluchait des légumes, penchée sur la table de la cuisine. Elle reniflait bruyamment et jurait à intervalles réguliers ; des mèches de ses cheveux roux teintés, attachés en chignon grossier derrière la tête, tombaient sur ses yeux irrités par les oignons qu'elle était en train de peler. Des fromages s'entassaient sur le buffet dans leur papier gras, répandant une odeur rance et tenace. Sur la table, un chat exhibait son trou de balle, effleurant tout sur son passage. La compagnie des bêtes valait bien celle des hommes, se disait-elle régulièrement. Oh oui ! pour ce qu'elle en disait, certains ne méritaient même pas de vivre. Elle reposa son couteau sur la toile cirée.

— Alors, tu sais d'où il vient ce gamin ? demanda-t-elle d'une voix martiale à son mari.

— Non, non, je ne sais pas. Je lui ai à peine parlé.

— Et qu'est-ce qu'on va faire de lui, dis ?

La porte de la cuisine s'entrebâilla et Lucas apparut.

2

Encore une journée sans elle. Au réveil, il ne s'en souvenait pas immédiatement. Tout allait bien, l'espace d'une seconde. Puis la pensée qu'il était désormais seul se présentait immanquablement. Seul dans son lit, sans cette possibilité toujours offerte de faire l'amour, de sentir ce corps près de lui, de toucher ses seins et ses hanches. Seulement cette fatigue matinale et la vue pénible des cartons à pizza, DVD de location et canettes vides accumulés sur la table basse du salon. Et les photos de sa fille aussi, sa petite fille de sept ans, partie avec sa femme.

Le travail ne lui laissait pas tellement de répit pour penser à tout ça. Le capitaine Jean-Baptiste Le Goff était en charge d'une nouvelle affaire : la disparition inexpliquée d'un adolescent de treize ans à Longjumeau, dans l'Essonne. Lucas Trumeaux était sorti de chez lui vers onze heures du matin le samedi 20 octobre pour acheter son magazine de foot. Il était seul et n'avait emporté que son sac à dos. Ne le voyant pas revenir pour le déjeuner, ni dans l'après-midi, ses parents avaient téléphoné à tous les copains de Lucas et questionné les voisins, en vain. Toujours sans nouvelles de lui dans la soirée, ils avaient appelé le commissariat. Personne n'avait revu Lucas depuis qu'il était sorti de chez lui. Le patron du magasin de journaux était catégorique : Lucas n'avait pas acheté sa revue de foot chez lui ce jour-là. En bref, le fils Trumeaux s'était évanoui dans la nature, en plein jour, au vu et au su de tout le monde.

Après une enquête préliminaire, le parquet avait ouvert une information judiciaire pour disparition inquiétante. La direction régionale de la PJ de Versailles avait été saisie de l'enquête. Dès le lendemain de la disparition, la brigade criminelle menait les premières recherches dans les alentours et interrogeait les habitants du quartier, les camarades de Lucas et le personnel de son collège afin de recueillir le maximum de témoignages susceptibles d'orienter l'enquête vers une piste quelconque. L'hypothèse de la fugue n'était pas exclue. En revanche, les parents, dont il était le fils unique, pensaient qu'il avait été enlevé : il était tellement gentil, il ne leur aurait jamais fait le coup de partir sans rien dire…

Le Goff était venu sur place pour entamer et superviser une troisième journée d'auditions auprès des familles de Longjumeau. Entre-temps, les dispositifs de recherche avaient été étendus, et un portrait de l'adolescent transmis à tous les commissariats et gendarmeries de l'Île-de-France. Les enquêtes de voisinage continuaient dans des quartiers plus éloignés du centre-ville et s'étendaient aux villes voisines. Les bords de l'Yvette avaient été minutieusement inspectés. Des photographies de Lucas avaient été affichées un peu partout à Longjumeau et dans les environs. L'appel à témoins n'avait rien donné pour l'instant. Deux jours après, l'enquête n'avait pas beaucoup progressé.

Madame Trumeaux fit entrer le capitaine dans leur pavillon, où il découvrit un intérieur un peu vieillot, mais bien arrangé. Le Goff prit le temps de les regarder, elle et son mari, sans se prendre les pieds dans la légitime émotion suscitée par la disparition d'un enfant. Ce temps dut paraître une éternité aux parents. Il semblait évident que madame Trumeaux n'avait pas dormi de la nuit : elle était livide. Elle faisait des efforts pour ne pas céder à la panique, cela était aussi flagrant. On devinait une énorme tension pour parvenir à présenter une figure acceptable, en dépit de tous les scénarios et des cauchemars qui devaient torturer son esprit. Monsieur Trumeaux, un homme corpulent et court sur pattes, se tenait debout dans l'angle de la porte du salon. Il était agité de tics nerveux en tout genre : reniflements compulsifs, haussements d'épaules et yeux roulant dans leur orbite à intervalles réguliers, comme s'il tentait de chasser sans jamais y parvenir une sensation ou une pensée désagréable.

– Vous voulez du café ? proposa-t-elle au policier.

– Non, je vous remercie, j'ai des problèmes d'estomac, ça m'est interdit, répondit poliment le capitaine, touché par cette marque d'attention inattendue dans de telles circonstances.

– C'est affreux, continua-t-elle. Il y a seulement trois jours, Lucas était avec nous, et là… Toute la journée, je le guette à la fenêtre. Nous ne vivons plus…

Après avoir retracé la chronologie des événements, établie selon leurs premières déclarations, il décida de pousser un peu plus loin ses investigations, conscient qu'il marchait sur des œufs et que toute maladresse entraînerait une sortie de route immédiate :

– Est-ce qu'il pourrait y avoir une raison, selon vous, qui l'ait poussé à partir – je veux dire à quitter le domicile familial de son plein gré ? Une dispute récente, une mésentente, des mauvais résultats à l'école, des copains avec qui ça ne se passait pas bien… ?

– Des conflits, vous voulez dire ? répondit un peu vivement le père, agacé par la question intrusive du policier. Non, pas vraiment… Enfin, oui, pour finir les légumes dans l'assiette, faire les devoirs, rien de très méchant… On n'était pas encore dans la crise d'adolescence, avec Lucas.

Le couple restait figé face à lui, les yeux immobiles et les mains croisées sur la poitrine. Le Goff comprit qu'il ne pourrait rien obtenir d'eux sur ce mode-là. Il demanda à voir la chambre de Lucas et à récupérer un vêtement pour aider les chiens à retrouver sa trace. La mère ne comprenait pas cette nouvelle requête : ses collègues étaient déjà venus hier, et ils avaient même emporté l'ordinateur. Ils ne pouvaient pas lui demander à ce moment-là ?

La chambre était dans un grand désordre. Rien n'avait bougé vraisemblablement depuis le départ de Lucas. Les cahiers d'école étaient étalés sur le bureau, ainsi que les stylos, sortis de la trousse éventrée. Il y avait un poster d'AC/DC accroché au mur, une guitare électrique bon marché et un ampli dans un coin, des vêtements traînant aux pieds du lit, et quelques photos de famille punaisées sur un tableau en liège. Lors de la première perquisition au domicile des Trumeaux, on avait fouillé la chambre en espérant trouver une lettre, un journal intime, ou quelque chose de ce genre, expliquant la décision du gosse de quitter le domicile familial, mais en vain. Les policiers du groupe de Le Goff épluchaient les listings d'appels du téléphone fixe – Lucas n'avait pas de portable –, examinaient minutieusement le disque dur, lisaient attentivement le courrier électronique de Lucas, consultaient les pages de ses camarades sur les réseaux sociaux, espérant trouver au moins un début d'explication. Peut-être l'ordinateur finirait-il par cracher sa vérité. Mais aucune information déterminante n'en était sortie pour l'instant, ce qui n'augurait rien de bon. Le capitaine eut un frisson.

– Je peux prendre les photos qui sont au mur ? demanda-t-il. Je vous les rendrai dès que j'en aurai fait une copie.

– Oui, bien sûr, répondit la mère en les décrochant du tableau. Là, on le voit avec nous, sur la plage ; et là, avec notre chien, un braque, mort l'année dernière. Lucas l'aimait beaucoup.

– Il a des copains, votre fils ?

– Oh ! il était surtout ami avec le fils des voisins, Ludovic.

– Il a des activités en dehors du collège ?

– Il joue au foot, dans le club de la ville. Qu'est-ce que vous voulez comme vêtement ? demanda-t-elle en fouillant dans du linge sale étalé par terre. Tiens, un tee- shirt, celui qu'il portait la veille, je m'en souviens maintenant, ça vous irait ?

– Très bien, ça fera l'affaire. Ne vous inquiétez pas, on ne l'abîmera pas. C'est juste pour les besoins de l'enquête.

Jean-Baptiste Le Goff serra la main des deux parents Trumeaux, promettant de les tenir informés. La mère le regarda partir, plantée sur le perron, comme stupéfiée.

Une fois sorti de chez eux, le capitaine nota quelques éléments sur les Trumeaux. Niveau de vie moyen : ne manquant de rien, mais pas spécialement aisés non plus. Tous les deux employés chez Carrefour Les Ulis, lui au rayon charcuterie, elle comme hôtesse de caisse. La quarantaine bien entamée. Visiblement très atteints, mais niant farouchement l'existence de tout problème ayant pu provoquer une fugue. Avaient-ils tout dit ?

3

Lucas s'avança vers ses hôtes, comme un automate. Ceux-ci le scrutèrent, le jaugèrent, semblaient soupeser dans leur esprit tout le profit qu'ils pourraient tirer de la situation, si périlleuse fût-elle, et tous les inconvénients aussi qu'elle présentait. Mais, quand le vin est tiré, comme on dit… Et là, l'occasion était trop belle, elle n'était pas près de se représenter.

– Alors, mon garçon, comment t'appelles-tu ? lui demanda la femme d'un ton doucereux.

Lucas ne répondait pas, figé comme un mannequin dans cet espace inconnu.

– Alors, il faut te le dire comment ? reprit-elle, déjà beaucoup moins aimable. Tu sais que sans nous, tu serais déjà crevé de froid à l'heure qu'il est ? Alors, tu ne dis pas merci ?

Lucas s'obstina dans son silence, ce qui exaspéra davantage la femme, qui ne pouvait supporter qu'on lui résiste. Surtout un gamin de son âge.

– Bon. Eh bien, écoute ! Si tu veux qu'on te foute la paix, tu vas l'avoir. Mais nous, avant, on aimerait bien savoir comment tu t'appelles et d'où tu viens.

Lucas baissa les yeux. Le dos voûté et les épaules rentrées, il cherchait à se faire le plus petit possible. Il aurait voulu simplement demander la permission d'évoluer comme ce chat au milieu de la cuisine, que personne n'inquiétait, et qui n'attirait l'attention de personne non plus. Mais lui, c'était tout autre chose ; il l'attirait, l'attention, et d'une manière particulière. Pour la première fois depuis le début de cette aventure, il eut envie de rentrer chez lui.

La femme semblait mener le bal. L'homme restait de marbre, avec une expression inerte sur le visage. Elle rendit enfin sa sentence :

– Écoute-moi bien. Tant que t'auras pas craché le morceau, tu ne mangeras rien, tu resteras enfermé là-haut, tu ne verras personne ; tes parents, faut même pas y penser. Tu comprends, personne sait que tu es ici. Alors, que tu y restes quelques jours de plus ou de moins, ça ne fait pas de différence. Personne ne viendra te chercher, tu comprends ça, gamin ? T'as intérêt à tout nous dire rapidement. Sinon…

Sa voix se chargea d'une menace discrète, laissée à l'appréciation de qui voudrait bien comprendre.

– Allez dégage maintenant, finit par lâcher l'homme. On t'a assez vu. Tu remontes là-haut et tu te fais discret. On viendra te voir demain matin.

4

Le commissaire Lanvin appela Le Goff sur son portable pour lui demander comment s'était passée l'entrevue avec les parents du jeune disparu. Il y avait une grosse pression déjà : les disparitions d'enfants, ça intéressait toujours les journalistes. Qu'est-ce qui pouvait bien pousser les gens à adorer ça ? Et lui-même, pensa Le Goff, qu'est-ce qui avait bien pu l'inciter à embrasser la carrière de flic ? Être un héros, faire le bien, rétablir la justice, maintenir la paix sociale, ça oui, évidemment. Mais en définitive, n'y avait-il pas ce même goût morose et inavoué pour la misère, le sang, la merde et la contemplation muette de la mort violente et de la haine, déversée, pulsionnelle, primale ? L'énigme de la nature humaine, le contact avec des zones insoupçonnées de l'âme et l'apparition de cette vérité brutale déclenchaient chez lui un surcroît de vitalité. Son chef, lui, ne semblait pas être visité par ce genre de questionnement. Il appliquait la loi, méthodiquement, sans accroc. Du bon boulot, carré, qui ne l'empêchait pas de vivre normalement avec sa femme et ses gosses, de fréquenter un bon milieu, d'accompagner son fils le week-end à ses tournois de tennis, d'appeler sa femme « chérie ».

Oui, décidément, son ex-femme avait raison sur ce point : il s'aigrissait. Normal : plaqué, tout seul comme un con à quarante balais, avec un salaire de fonctionnaire, il ne pouvait pas applaudir au spectacle du bonheur bourgeois. Ces réflexions amères venaient souvent le troubler, et elles s'accrochaient à sa cervelle comme des parasites. Or, ça n'était parfois tout simplement pas compatible avec les nécessités de l'existence, surtout celle d'un flic. L'appareil pensant devait être propre et dégagé de tout ce qui pouvait le troubler, afin que les bonnes idées affluent et le guident vers la résolution des énigmes et l'identification des coupables. Il devait sentir le mensonge, l'absence de clarté, l'hésitation, le bobard mal ficelé, la combine qui s'échappe, la faille, l'ambiguïté, le trouble. Et pour ça, moins on avait de pensées, mieux c'était.

Tandis que les policiers avec leurs chiens quadrillaient la zone à la recherche d'un corps, parcouraient les bois, les égouts et les abords du chemin de fer, que les plongeurs inspectaient les fonds de l'Yvette, que les avis de recherche avaient été lancés dans les médias locaux et nationaux, lui continuait à chercher du côté du voisinage et de la famille. Il rendit visite dans l'après-midi aux voisins les plus proches des Trumeaux.

*
* *

– Le gamin, si on le connaît ? répondit madame Dupontel en sortant le sucre en morceaux et les tasses à café. Bien sûr, capitaine ! Ce gamin-là, il était toujours dehors avec les nôtres à jouer au foot ou aux fléchettes. Franchement, je ne vois pas qui aurait pu lui vouloir du mal dans le secteur. Mais on voit tellement de choses de nos jours, hein, Hervé, qu'est-ce que t'en penses toi ?

Son mari n'avait pas d'avis : mais c'est vrai qu'on voyait pas mal de timbrés se promener dans la nature. Alors, qui pouvait savoir ? Madame Dupontel servit le café. Malgré son estomac fragile, Le Goff accepta d'en boire une tasse : après le repas, ça faisait moins mal.

Lorsqu'il les questionna au sujet des parents Trumeaux, monsieur Dupontel dressa un portrait peu flatteur de leurs voisins :

– Oh ! ça n'était pas toujours évident, ça c'est sûr. Nos deux gamins jouent au foot, donc on se voyait régulièrement le week-end, autour des terrains, avec le père. Il était souvent en colère parce qu'il pensait que son fils ne travaillait pas assez à l'école. Il lui disait des trucs comme « je savais bien que tu n'y arriverais pas », « décidément, t'es vraiment trop nul », et puis il le comparait avec d'autres élèves qui réussissaient mieux, parfois devant tout le monde, ça ne le gênait pas. Le gamin, il ne disait rien, mais on voyait bien qu'il encaissait, parce qu'après il rentrait tout penaud et n'adressait plus la parole à personne.

Il expliqua longuement, en s'appuyant sur d'autres « détails », la façon dont il voyait les choses : les parents étaient beaucoup trop durs et exigeants avec Lucas, alors que par ailleurs on ne pouvait pas dire qu'ils s'en occupaient beaucoup.

Madame Dupontel rajouta de l'ombre au tableau :

– Oh ! ça oui, et puis c'est vrai ce que tu dis : la mère, elle n'est jamais à la maison. Moi, je veux bien, mais quand on est caissière à Carrefour, on n'y passe pas ses jours et ses nuits, quand même ? C'est un mystère… Je ne sais pas ce qu'elle fait de ses journées… Donc le gamin, il est souvent livré à lui-même. C'est sûr que ça ne pousse pas à travailler à l'école, faut comprendre. Du coup, j'ai dit à Ludo, notre fils : quand tu rentres du collège, dis à Lucas de passer à la maison, il mangera un bout de pain avec du chocolat, ça sera moins triste, et puis vous pourrez faire vos devoirs ensemble. Et c'est vrai qu'on l'avait souvent à la maison, du coup.

– Vous le voyiez souvent donc, confirma l'inspecteur. Vous pensez qu'il aurait pu fuguer ?

– Qu'est-ce que t'en penses, Hervé ? demanda la femme, un peu sceptique, en se tournant vers son mari.

Celui-ci resta silencieux, pour signifier qu'il n'avait pas d'avis. Son épouse reprit la parole :

– Moi, je pense qu'il était perturbé ce gamin, mais comme il est plutôt gentil, ça ne se voyait pas trop. Et puis, fuguer, ça paraît gros quand même… Mais au fond, j'en sais rien.

Une lueur de tristesse passa devant ses yeux.

– Une autre petite tasse, inspecteur ? proposa-t-elle.

L'« inspecteur » observa le fond de sa tasse : il allait en rester là. La façon simple, naturelle et décontractée avec laquelle ils avaient répondu à ses questions l'avait convaincu que leur implication dans cette disparition était probablement nulle. Mais avant de tirer la moindre conclusion, il fallait réunir tout un faisceau d'indices, aller glaner à droite à gauche et faire les recoupements. Tout cela prenait du temps, hélas.

*
* *

Il lui restait une toute petite heure à tuer avant son rendez-vous de seize heures avec le principal du collège Maurice Pialat, situé dans une commune voisine, rendez-vous qui serait suivi d'un entretien avec Ludovic Dupontel. Il entra dans le premier café venu pour finir de lire *Le Parisien*, qui titrait dans les pages « Essonne » : « Toujours rien sur la disparition de Lucas au troisième jour de l'enquête ». Ça lui fit comme un coup de poing dans la poitrine. Était-ce sa faute de flic, à lui, si les gosses disparaissaient, enlevés par des malades mentaux, eux-mêmes bousillés sans doute par d'autres depuis des temps ancestraux ? Qu'est-ce qu'il y pouvait au fond ? Quel pouvoir avait-il, quel mince pouvoir ? Aucun. Il faisait son boulot de flic du mieux qu'il pouvait, et c'était tout : remonter les traces, encore fallait-il qu'il y en eût. Mais les flics, s'ils tâtonnaient, étaient vite fautifs : de ne pas aller assez vite, d'avoir négligé des éléments d'enquête, voire salopé les indices. Il se souvint aussi de tout ce qu'on ne disait pas quand il était gosse, de tout ce qui était tabou : les coups distribués généreusement par les voisins à leurs enfants, les yeux cernés et les larmes qui ne coulent plus, le martinet accroché sur le portemanteau de l'entrée, leur sourire obséquieux, qui découvrait une belle rangée de dents affables. Mais depuis la nuit des temps, les cris des enfants se perdent dans la forêt, retombent en pluie de silence, une pluie acide. Jamais personne n'entendait les petits poucets égarés par leurs parents. Tout le monde tournait le dos sur leur passage, en chœur de silence, un silence gêné, de honte humide, suintant la couardise, un silence tonitruant de veulerie humaine, confit en saloperie consentante.

C'était un assez grand collège, le collège du fils Trumeaux : plus de cinq cents élèves, toute la France représentée par échantillon, enfin, là, d'après ses renseignements, c'était surtout la classe moyenne plus les HLM. Les autres, ceux des grandes maisons et des beaux gazons, fréquentaient d'autres établissements scolaires. C'est drôle comme les fils de riches trouvent toujours à s'échapper, se détachant comme de grands oiseaux dans l'horizon d'un ciel sans nuage.

La personne qui tenait la loge annonça son arrivée au principal du collège, qui le fit attendre un bon quart d'heure. Puis il le vit s'approcher enfin : c'était un homme proche de la retraite, physiquement un peu négligé, engoncé dans un costume clair qui n'était plus de saison. Sur son visage perlaient quelques gouttes de sueur et il avait du mal à retrouver son souffle.

– Excusez-moi, capitaine, dit-il en lui tendant la main, tous les ordinateurs sont en panne, aujourd'hui, et je cours depuis ce matin pour essayer de trouver la solution. Venez, suivez-moi, mon bureau est un peu plus loin.

Le principal proposa à Jean-Baptiste Le Goff de s'asseoir et lui demanda, dès qu'il eut fermé la porte :
– Alors, avez-vous du nouveau concernant la disparition de Lucas Trumeaux ?

Le Goff résuma brièvement la situation : les recherches se poursuivaient. Puis le principal sortit d'une pochette un ensemble de documents qu'il se mit à commenter :
– Sur le plan scolaire, si l'on se base sur les bulletins de l'année dernière et les résultats de ce début d'année de 4e, c'est un élève moyen, avec un ensemble tout juste correct, sans plus, autour de la moyenne ; d'après ses professeurs, il

ne travaillait pas suffisamment. Il ne pose pas de problème particulier de comportement en classe. Il ne bavarde pas, mais n'est pas très actif à l'oral non plus. Du côté de la vie scolaire, aucun incident ne nous a été rapporté : pas d'insultes, de bagarres, ou autre. En revanche, il semble un peu solitaire et renfermé. Vous pourrez consulter son dossier scolaire et, si vous le souhaitez, interroger ses professeurs.

– Comment réagissent les professeurs et les élèves du collège devant sa disparition ?

– Tout le monde est très choqué et chacun se demande, après coup, s'il n'est pas passé à côté de quelque chose. Mais les Trumeaux n'étaient pas connus des services sociaux ni du médecin scolaire, et tout paraissait à peu près normal. Ils venaient même à toutes les réunions parents-professeurs. Alors, que voulez-vous ? Il y a quelque chose qui nous échappe totalement pour le moment. Je ne suis pas certain que les parents y soient pour quelque chose dans cette affaire, si vous voulez mon avis.

La sonnerie retentit et, cinq minutes plus tard, Ludovic Dupontel se présenta devant les locaux de l'administration. Il fut invité à s'asseoir face aux deux hommes. D'emblée, il fit au capitaine la désagréable impression d'un adolescent buté et arrogant qui avait décidé qu'il coopérerait mollement avec la police. Son crâne était surmonté d'une crête confite dans le gel fixant et son pantalon, malgré un large ceinturon D&G, tombait sur ses hanches, et même plus bas, si bien que l'élastique du slip Calvin Klein dépassait largement et fièrement de l'endroit où il aurait dû rester confiné. Le capitaine trouvait cette mode hideuse et ridicule. Les adolescents en général, d'ailleurs, l'irritaient, avec leur air qui vous dit « merde », à vous, pauvres cons d'adultes, qui ne comprenez jamais rien. Il vint même à Jean-Baptiste une furieuse envie de gifler le gosse boudeur et suffisant.

– Bonsoir Ludovic, assieds-toi, lui dit-il enfin, ravalant ses jugements et son agacement. Nous sommes ici pour faire le point sur la disparition de Lucas et nous avons besoin de ton aide. J'ai cru savoir que tu étais son meilleur copain et que tu le connaissais bien.

– Ouais, grommela l'adolescent, c'est ce qu'on dit partout depuis.

– Pourquoi ? Ce n'est pas vrai ?

– Bah, en fait, Lucas, comme on est voisins, on se voit, c'est sûr. On part ensemble le matin et, le soir, on revient et on fait nos devoirs chez moi, mais bon… Voilà, pas plus que ça, marmonna-t-il sur un ton blasé et distancié.

Il expliqua ensuite qu'il n'avait pas revu Lucas depuis la veille au soir, lorsqu'ils s'étaient quittés devant chez lui. Lucas était rentré, prétextant des « trucs à faire ». Quels trucs ? Il ne savait pas, il n'avait pas posé de questions. Il confirma la version de ses parents concernant l'ambiance familiale chez les Trumeaux – « c'était abuser », ajoutait-il régulièrement pour commenter défavorablement chacun des nombreux faits trahissant le détestable mépris des géniteurs pour leur progéniture. Quant aux profs, la plupart s'en tenaient à une distance indifférente, comme c'était d'ailleurs souvent le cas vis-à-vis des élèves passifs et moyens. Selon lui, oui, il aurait pu fuguer, car c'était vraiment dur pour lui : ses darons lui mettaient « grave » la pression sur les notes et ils ne voyaient même pas qu'il se donnait du mal. Les profs non plus d'ailleurs : ils l'avaient même prévenu qu'il aurait un avertissement travail s'il continuait comme ça ! « Le seum ». À part ça, pas de fréquentation ni d'absence suspectes. Lucas ne séchait jamais les cours.

Pendant toute la durée de l'entretien, l'adolescent avait gardé ses yeux fixés sur ses Converse, ne laissant filtrer aucune émotion sur le visage. Il ne desserrait pas les dents.

– Tu ne me dis pas grand-chose finalement, dit Le Goff. Pourtant, ici, au collège, on vous voyait souvent ensemble, ça doit forcément te toucher…

Enfin, ses yeux s'embuèrent de larmes. Dans un hoquet, il répondit :

– Bah, je sais pas. Si ça se trouve, il est tombé sur un dingue et on le reverra jamais… Mais c'est sûr qu'avec ses parents ça se passait vraiment mal. Moi je pense plutôt qu'il est parti… Enfin, je dis ça comme ça, Lucas ne m'en a jamais parlé. Moi, j'aurais pété les plombs à sa place, donc je peux comprendre.

Le Goff se tourna vers le principal :

– Après tout ce qui vient d'être dit, que pensez-vous de la situation de Lucas ?

Celui-ci, gêné, fit signe à Ludovic de partir. L'adolescent remit son sac sur son dos et quitta la pièce.

– Écoutez, capitaine…, soupira-t-il. Comme je vous l'ai dit, au collège, Lucas est un peu solitaire mais, à part ça, rien de particulier ne nous a jamais alertés. On ne peut pas non plus aller dans toutes les familles pour leur dire comment élever leurs enfants, vous comprenez ?

– Oui, je vois…, acquiesça le policier.

– Vous savez, reprit le principal, tous nos élèves se sentent solidaires de leur camarade et ont été très choqués par sa disparition. Ils ont tous accepté spontanément de coopérer avec la police, ainsi que tout le personnel du collège : professeurs, personnel de la vie scolaire, assistante sociale, infirmière et médecin scolaire. Que pouvons-nous faire d'autre ? Nous ne pouvions pas prévoir, d'après les seuls éléments dont nous disposions, qu'un événement épouvantable comme celui-là allait se produire. D'ailleurs, la famille a-t-elle une quelconque responsabilité dans ce qui arrive ? Rien n'est moins sûr, non ?

– Malheureusement, je ne peux pas vous en dire davantage pour le moment, conclut le policier. Nous travaillons sans relâche à la recherche de ce malheureux. Je suis désolé. Mais bien sûr, je vous tiens au courant dès que j'ai du nouveau.

Le Goff soupira en sortant du bureau, déçu de ne pas avoir pu obtenir davantage de ces entretiens.

5

L'homme approcha tout doucement de Lucas. Sa voix se fit doucereuse, avant de se durcir brutalement comme un coup de cravache :

— Alors, mon garçon… Viens par ici.

6

Lucas n'osa pas se relever tout de suite. Il resta longtemps prostré, jusqu'à une nouvelle tombée de la nuit. Il se mit à espérer, pour la première fois depuis son départ, que ses parents viendraient le chercher, comme lorsqu'il était tout petit, chez la nourrice, le soir après le travail ; il rêvait d'un chocolat chaud, d'un mercredi après- midi devant la télévision. Il pensa à sa mère, toujours occupée. Il y avait tant de choses à faire dans une maison, ne pouvait-il pas comprendre à la fin ? Il imaginait souvent que sa prof de français l'emmenait avec elle, qu'il serait le bonheur de ses jours et le centre de ses pensées. Mais malgré toute sa gentillesse, qu'est-ce qu'elle en avait à faire de lui, au fond ? Le soir pensait-elle à lui ? Sûrement pas, trop occupée avec sa propre famille. Lui, quand il retrouvait ses parents, à la fin de la journée, il avait l'impression d'être une corvée de plus sur la liste. Se dépêcher de manger, aller au lit. Fatigue immense. Ensuite, toute la vie durant, tu cours après l'amour et il se dérobe. Et personne ne s'en aperçoit. Tu fais désormais partie de la foule des anonymes et des moches qui soupirent après l'amour, crèvent de passer à côté en voyant s'écouler les jours et la vie ; tu embrasses des filles, mais ce ne sont que des baisers furtifs ; parfois, ça marche un temps, mais elles finissent par te quitter et, succombant sous le poids des remords, tu te trouves décidément trop méchant et trop con pour avoir su garder la femme de ta vie ; tu n'es qu'un pauvre type qui n'a que ce qu'il mérite. Mais Lucas était encore trop jeune pour avoir entamé la danse circulaire du malheur. Il pouvait encore rêver que sa mère viendrait le chercher, qu'elle aurait la tête d'Angélique marquise des anges et une poitrine moelleuse sur laquelle il poserait sa tête ; et ses larmes se transformeraient en une joie miraculeuse.

7

Le capitaine Le Goff se leva une nouvelle fois avec la gueule de bois et pensa à cet enfant qu'on ne retrouvait pas, malgré tout le déploiement des forces de police. L'emploi du temps de plus de cinq cents habitants avait été contrôlé. On avait effectué de multiples perquisitions, fouillé les bois avec les chiens, sondé les bassins de retenue de Gif, Bures et Saulx-les-Chartreux. Plus de dix mille appels téléphoniques avaient été passés au crible. La photo de Lucas avait été diffusée par les journaux locaux et nationaux, ainsi qu'à la télévision et dans tous les lieux publics de l'Essonne. Les dossiers de tous les condamnés pour agression sexuelle de la région avaient été étudiés, leur emploi du temps méthodiquement vérifié.

Une semaine déjà. Et pas le début du moindre indice.

Sa vie à lui n'avançait pas beaucoup non plus, d'ailleurs. Elle restait étale, comme une mer frappée par le soleil un jour sans vent. Il passa sa main dans ses cheveux gras et se dit qu'il avait besoin d'une bonne douche. Tout ce temps passé à répéter les mêmes gestes, quotidiennement. Quel sens cela avait-il ? Quel sens pouvait-on leur donner, quand on ne rêvait que d'une chose : être débarrassé de soi-même et de l'ennui, du désagrément que l'on se cause en ressassant des choses pénibles ? Mais peut-être qu'un jour sa femme sonnerait à sa porte en lui disant : « Chéri, me revoilà ». Et tout serait oublié. Tout ça lui donnait des suées un peu étranges.

C'était dimanche. Un vrai dimanche de célibataire, qui allait s'étirant, du ciel bleu de dix heures du matin encore plein des possibilités de la journée, résonnant des pas des gens sur la place du marché, des couples accompagnés d'enfants, au ciel grisâtre de dix-sept heures où tout serait passé. La corvée du Lavomatique en perspective, qui couperait la journée. Il faudrait penser à acheter une machine à laver. Après le départ de sa femme, il avait emménagé dans un deux-pièces rue de la Croix-Nivert, près de la station Cambronne. Un quartier sans histoires, sans réel caractère. La tour Eiffel n'était pas dans le champ de vision. Seules les structures métalliques du métro aérien rappelaient le paysage parisien. Un quartier banal pour gens banals, les petites fourmis du marché du travail des cadres. Du temps de sa jeunesse, on pouvait encore manger un couscous pour trente francs ; désormais, dans les bars, on aurait bientôt du mal à se souvenir qu'on y fumait. Les démolitions s'étaient enchaînées durant deux décennies, et l'habitat populaire avait fait place à des résidences de standing pour CSP + +. Toute la rue du Commerce avait été grignotée par les banques, les magasins de téléphonie, les chaînes de magasins de vêtements. Pire, le Kinopanorama avait fermé. C'était vraiment à pleurer, comme époque.

Vers midi, il entra dans la brasserie qu'il fréquentait régulièrement à Dupleix : Le Sympathique. On y servait une nourriture tout à fait correcte ; il adorait leur entrecôte-frites. Le décor était soigné – un alignement de tables en bois verni et des banquettes grenat, posées sur un carrelage en tomettes de terre cuite qui donnait au lieu un caractère provençal pittoresque. Un établissement faisant dans l'authentique, mais sans ostentation. Pas un de ces faux troquets populaires de l'est parisien. Julie, la serveuse, vingt-cinq ans tout au plus, essuyait des verres derrière le zinc. Il la trouvait gentille, Julie, excitante – une poitrine gonflée comme un soufflé qui sort du four – et touchante même, avec ses mains rougies par le service.

Il opta finalement pour le plat du jour au comptoir, gigot-haricots verts. Pensif, il imaginait déjà les prochains titres du *Parisien* : « Déjà une semaine depuis la disparition du petit Lucas ». Mais que faisait la police ?

Son portable sonna. C'était le lieutenant Lévy, son adjoint et meilleur coéquipier :

– Jean-Baptiste, il faut que tu viennes ; on a retrouvé ce matin le cadavre d'un enfant de dix ans, sur un terrain vague à proximité du centre commercial de Villebon-sur-Yvette. C'est sans doute arrivé la nuit dernière. Apparemment, meurtre par strangulation. Compte tenu de l'âge, il y a peu de chances que ce soit le fils Trumeaux.

Il raccrocha. *La merde afflue*, pensa-t-il à regret devant son plat qui refroidissait.

– Désolé, faut que je file, lança-t-il à Julie en se précipitant dehors.

8

Les policiers arrivés sur place avaient délimité un large périmètre de sécurité sur le terrain vague à proximité du centre commercial. Malgré tout, quelques personnes étaient postées là, tout autour, cherchant à approcher le corps retrouvé, lointain, hors de portée des curieux, hors de portée de tout désormais. Bon Dieu de merde, qu'est-ce qui pouvait bien pousser des hommes à se conduire ainsi ? De quel enfer sortaient-ils pour ne pas mesurer l'horreur, ne pas se retenir de commettre l'irréparable ? Dieu du ciel, pourquoi fallait-il que le sens de la saloperie humaine se dérobe ainsi ? Ce n'étaient pourtant pas les prisons, ni les psychologues, ni les drogues ou les médicaments qui manquaient. Mais non, ça continuait d'arriver, tous les jours, à tous les endroits de France.

Les techniciens de l'identité judiciaire étaient en train de faire les constatations nécessaires : photographies des lieux et du corps de la victime, repérage et prélèvements des traces et indices visibles. Lévy était blanc, d'un blanc tirant sur le verdâtre, et il ne disait pas un mot. La tension faisait comme une boule de haine et de dégoût suspendue parmi les hommes présents. Le corps de l'enfant, au visage violacé, gisait sur le côté. Il devait avoir une dizaine d'années. On pouvait aisément imaginer sa souffrance, la terreur et les cris qui se perdent, puis peut- être l'abandon de la lutte, sa résignation alors qu'il était presque déjà mort. Jean-Baptiste Le Goff refoula sa nausée et les images qui la provoquaient. Il pria pour que cet enfant trouve la paix.

Le capitaine serra la main des policiers et du médecin légiste, avant de s'adresser à son lieutenant :
— Quand est-ce qu'on l'a retrouvé ?
— Ce matin, vers huit heures, répondit Lévy. Un des employés de la pizzeria du centre commercial, arrivé sur les lieux, a cru distinguer une forme depuis sa voiture, quelque chose d'inhabituel, et quand il s'est avancé pour voir, il a découvert le cadavre.
— Qu'est-ce que vous savez pour l'instant ?
— Il n'a pas été tué sur place, commenta le médecin légiste. Le corps a été transporté et la mort remonte à quelques heures tout au plus. La strangulation est sans doute la cause principale du décès. L'autopsie le confirmera. Le gamin devait avoir une dizaine d'années, portait des vêtements usés et sales, trop légers pour la saison ; il appartenait sans doute à une communauté rom, d'après le type ethnique. On n'a rien retrouvé sur lui, ni papiers, ni argent.
— Est-ce que sa disparition avait été signalée dans les jours précédents ?

28

– Non, on n'a rien du tout, répondit Lévy. J'ai appelé nos collègues de Paris et de la petite couronne. Ils n'ont aucun élément à nous donner concernant une disparition dans les communautés qui vivent aux abords de la capitale.

– Quels sont les indices ? demanda Le Goff.

– Pas grand-chose, à vrai dire, continua le lieutenant. Aucun résidu de tir d'arme à feu. On a pu relever quelques traces fraîches de pneumatiques dans le sol humide. Le meurtrier a sans doute garé sa voiture en empiétant sur le terrain. Puis il a dû sortir et faire quelques mètres pour se débarrasser de son encombrant colis, d'où les nombreuses empreintes de pas. Des chaussures de chantier ou de randonnée, avec des grosses semelles, pointure 46, appartenant donc vraisemblablement à un homme grand. Ça sent la précipitation : après tout, n'importe qui aurait pu le voir. Pourquoi ici, et pas dans la forêt un peu plus loin ? C'est quand même assez exposé comme endroit. Ça nous laisse au moins une chance d'avoir des témoignages.

Le Goff soupira :

– On n'a plus qu'à espérer que ça s'arrête, parce qu'avec ça, et la disparition du fils Trumeaux, on est dans une belle merde.

– Ah ! au fait, le procureur est venu, dit Lévy. Il veut te voir. En tout cas, l'enquête, c'est pour nous. Il pense qu'il y a peut-être un lien avec la disparition du fils Trumeaux.

*
* *

De retour au commissariat, Antoine Lévy prépara des cafés longs pour toute l'équipe avec le Magimix tout neuf qu'ils s'étaient offert à Noël. La nuit allait être blanche. Depuis la découverte du cadavre, aucun témoin ne s'était présenté et le mystère restait entier autour de l'identité de l'enfant. Lévy entra avec son plateau dans le bureau de Le Goff, posa les tasses, et remarqua que le patron n'avait toujours pas enlevé les photos de sa femme ; il en fut un peu gêné, mais ne dit rien. Antoine Lévy était naturellement réservé, voire bourru. En vieillissant, ça ne s'arrangeait pas, disait sa femme. Un taiseux, qui cachait sa compassion pour les travers du genre humain sous des dehors ombrageux et un physique impressionnant, un quasi-quintal de muscles entretenu par une discipline exigeante. Il aurait voulu souhaiter à son chef de tourner la page.

Le Goff et Lévy furent bientôt rejoints par les autres membres de l'équipe : le lieutenant Darbot et le brigadier Chauffour. Darbot était l'intello du groupe : il avait fait des études littéraires en parallèle de ses études de droit. En début de carrière, il avait passé plusieurs années dans un commissariat de quartier, car il aimait bien le contact avec les gens. C'était souvent à lui que l'on demandait de rédiger des notes de synthèse. Il rompit le silence mélancolique :

– Un enfant négligé, voire maltraité, et abandonné, peut-être prostitué, retrouvé en banlieue, mort, loin de sa communauté, sur un terrain vague à proximité d'un centre commercial. Pas de témoin, pas de signalement pour la disparition : ça s'annonce mal.

– Qui peut bien être l'enfant de salaud qui fait des trucs pareils ! s'exclama Chauffour, le petit dernier de l'équipe, fraîchement débarqué de la police des frontières à Lille.

– On va attendre de savoir ce que donnent l'autopsie et les relevés, reprit Le Goff sans prêter attention à l'indignation du brigadier. On aura peut-être quelque chose. Une trace d'ADN, des cheveux… Et puis peut-être que quelqu'un a vu quelque chose, dans la nuit, au matin, même si, le dimanche, la plupart des magasins sont fermés… Les journalistes sont prévenus ?

– Oui, tu penses ! s'exclama Lévy. Ça va s'étaler dès demain à la une du *Parisien* : « Un serial killer dans l'Essonne ? Une nouvelle victime ». Lanvin va vouloir nous voir très vite et, à mon avis, on a intérêt à montrer qu'on occupe le terrain. Les journalistes vont nous coller au cul.

Le corps de l'enfant avait été évacué et ramené au laboratoire. Le légiste confirma que la mort avait eu lieu dans les heures précédant la découverte du cadavre, entre trois et quatre heures du matin. C'était un garçon d'une dizaine d'années. Un mètre vingt et seulement vingt kilos – retard de croissance très net dû certainement à la malnutrition. D'après l'examen de sa dentition, caries pas soignées et dents absentes, il serait difficile de retrouver la trace d'un dossier quelconque dans un cabinet dentaire. L'analyse toxicologique ne révéla rien de particulier. L'estomac ne contenait plus qu'un peu de bile. L'enfant n'avait pas mangé la veille. Il devait souvent sauter à la corde, d'ailleurs. Ces différents éléments, dont l'état lamentable des vêtements et chaussures, permettaient de conclure que le gamin vivait dans un état d'extrême précarité. Il n'y avait pas de trace de violence sexuelle, ni de sperme. Pas de fracture non plus mais, en revanche, des traces de couleur brune correspondant à d'anciens hématomes sur les cuisses, étendus sur des zones de douze à quinze centimètres. Cet enfant était battu régulièrement. On retrouvait également sur la poitrine des lésions récentes, ecchymoses et griffures, qui semblaient montrer que le gamin avait lutté contre son agresseur. Du sang séché et de minuscules morceaux de peau sous ses ongles permettraient peut-être d'isoler l'ADN du tueur. La mort avait bien été provoquée par la strangulation : le meurtrier avait étranglé sa victime avec tellement de force que le larynx avait été écrasé.

9

La mère Trumeaux regardait la photo de son fils, inlassablement.

Elle avait fait encadrer un cliché récent où on le voyait assis, souriant, près de la voie ferrée, derrière la maison. Il tenait sa tête entre ses mains et portait son pantalon rouge en velours qu'elle avait dû raccourcir parce qu'il était trop long. Où était-il désormais, son ange, son biquet, son bichon d'azur ? Elle reposa le cadre sur le buffet et s'éloigna, se retourna encore une fois pour le regarder. Quand reviendrait-il ? Elle savait bien, la mère Trumeaux, qu'elle ne maîtrisait plus les événements ni l'emploi du temps mais, quand même, il fallait qu'elle réfléchisse. Elle évitait de se le dire – il ne reviendra pas, il est mort déjà –, elle pensait que ça portait malheur. Il ne fallait pas inviter le monstre du malheur chez soi, il fallait fuir les pensées qui ne lui proposaient que le désastre. Certains jours, c'était plus facile que d'autres. Les jours de pluie, où elle ne sortait pas de sa maison, étaient plus faciles à supporter que les journées ensoleillées, les jours de marché où les conversations animées allaient bon train dehors, les jours où la vie avait le culot de continuer sans son fils, sans même sembler remarquer cette absence, et encore moins en souffrir, comme une longue vague qui emporte tout, sauf la mère Trumeaux, arrimée à sa souffrance et à son manque comme un roc, un récif, une falaise qui défie la mer et se dresse, petite puissance volontaire et dérisoire face au grand mouvement de la vie. Elle revint vers la photo, la reprit entre ses mains, machinalement, comme elle le faisait des dizaines de fois par jour, la serra fort et se mit à pleurer, avec des gros sanglots étouffés. Il fallait préparer le repas, il était presque midi mais, non, elle s'en sentait incapable. Toute cette fatigue, toute cette force qui lui manquait, qui allait en sens inverse, vers l'espoir, impuissant, qui la prenait tout entière, la confisquait à la vie qui va. La mère Trumeaux, elle ne voulait plus bouger de son désespoir. C'était décidé. Il allait falloir qu'il revienne, Lucas, et que la police lui rende enfin des comptes, enfin. Elle se dit qu'elle allait appeler le capitaine Le Goff dans l'après-midi.

– Ah ! ben dis donc, elle est pas fameuse, cette viande…, soupira la femme, qui parvenait à grand-peine à couper son steak trop dur. Elle a dû courir la bestiole…

Ils s'étaient décidés pour un restaurant à viande, pas très loin de l'autoroute, au centre commercial régional. Pourquoi s'embêter à aller en centre-ville ? Ici, c'était rapide, moins cher, pratique, avec le supermarché à côté. D'accord, c'était difficile de se garer le samedi mais, après, on était tranquilles. L'homme ne disait rien. Il mâchait consciencieusement son steak exotique, trempait ses frites dans la sauce au poivre et son regard se portait au loin, vers le parking et les nuances de gris du ciel et du bitume. Elle lui posa d'autres questions pour essayer de l'amener à parler, en vain : il faudrait penser à prendre de l'essence, et puis bien d'autres choses encore.

– Au fait, poursuivit-elle, t'as lu dans *Le Parisien* ce matin ? Un gamin retrouvé mort près de Villebon. Peut-être un bohémien, enfin, on ne sait pas qui c'est. T'as vu ou pas ?

– Non, répondit-il, évasif. Et puis arrête avec ça, on n'y peut rien, nous, là-dedans… On va quand même pas se lamenter à longueur de temps.

Elle avança son visage vers lui et baissa la voix :

– Et puis le gamin, chez nous, qu'est-ce qu'on fait de lui maintenant ? On est bien embarrassés, tiens. Depuis le temps qu'il est enfermé là-haut, on peut plus le relâcher comme ça, maintenant, il nous dénoncera dès qu'il pourra, dès qu'il retrouvera le chemin de chez lui et, crois-moi, ça va pas tarder, à mon avis. Parce que, un bohémien, d'accord, ça compte pas trop, mais un fils de Français, c'est pas pareil. Encore heureux que les bourdilles n'aient toujours pas sonné à la porte, tiens, mais le jour où ça va arriver, je te préviens : moi, j'y suis pour rien dans tout ça…

– Pour rien, tu dis ? murmura l'homme, avec une colère réprimée dans la voix. C'est pas toi peut-être qui me pousses à faire ces choses ? Et puis après, tu le traites de tous les noms, tu lui parles pire qu'à une bête, tu le traînes par les cheveux, tu claques les portes derrière lui, comme si tu voulais lui écraser la tête, comme si le gosse, il méritait que de mourir ? Et ça fait la morale avec ça ? Crois-moi, t'es dans le même sac que moi, tu t'en tireras jamais comme ça.

Une lueur d'effroi passa dans le regard de la femme. Ses mèches rouges tombaient sur son front. Elle les replaça en arrière, derrière les oreilles ; elle réfléchissait.

– Bon, alors, qu'est-ce qu'on fait ? demanda-t-elle.

– J'en sais rien, tiens, et puis tu m'as coupé l'appétit avec ça.

Il appela le serveur et sortit sa carte bleue.

– Attends, je vais aux toilettes, dit sa femme.

– Dépêche-toi, j'en ai marre d'être là. On a du boulot, faut qu'on réfléchisse.

11

Le jour suivant la découverte du cadavre du jeune garçon, un homme se présenta dans les locaux de la DRPJ de Versailles. Âgé d'une petite quarantaine d'années, mais déjà bien marqué, petit et corpulent, habillé d'un costume mal taillé, Michel Besson souhaitait rencontrer les policiers chargés de l'enquête sur le meurtre de Villebon. Il avait d'importantes révélations à faire. Comme il s'agissait du premier témoin susceptible d'apporter des informations nouvelles, Le Goff le fit entrer immédiatement dans son bureau. Presque aussitôt, le corps lourd de l'individu s'échoua, visiblement soulagé, sur une chaise mise à sa disposition.

– Voilà, commença-t-il. Samedi soir, il devait être une heure du matin, je rentrais chez moi, à Bourg-la-Reine. J'étais allé dîner chez des amis à Palaiseau. Au niveau du grand rond-point à la sortie de la ville, ma voiture s'est mise tout à coup à fumer, alors j'ai dû m'arrêter ; j'ai pris la première route à droite, qui mène au centre commercial, car je savais qu'il y avait un parking juste derrière. Je me suis arrêté vers l'entrée réservée aux livraisons. En fait, il n'y avait plus d'huile, ça aurait pu prendre feu ; enfin, bon, j'ai un peu attendu, parce que le moteur était très chaud. J'ai allumé une cigarette et j'ai vu alors une voiture qui arrivait dans ma direction. Le chauffeur ne pouvait pas vraiment me voir, j'avais tout éteint. Après, la voiture s'est arrêtée sur la gauche, de l'autre côté du parking, les phares toujours allumés. Un homme est descendu, a ouvert le coffre et en a sorti un sac à gravats. Il a fait quelques mètres, puis a vidé son contenu sur le terrain vague juste à côté. Je n'ai pas vu ce qu'il y avait dedans, c'était trop sombre. Puis il est remonté dans sa voiture. Je me suis dit : *merde, y'en a qui s'emmerdent pas quand même, déposer leurs ordures comme ça, la nuit, en plus !* Y'a pas un seul moment où je me suis douté de ce qu'il pouvait y avoir dans le sac, vous pensez bien ! La voiture a fait demi-tour. Moi, j'ai attendu encore un peu, puis j'ai remis de l'huile pour rentrer. C'est quand j'ai appris ça en lisant le journal que je me suis dit : *là, Michel, y'a pas à tortiller, faut que tu racontes à la police ce que t'as vu.*

— Avez-vous pu identifier la marque ou la couleur de la voiture, relever un numéro de plaque ? questionna Le Goff.

— Eh bien ! Il faisait nuit, donc je ne suis pas sûr, mais on aurait dit une berline pas toute jeune, une Peugeot 405. Et elle était blanche, ça oui, la nuit ça se remarque, quand même, avec l'éclairage de la ville. Mais lire la plaque, ça non, j'étais trop loin.

— Pourriez-vous décrire cet homme, même grossièrement ?

— Pas vraiment. Je devais être à une cinquantaine de mètres. J'ai juste aperçu sa silhouette : il m'a paru plutôt grand et mince. En tout cas, il était seul. S'il y avait des passagers, ils ne sont pas descendus de la voiture.

– Vous souvenez-vous de l'heure exacte à laquelle a eu lieu cette scène ?

– Comme je suis parti de chez mes amis à une heure moins le quart, si on calcule bien… En gros, il devait être une heure du matin.

– Que faites-vous dans la vie, monsieur Besson ?

– Je suis commercial, dans l'imprimerie. Je démarche les imprimeries en Île-de-France pour une grosse entreprise de papier.

– Vous étiez seul à bord de votre voiture ?

– Oui, tout à fait seul. Je peux vous donner les coordonnées de mes amis, si vous voulez.

L'homme avait une tête ronde, énorme pour sa taille, et des yeux globuleux qui tournaient sur eux-mêmes de façon mécanique. Il suait à grosses gouttes.

– Avez-vous autre chose à nous dire ? poursuivit Lévy.

– Non, mais enfin j'ai cru que ça pourrait vous aider quand même.

– En effet, votre témoignage va nous être très utile, conclut le capitaine Le Goff.

Après avoir relu et signé sa déposition, l'homme s'apprêtait à se lever lorsqu'il tomba de sa chaise et s'écroula par terre, évanoui.

– Vite, dit Jean-Baptiste à Lévy qui se trouvait derrière lui, aide-moi à l'étendre par terre.

– Bon Dieu, qu'est-ce qu'il est lourd ! remarqua Lévy, qui avait beaucoup de mal à déplacer l'énorme corps.

Après une minute d'absence, l'homme revint à lui peu à peu. Il demanda un verre d'eau, ne sachant plus très bien, sur le moment, où il était et qui étaient ces deux hommes qui l'entouraient.

– Ça va aller ? demanda Lévy.

– Oui, ne vous inquiétez pas, répondit-il, un peu sonné.

– Ça vous arrive souvent ce genre de malaise ? demanda Lévy.

– Je suis très fatigué en ce moment. Je crois que je vais appeler un taxi pour rentrer chez moi.

Quand l'homme fut parti, Le Goff prit Lévy à part pour lui demander de vérifier le programme de sa soirée :

– L'évanouissement d'aujourd'hui est peut-être le résultat d'une trop grande tension, suggéra-t-il.

– OK, chef, ça sera fait.

12

Peu après, Jean-Baptiste quitta le commissariat pour rentrer chez lui. Même si la vie coûtait plus cher à Paris, et malgré le bruit et la pollution, il préférait cent fois habiter là plutôt qu'en banlieue, arpenter les rues de la ville en célibataire désœuvré plutôt que recevoir des amis le dimanche en famille autour d'un barbecue. Un fameux décalage, croissant avec l'âge. Ça n'avait pas beaucoup changé depuis l'adolescence : toujours la hantise de la normalité et, pour un flic, c'était un peu bizarre.

Il s'arrêta aux Halles, histoire de se balader un peu et d'aller boire un coup avant de rentrer dans sa piaule vide. Il aimait bien de temps en temps remonter la rue Saint-Denis, profiter de la présence des prostituées, sortes de vigies maternelles et patronnes du quartier en guêpières et minijupes de cuir ; la plupart, des dames d'âge respectable. *Aguiche-moi, laisse-moi croire cinq minutes que c'est rien que pour moi, que tu m'aimes, chérie.* Un mirage, qui dépassait le désir de l'accouplement, et collait dangereusement, noir, à l'intérieur. Alors il esquivait leur contact, c'était juste pour les yeux, fugace.

Après cette promenade, il n'avait toujours pas envie de rentrer chez lui. Il descendit une station avant La Motte-Picquet. La flemme de se faire à manger, mais aussi l'envie de voir Julie, la serveuse du Sympathique. Il avait de la chance : quasiment personne, seulement elle et lui. Il commanda une entrecôte-frites au bar, avec un demi.

– Alors, comment ça va aujourd'hui ? lui demanda-t-elle en prenant la commande.

– Toujours la même chose, répondit-il d'un ton las, enfin, non, pas tout à fait quand même : les morts changent, on les enterre, et d'autres se pointent. À part ça, rien ne change. Mais quand c'est des gosses, on a beau être habitué, c'est pas pareil.

Elle écoutait, attentive. Il en avait assez de carburer à la volonté pour se lever le matin et continuer à vivre à peu près normalement. Il aurait bien aimé se laisser aller, là, à ce moment précis. Elle prit son verre et lui servit d'office une deuxième bière.

*
* *

Le dernier client prenait drôlement son temps pour finir son dixième demi. Il était déjà onze heures du soir. Julie relevait bruyamment les chaises sur les tables pour lui faire comprendre qu'il était temps de regagner ses pénates. Mais l'habitué était collé au comptoir, d'où il débitait ses vérités pénétrantes sur l'existence avec l'assurance bonhomme d'un philosophe. *In vino veritas*, tu parles ! Le Goff avait du mal à cacher son impatience.

– On va où après ? lui demanda-t-il.

– Il y a un bar sympa, pas très loin, à Sèvres-Lecourbe : Le Diamant. On peut aller boire une bière, si tu veux.

Le Goff acquiesça. De toute façon, avec elle, même le Mac Do de La Motte-Picquet aurait fait l'affaire.

Au Diamant, à cette heure-là, il n'y avait plus que quelques jeunes et un couple de touristes sans doute trop épuisés pour rejoindre une adresse de leur guide.

– C'est sympa de m'avoir attendue, lui dit-elle en s'asseyant sur une banquette. Tu prends quoi ?

– Comme toi, répondit-il.

Elle commanda deux bières à la pression.

– C'est drôle, lui dit-elle. On se connaît pas vraiment, mais je me sens plutôt bien avec toi.

Il ne sut que répondre. Elle pensait que, peut-être, il n'était pas comme tous ces clients de bar, collants et maladroits ; il n'utilisait pas de familiarité déplacée. Et puis, il était flic, peut-être que ça lui plaisait après tout ?

– Tu dis rien ? demanda-t-elle.

– Non, je te regarde, tenta-t-il, gêné et craignant d'être un peu lourd.

Les bières arrivèrent à table. Elle lui posa des questions sur sa vie, son métier de flic. Il se dit qu'il valait mieux mettre cartes sur table : sa femme était partie, il allait probablement divorcer, il avait une petite fille de sept ans qu'il ne voyait plus pour l'instant. Tandis qu'elle l'écoutait parler, tout un tas de questions agitaient son esprit. Pourrait-elle entamer tout de suite une nouvelle relation avec un homme ? Elle était lasse ; trop de trucs avaient merdé, toutes ces passions pour des types qui ne l'avaient jamais aimée et, elle, elle y avait cru, comme une conne. Et pas qu'une fois ! Pourtant, elle ne pouvait pas renoncer à l'amour, c'était juste impossible ; en plus, à son âge… Mais lui… Il lui plaisait. Lorsque son genou effleura par mégarde sa cuisse sous la table, elle sentit même un léger frémissement dans le bas-ventre. *Là, ma vieille*, se dit-elle, *c'est mal barré*. Physiquement, elle le trouvait assez banal, quoique pas trop mal foutu encore pour son âge ; et puis, il avait de beaux yeux expressifs. Mais surtout, elle lui trouvait une certaine classe. Il était rassurant, et elle avait besoin d'être rassurée. À son tour, elle lui raconta quelques bribes de son existence : ses échecs scolaires, ses relations foireuses avec des mecs sans tendresse, son job de serveuse à la brasserie, son patron, une grande gueule qui bousculait tout le monde à la cuisine, mais qui lui faisait confiance. Son travail, c'était vivant, surtout à midi, pour le déjeuner. Elle aimait bien l'idée d'être au service des gens. Pour eux, c'était un bon moment et, ça, ça la rendait heureuse.

L'heure tournait, le bar allait fermer. Ils se retrouvèrent sur le trottoir, bavardèrent encore un peu, ne sachant comment se séparer. Elle lui donna un petit baiser sur la joue avant de s'en aller, ayant décidé que, s'il voulait vraiment la revoir, il saurait où la trouver. Elle allait le mettre un peu à l'épreuve, ça la reposerait des histoires de cul sans lendemain.

*
* *

Jean-Baptiste se réveilla avec un affreux mal de tête, signe qu'il avait un peu trop forcé sur la bouteille la veille. Ses draps sentaient la sueur et le renfermé. Il était rentré un peu saoul, un peu malade et très fatigué. Il avait attendu jusqu'au bout, espéré qu'avec Julie…, mais ils s'étaient quittés comme des copains de virée, sur un trottoir, et, une fois chez lui, il avait senti refroidir ses élans.

La souffrance s'était invitée, en vieille copine que rien ne décourage, pas même les nouvelles rencontres et les espoirs, forcément déraisonnables. On rencontre une fille, on croit que c'est possible. Mais non, ça n'est pas possible. Et puis, il repensa au boulot et c'était déprimant : le gosse Trumeaux perdu, sans doute déjà mort. Il savait très bien que, statistiquement, plus le temps passait, plus les chances de le retrouver en vie s'amenuisaient. Quant à mettre la main sur le coupable, vu la faiblesse des pistes… Peut-être un crime de hasard : le gosse avait croisé le prédateur, un prédateur intelligent, qui échappait à la police, effaçait les traces derrière lui. Les Trumeaux avaient l'air complètement décomposés. Les perquisitions ne donnaient rien ; pas possible de mettre qui que ce soit en garde à vue, comme ça, sans élément nouveau. On avait rencontré tout l'entourage, les amis, les oncles, la famille, les voisins, tous ceux susceptibles d'avoir été en contact avec le gosse, mais dont on ne pouvait jamais soupçonner les intentions, cachées sous le masque de la normalité. C'était dingue, dans cette histoire, tout le monde paraissait innocent : on avait tout vérifié, tout collait. Pourtant, il y avait bien quelque chose dans cette famille qui clochait, « dysfonctionnait », comme disent les psychologues scolaires. Mais quel était le rapport ?

Il regarda l'heure : cinq heures du matin. Évidemment, c'était tôt. Le Goff imagina Lévy roupillant dans ses draps chauds auprès de sa femme qu'il aimait tendrement. Il espérait quand même qu'il ne réveillerait pas les gosses. Il composa son numéro sur le clavier du téléphone. Agir, quand même ; il le fallait. Une voix pâteuse se fit entendre à l'autre bout du fil.

– Lévy ? C'est moi, Le Goff.

– Déjà levé, patron ? Vous avez vu l'heure ? Que se passe-t-il ? demanda Lévy en bâillant.

– Tu en sais plus sur notre client, le témoin d'hier ?

– C'est pour ça que vous m'appelez ? commenta Lévy, qui n'osait pas dire franchement à son chef que ce genre de truc pouvait bien attendre et qu'il n'était pas responsable de ses insomnies. Son agacement l'avait pour le coup totalement réveillé.

– Oui, continua-t-il. Après votre départ hier après-midi, j'ai vérifié son alibi : ça tient, il nous a bien dit la vérité. J'ai eu ses amis au téléphone qui confirment sa version. Je me suis rendu chez lui et j'ai pu rencontrer la concierge de l'immeuble. Elle a lâché le morceau : Michel Besson est homosexuel. Apparemment, ces derniers temps, il s'était dégotté un amant à demeure : il vivait avec un homme. Depuis quelques mois peut-être. Elle semblait très contente de trouver une oreille complaisante pour dire du mal de tous ces « détraqués » – je cite. Je n'ai rien ajouté pour ne pas la contrarier, au cas où elle aurait eu quelques pépites en réserve. Je n'ai pas été déçu : elle m'a signalé une dispute, assez violente, datant de quelques jours, qui venait de chez Besson et qui s'est terminée au bas de la cage d'escalier. Elle a tout entendu : le fracas et les cris, les petites roues d'une valise qui tombent bruyamment sur les marches, les « barre-toi connard » et j'en passe. Une voiture qui démarre. Mais malheureusement, elle ne connaît pas le nom du concubin. En revanche, elle pourrait l'identifier sans problème à partir d'une photo. J'ai tout noté scrupuleusement.

– Parfait, Lévy, t'as fait du bon boulot. Alors, écoute-moi : on va interroger le gros de nouveau, tout de suite, chez lui. Tu réunis l'équipe et tu m'appelles pour me donner ton feu vert. Refile-moi l'adresse, et on se retrouve là-bas. Ensuite, on le cuisine, on fouille, on explore. Il n'a pas tout dit, j'en suis certain. Surtout, il y a quelque chose qui ne colle pas. Il nous dit avoir assisté à la scène à une heure du matin. Or, j'ai relu cette nuit le rapport du légiste : il fait remonter la mort à trois ou quatre heures du matin. Il n'en démord pas, il est tout à fait catégorique.

– OK, patron, je m'en occupe, répondit Lévy. Ah ! au fait, j'ai oublié de vous dire : les traces d'ADN retrouvées sous les ongles du petit Rom ont pu être isolées mais, malheureusement, c'est un ADN inconnu, qui ne figure dans aucune base de données. Rien de nouveau non plus du côté de l'identification de la victime : toujours personne pour signaler une disparition.

– Décidément…, soupira Le Goff en raccrochant.

Le café était froid. Le Goff reposa sa tasse avec dépit. Avec l'Aspégic 1000 qu'il venait de prendre, sa gueule de bois aurait déjà dû se faire oublier, en toute logique. Mais, parfois, rien ne se produit comme prévu. L'image du gamin mort continuait de taper sous son crâne.

13

Cela faisait des jours que Lucas était enfermé dans cette chambre tout en haut, avec le minimum pour manger ; de longues journées passées à ne rien faire, à attendre une fin à tout ça, n'importe laquelle. De temps en temps, ils venaient le chercher, et ça hurlait. Elle, surtout. Lui, ses pas, il pouvait les reconnaître dans l'escalier, lourds, mais feutrés, lents, méthodiques. Il savait alors que c'était l'heure. Il lui disait : « T'as pas intérêt à essayer de t'échapper, sinon t'es mort ». Lucas se mettait alors à claquer des dents en pensant très fort à son vieux doudou resté sur son lit. Il ne lui résistait plus, pour abréger. Elle, son truc, c'était de crier. Elle adorait ça. Elle criait, donnait de grands coups de pied dans les portes et elle balançait par terre tous les objets qui se trouvaient à sa portée. Elle disait à Lucas des choses affreuses ; un torrent d'immondices jaillissait de sa bouche, toute la gamme des aigus et des graves, et elle partait d'un grand éclat de rire, comme pour dire : « Tu es à moi, rien qu'à moi, et je fais de toi tout ce que je veux. » Parfois, une gifle atterrissait sur le haut de son crâne ; il plaquait ses deux mains sur la tête pour éviter les coups, mais cela attisait sa fureur. Alors elle cognait, et elle cognait vraiment : Lucas en était tout étourdi et voyait danser devant ses yeux des étoiles colorées. Il faisait semblant de s'évanouir : cela l'arrêtait comme en plein vol. Peut-être qu'elle se disait : « Merde, j'y suis allée un peu fort. » Il la regardait en coin, ses cheveux rouges crêpés qui s'effilochaient sur le haut du front, son visage de folle dont la fureur retombe subitement, soulagée momentanément par l'explosion de la colère.

À sa sortie du commissariat, Besson s'engouffra dans la gare de Versailles rive droite et prit le train pour Saint-Lazare. Peut-être que cette visite, finalement, ça n'était pas une bonne idée et que ça allait le mettre dans la merde. Les stations défilaient lentement. Il regardait par la fenêtre les paysages de la banlieue ouest défiler. Il n'y avait rien de pire que la banlieue. Être coincé dans une rue sans commerce ni troquet, entre la N118, les centres commerciaux, les zones pavillonnaires et les squares aux pieds des immeubles, jonchés de merdes de chiens. Comment faire plus déprimant ? Lui, il rêvait d'appartements anciens dans les quartiers historiques de Paris, avec hauteur de plafond, moulures, cheminées et boiseries, lustres qui retombent en pluie de lumière. Des chambres immenses, au lit toujours ouvert à la volupté, des cascades de draps soyeux, des salles de bain, fraîches et impeccables, senteurs de vétiver et citron, serviettes immaculées. Il fut tiré de sa rêverie languide par la sonnerie de son portable.

– Putain, Matteo, grogna Besson, ça fait combien de fois que je te dis de ne pas m'appeler sur mon portable du boulot ? Je peux pas faire deux choses à la fois, te rancarder et bosser, c'est pas possible.

– Excuse, je pensais pas à mal. T'es où, là ?

– Dans le train, j'arrive à Saint-Laz' dans un quart d'heure. J'ai dû prendre ma journée, je t'expliquerai. Et toi, qu'est-ce que tu fais ?

– Je sors du taf. On se retrouve pour l'apéro ?

– OK. Dix-huit heures à l'Othello.

L'Othello était un café du quartier des Halles. La journée, il accueillait un public varié. Dans la soirée, il se transformait en un haut lieu de la nuit et de la drague. C'était là que Besson retrouvait le plus souvent ses amis. Matteo était l'une de ses plus anciennes connaissances : un camarade de lycée qui s'était découvert cette « fraternité » avec lui en terminale. Ça les avait liés à vie. Ils étaient devenus des confidents, réguliers et fidèles, les deux membres d'une société secrète, qui vouaient à la confrérie d'en face, immense et banale, des hétéros, un mépris aristocratique et un culte à tout ce qui venait rappeler leur préférence. Ils avaient transformé une souffrance en gloire, leur impuissance originelle en un choix délibéré, une différence en « culture », qui avait ses auteurs, ses lieux, ses codes implicites, ses secrets d'alcôve et d'initiés, ses stars cachées, « outées » ou assumées, sa musique et sa mise en scène voyante, exubérante, euphorisante.

– T'es déjà arrivé ? lança Matteo à Besson lorsqu'il le vit installé au bar.

– Oui, j'ai fait plus vite que prévu.

– Alors, quoi de neuf chez toi ? Tu as des nouvelles d'Albert ?

Besson commanda un cocktail fort, à base de rhum, avant de répondre :

– J'ai essayé d'appeler trois fois aujourd'hui sur son portable. J'ai laissé un message, mais que dalle, il n'a pas rappelé.

– Mais il ne t'a pas expliqué pourquoi il t'a laissé en plan comme ça, sans explication ?

– Non, non, je te l'ai déjà dit. La dernière fois qu'on s'est engueulés, il m'a tourné le dos puis s'est barré. Tu te rends compte ? Il n'a même pas été capable de se retourner pour me dire : « C'est fini ». Merde, Matteo, je vais pas rester comme un con pendant des semaines à chialer, à attendre derrière le téléphone d'avoir des nouvelles, c'est pas une vie, ça…

– Écoute-moi, proposa Matteo, on boit un coup et on file. On va faire tous les troquets du Marais, et au-delà s'il le faut. Si on le rencontre pas, on pourra toujours demander à des connaissances, tu crois pas ?

Besson se prit la tête entre les mains et se mit à pleurer silencieusement. Tout d'un coup, sa souffrance partait et ses larmes lui faisaient du bien. Ça faisait trop longtemps que le chagrin était contenu dans l'angoisse.

Michel Besson avait rencontré Albert quelques mois auparavant. Il lui avait plu tout de suite et ils s'étaient emballés dès le premier soir, après une tournée bien arrosée des bars et des boîtes. Ils avaient fini chez Albert, qui habitait une piaule minuscule en sous-location du côté de Pigalle. Un pied-à-terre bien pratique, mais qu'il avait dû rendre rapidement à son occupant officiel. Il avait alors emménagé chez Michel, qui l'avait accueilli mollement vu son désir de rester dans le placard, mais Besson avait vite trouvé ça confortable de retrouver quelqu'un chez lui quand il rentrait le soir. Dans la journée, Albert cherchait du boulot ; apparemment, c'était difficile pour lui d'en dégoter, car rien ne correspondait à l'idée qu'il se faisait de lui-même et de ses capacités. Ça avait vite gonflé Besson qui était moins regardant sur les moyens de gagner sa vie.

Michel raconta en détail sa rupture à Matteo. Il lui avait lancé un ultimatum : du boulot, ou sinon « ça va casser coco ». L'autre l'avait regardé pantois, peu convaincu du sérieux de la menace. Ce gros mou finirait bien par lui donner l'absolution, pensait-il, il était ferré. Mais Besson ne comprenait pas ces finesses de gigolo ; et un soir, il avait remis le couvert violemment sur la recherche d'emploi, ce qui avait abouti à une engueulade sévère et des valises balancées dans l'escalier : comme au cinéma. Avec le recul, Besson s'en était voulu : les voisins avaient sûrement tout entendu et qu'avaient-ils pensé ? Finalement, il les avait croisés le lendemain matin dans l'escalier et ils avaient été courtois – comme si de rien n'était. *No problem.* Seulement voilà, quelques jours plus tard, la fureur était retombée et l'indignation aussi : Besson n'était plus si sûr que l'autre ait profité de lui pour rien branler pendant tout ce temps ; il se souvenait même de quelques jours de vacances en Normandie avec tendresse. Comment allait-il bien pouvoir faire pour se l'enlever de la tête ? Impossible, strictement impossible. Il fallait le rappeler, s'expliquer, s'excuser, trouver un compromis, bref, rattraper la sauce avant que ça soit définitivement *over*. Il flippait désormais. Grave.

– Allez, Michel, te laisse pas aller, va. On va essayer de trouver une solution à tout ça…

La voix de son ami sembla lointaine à Michel ; il se retourna comme s'il venait de se réveiller, mais tout ça était bien réel. Bien réels, son statut de mec largué et le désarroi. Allait-il le revoir ? Allait-il revenir ? Vu la tournure des événements, il ne lui restait plus qu'à tirer les tarots sur Internet pour se redonner de l'espérance.

– Allez, je paye la dernière tournée, et on y va, conclut Matteo en sortant ses billets de sa poche revolver.

Le froid dehors les saisit. Ils pressèrent le pas pour s'engager rue de la Verrerie. On passait aux choses plus sérieuses : L'Arlequin, un endroit où on pouvait retrouver les plus belles gueules du moment, des connaissances, des amis, des potes de bringue. Tout était possible, tout permettait de le croire : le nouveau serveur avenant derrière son bar qui saluait à l'arrivée d'un nouveau client, sauf les jours de mauvaise humeur, ses petits cheveux gominés et son tee-shirt plaqué sur des pectoraux en béton huilé, un petit cul étroit moulé dans un jean délavé au Kärcher – tout un programme, mieux, une promesse. Matteo adorait les adresses un peu clinquantes, où les mecs font la gueule. À croire que tous les homosexuels étaient des gravures de mode parisienne pleines de thunes. Lui, Michel, il se trouvait plutôt ordinaire, avec son embonpoint et sa gueule un peu molle. Le sport, les régimes et les jeunes, ça le faisait chier, ça l'avait toujours fait chier.

Ils entrèrent, glacés, à L'Arlequin. Ce soir-là, le barman était celui que connaissait bien Matteo : un vague flirt, remontant à l'année précédente. Ils s'installèrent sur des tabourets au comptoir.

– Salut Matteo, salua-t-il. Comment ça va depuis la dernière fois ?

– On fait aller. Sers-nous deux tequilas frappées, on en a besoin, dit Matteo.

– Ah oui ? Qu'est-ce qui t'arrive ?

– Rien du tout en ce qui me concerne. C'est pas moi, c'est lui. Il s'est fait larguer sans ménagement après une dispute. Un coup de tête, mais qui durerait. Pas de nouvelles depuis de l'homme de sa vie. Disparu, envolé, évanoui dans la nature. Mais, dis-moi, tu le connais sans doute. La fois où Michel l'a rencontré, c'était chez toi. Il s'appelle Albert, Albert Casteau. Ça te dit quelque chose ?

– Non, rien. Mais tu sais, nous, les noms des clients, on les connaît pas toujours. Et puis, on voit passer tellement de monde, comment veux-tu que je me souvienne ?

Matteo se tourna vers Michel :

– Michel, montre-lui, t'as sûrement une photo sur toi, non ?

Michel sortit un cliché de son portefeuille : il se trouvait en compagnie de son ex-compagnon sur une plage du débarquement. On distinguait assez nettement les traits de l'autre, suffisamment en tout cas pour le reconnaître.

– Ben oui, dit immédiatement le serveur. C'est Bruno. Oui, je vois qui c'est, c'est un client qui vient de temps en temps. Mais ça fait un petit moment que je ne l'ai pas vu.

– Comment ça, « Bruno » ! s'exclama Michel, surpris. Tu dis qu'il s'appelle Bruno ?

– Écoute, c'est comme ça qu'il était connu ici, après je ne peux rien te dire de plus. Mais va voir chez Serge, il le connaît bien, lui, tu sais, c'est le patron de L'Échiquier, le bar un peu plus haut, dans la rue des Archives. Il paraît même que c'est son oncle.

Michel but cul sec sa tequila et les deux hommes filèrent pour L'Échiquier, un piano-bar qui comprenait une petite salle de café-concert au sous-sol. Serge était un homosexuel militant de la première heure, qui avait pignon sur rue depuis près de vingt ans. Ici, pas de moiteur torride ni de pénombre, de fauteuils moelleux dans les backrooms, mais plus simplement des gens venus pour boire un verre, écouter de la bonne musique et bavarder. Tout simplement de la chaleur humaine. Matteo, qui connaissait tout le monde dans le milieu, le salua chaleureusement en entrant. Ils s'installèrent au bar, commandèrent deux tequilas frappées : ils étaient partis là-dessus, autant éviter les mélanges. Sûr que ça allait être difficile de prendre le RER de minuit trente pour Bourg-la-Reine. Enfin, il pourrait toujours squatter chez son pote. Michel brûlait de savoir ce qu'avait bien pu devenir son ex-petit ami et il comptait sur la perspicacité de Matteo. Malheureusement, celui-ci avait retrouvé plein de connaissances : le service n'allait pas être garanti immédiat. Ils le saluaient d'un « Comment ça va, ma poule ? ». À croire que cet enfoiré s'était tapé la terre entière, contrairement à lui, dont les performances devaient culminer à deux partenaires par an, et encore, les années fastes. En tout cas, il n'avait pas du tout le goût à la gaudriole et il commençait à s'impatienter. Matteo, qui remarqua l'agacement de son ami, le taquina :

– Allez, détends-toi un peu, y'a pas mort d'homme quand même ?

– Qui sait ?

– Qu'est-ce que tu veux dire ? N'importe quoi ! Il est pas mort, ton copain, il s'est juste fait la malle, c'est tout. Et quant à toi, je pense que tu t'en remettras. Regarde autour de toi : y'a rien ici qui te ferait plaisir ? Amuse-toi, au moins. Qu'est-ce que tu bois ?

– Comme toi.

– OK. Serge, remets-nous deux tequilas.

– Alors, demanda le patron à Matteo en posant les verres sur le bar, comment ça va ?

– Écoute, rien de bien nouveau, toujours en quête du grand amour, et je ne trouve que des étourdissements d'un soir. Mais c'est mon pote qui m'inquiète. Tu vois, il est en pleine neurasthénie, il s'est fait larguer et il n'arrive pas à surmonter. Et le serveur de L'Arlequin m'a dit que tu connaissais bien son ex ; il s'appelle Bruno, il paraît que t'es son oncle.

– Ah oui ! Il a dit ça ? C'est un vrai mytho, ce mec. On se connaît un peu, c'est vrai, mais de là à faire de moi son oncle… Passons. Je ne sais pas ce qu'il devient. Ça fait bien quinze jours qu'il n'est pas passé. Il m'a dit qu'il devait trouver un nouveau logement sous peu et qu'en attendant il irait chez un copain à lui, mais je ne peux pas te dire qui. Pourquoi ? Il s'est passé quelque chose ?

– Non, rien. C'est juste qu'il s'était mis en ménage et que c'est fini, et qu'il est parti sans ménagement.

– En ménage ? J'étais pas au courant. Depuis combien de temps ?

– Oh ! depuis quelques mois, répondit Michel. Avec moi. Il était venu vivre chez moi, à Bourg-la-Reine. On s'est séparés après une dispute qui a mal tourné, et je n'ai plus aucune nouvelle.

– C'est vrai que depuis un certain temps, je ne le voyais plus le soir, il ne venait que la journée, mais il ne m'avait rien dit. Tu sais, Bruno, il a pas de famille, et je dirais même qu'il a assez peu de principes. Il va, il vient, il n'a pas d'adresse fixe. Vraiment, je ne vois pas où il a pu passer, ton oiseau de malheur.

Michel regarda l'heure : onze heures trente. Il voulait rentrer chez lui, passer sa tête sous la douche et ne plus penser à rien. Il allait devoir vivre avec ça : peut-être qu'il ne le reverrait plus jamais, peut-être que non, il le croiserait au détour d'une boîte, peut-être. Mais il fallait quand même qu'il retrouve cet enfoiré, vite.

Le barman de L'Échiquier, qui, pendant toute la conversation, avait essuyé les verres, se retourna vers eux.

– Attendez, leur dit-il, je crois que je peux vous aider. Bruno est passé il y a deux jours ; on n'avait pas trop de monde. Il m'a raconté un peu sa vie. Il n'avait plus de piaule et il m'a demandé si je pouvais le dépanner. Je lui ai dit que chez moi, c'était impossible, mais je lui ai donné les coordonnées de copains qui vivent à la campagne, à Fontainebleau. Je lui ai dit que pour quelques jours, ce serait certainement possible. Je peux vous donner l'adresse, si vous voulez.

Michel se retourna vers son pote :

– Tu peux me prêter ta bagnole ce soir ?

15

Michel Besson fonçait à 160 kilomètres/heure sur l'autoroute A6 en pleins phares, parce qu'il avait du mal à voir la nuit. Il se fichait pas mal de savoir si ça aveuglait les voitures d'en face. À cette vitesse-là, on ne pouvait pas se permettre d'erreur. Des erreurs, il en avait déjà trop fait. Il était dans la merde. Pourquoi il avait eu cette idée foireuse d'aller voir les flics ? Ça, il n'arrivait toujours pas à se l'expliquer. Il prit la sortie Fontainebleau et fit plusieurs kilomètres avant de s'engager sur un chemin de terre qui partait de la route départementale. Il se gara et frappa à la porte de la dernière maison d'un lotissement où devait loger « Bruno ». Il se fit la réflexion qu'il était à la campagne et que l'endroit était absolument désert. Il n'était qu'à moitié rassuré.

Un homme lui ouvrit. Il paraissait bien éveillé et accueillit Besson en ces termes :

– Qui êtes-vous ? Qu'est-ce que vous voulez ? Vous avez vu l'heure ?

– Albert est là ? demanda Besson sans ménagement. Je suis Michel, un ami. On se connaît bien.

– Ah oui ! Je vois. Je vais voir ce que je peux faire.

Michel commença à transpirer à grosses gouttes dans le vestibule. Ça ne lui plaisait qu'à moitié, ces retrouvailles en compagnie du Cerbère. Une vraie sale tronche amochée et insensible. Qu'est-ce que c'était ce plan foireux ?

— Qu'est-ce qui t'a pris bon Dieu d'aller voir les flics ? retentit soudain une voix tonitruante.

Pas de doute, c'était bien lui, son ex-petit ami, qui s'était fait la malle sans dire au revoir ni merci : « C'est rien je m'en vais c'est tout ». Son cœur de premier communiant se mit à battre la chamade. C'était lui, enfin. Pourtant, la circonstance était déplaisante et il lui venait à l'esprit que tout ça pourrait mal finir. Il n'avait sans doute pas bien cerné le zig qu'il avait hébergé et ça commençait sérieusement à dépasser le cadre du connu tout ça.

— Alors Michel, tu ne dis rien ? continua la voix.

— J'attends que tu te montres, parce que tu vois, depuis quelque temps, j'ai même pensé que t'étais mort. Tu me fais l'effet d'une sorte de fantôme, même.

— Je vois que t'as rien perdu de ton humour. Heureusement, parce que j'ai pas vraiment le cœur à rire, Michel.

La porte s'ouvrit enfin et Albert se montra. Impeccable, comme d'habitude, dans son costume ajusté et ses trucs à jabots de fiotte guindée. On n'aurait jamais pensé en le voyant qu'il n'avait pas un rond. *Comme je l'ai aimé !* se dit Michel.

— Putain, Michel, arrête de rêver, on n'est pas dans *Les Parapluies de Cherbourg* !

— Excuse-moi, je ne pensais plus te revoir, et ça me fait un certain effet.

— C'est fini tout ça, Michel, et je vais te dire : tant mieux ! Ça me fait de l'air, de l'air, de l'air… ! Alors, après ce préambule, je vais te dire pourquoi t'es là : le serveur de L'Échiquier m'a appelé dans la soirée. Il a saisi une partie de ta conversation avec ton pote. Je suis sûr que t'es allé chez les flics, espèce d'enfoiré… ! C'est moi qui l'ai autorisé à te filer cette adresse. Alors, j'ai voulu te voir de toute urgence, tu peux me comprendre… T'as intérêt à te montrer prolixe, tu me comprends ?

– Dis donc, t'as du vocabulaire, dit Michel en guise de réponse.

L'autre le gifla.

– Grosse boursouflure ! Pour qui te prends-tu ? Tu te crois malin, mais tu n'as pas encore compris ce qui t'attendait ?

– Je vais te dire, tu peux tout me faire, dans ma tête, c'est déjà fini, tu vois. Mais ne t'inquiète pas, je dirai tout et tu sauras tout, je m'en fiche, en fait.

Besson s'étonnait de sa soudaine magnanimité et du courage qui lui venait. Comme une grande détente, un abandon. Il avait retrouvé celui qu'il avait tant recherché, et il découvrait une crapule qui s'était accrochée à lui par intérêt, un parasite animé par des motivations vénales. *Ce n'était pas le bon, ce sera un autre*, pensa Michel. *Un autre, vite ! Toi, je t'oublierai, c'est déjà comme si tu n'existais plus pour moi.*

– Tu peux me servir un café ? demanda Besson. J'en ai besoin pour me tenir éveillé après toute cette route, et après je te promets de tout te dire. Et puis donne-moi une chaise, j'en ai marre d'être debout dans l'entrée.

– Y'a plus de café, tu vois, on est assez pressé, ici, on est de passage. Alors ?

– Oui, je suis allé voir les flics, quand j'ai vu que tu étais parti. J'ai pas trouvé ça naturel comme disparition : pas un mot, pas un appel, rien. Envolé dans la nature. Donc je suis allé signaler ta disparition, voilà tout.

– Tu me prends pour un con ?

– Pourquoi ? Pourquoi crois-tu que je serais allé voir les flics ? Et toi, pourquoi est-ce que ça t'importe tant que ça ? T'aurais des choses à te reprocher ?

– C'est moi qui pose les questions, t'as compris ça, connard ?

– Je t'ai tout dit. Maintenant, je crois qu'on s'est assez vu, « Bruno » ! Je vais rentrer.

Michel fit mine de s'en aller. Le vigile s'interposa entre la porte et lui.

– Non, tu ne m'as pas tout dit, reprit Albert. Tu vas passer au détecteur de mensonges. Mais tu vois, ici, c'est pas comme chez les flics, c'est plus rustique. Alors, tu dis tout ou on t'aide un peu ?

– Je t'ai tout dit, insista Besson.

– T'as tort, Michel, tu vas le regretter.

Le balèze arriva par-derrière, souleva Besson de sa chaise et le fit retomber au sol. Il le gifla et le gratifia de deux coups de pied secs dans le ventre. Besson se tordit de douleur et faillit tout dégobiller.

– OK, murmura-t-il dans un râle, le regard lourd de mépris. Mais je te préviens, tu vas être déçu.

Michel avoua tout. Il était allé voir les flics parce que cet enfoiré s'était barré sans dire un mot et qu'il avait trouvé ça très gonflé et même anormal. Il ne l'aurait pas cru capable d'une telle saloperie, lui qu'il avait hébergé, nourri, entretenu même, pendant tout ce temps. Il lui était venu comme une sorte de rage et, quand il était rentré d'une soirée bien arrosée samedi soir et qu'il était passé devant le centre commercial, il avait vu un homme dans une voiture blanche, la même que la sienne, une 405, qui faisait des trucs bizarres, comme décharger des sacs. Il s'était dit : « c'est peut-être lui, il a la même voiture. De loin, il lui ressemble ». Mais, fatigué, il n'était pas allé vérifier, ça lui paraissait juste une coïncidence, la voiture. Et puis quand il avait su qu'un gamin avait été retrouvé mort à proximité, il s'était dit que c'était son devoir de citoyen d'aller voir les flics, pour leur raconter ce qu'il avait vu la veille. Où était le mal dans tout ça ? Il ne leur avait pas dit que le type avec qui il partageait sa vie avait la même voiture et que ça pouvait être lui, il pouvait le lui jurer s'il le voulait.

– J'ai du mal à te croire, Michel, soupira Albert.

– C'est toi ? C'est donc toi qui as massacré ce gosse ?

– Regarde-moi bien, Michel, tu crois vraiment que je suis un de ces salauds, une de ces pourritures qui kidnappent des gosses, les violent, les torturent et les tuent ?

– J'en sais rien. Vu tes méthodes, je peux dire que je croyais te connaître, mais en fait je ne te connais pas.

– C'est pas moi, Michel, tu m'as bien compris ? C'est juste que je ne veux pas avoir affaire aux flics en ce moment.

– Qu'est-ce que tu as à te reprocher ?

– T'as pas à le savoir. Mais comme gage de ma bonne foi, Michel, pour te montrer que je ne suis pas un psychopathe, ni un tueur, je vais te dire bonsoir, et tu vas rentrer chez toi. On va dire que je te crois, mais attention : si jamais les pandores débarquent ici, je te préviens, je ne donne pas cher de ta peau et je saurai te retrouver. Considère aussi que, à partir de maintenant, je peux être au courant de tout te concernant. Ne me demande pas comment ni pourquoi. Si tu déconnes, crois-moi, je serai prévenu. Allez, au revoir Michel.

Albert quitta la pièce sans plus de cérémonie. On reconduisit Michel jusqu'à sa voiture.

16

Presque quinze jours avaient passé depuis la disparition de Lucas. Ses parents appelaient le commissariat tous les jours, laissaient des messages désespérés, suppliant les policiers de leur ramener leur fils vivant. Ses camarades d'école avaient peu à peu retrouvé leur vie d'avant et comblé le creux douloureux de l'énigme dans les histoires de leur âge. Le petit visage semblait sombrer et s'éloigner, comme s'il n'y avait plus rien à attendre. L'espoir, avec les jours, s'envolait. Un jour peut-être, son cadavre referait surface sur les bords d'une rivière ; ou bien quelqu'un le retrouverait par hasard, au fond d'une forêt, sous d'épais feuillages. Tout semblait être dit. Tout avait été fouillé, perquisitionné, passé au peigne fin. Et le petit Rom, lui, était toujours fils de personne. Les policiers continuaient à penser que les deux affaires étaient liées et ils redoutaient qu'un nouveau meurtre ne se produise. C'est à ce moment-là que les événements prirent une tournure tout à fait inattendue.

17

Les hôtes de Lucas se la coulaient douce. Pas de boulot en vue, même pas de ménage à faire dans la baraque – le minimum. Une petite pension d'invalidité, qui servait à becter et à nourrir le chat. Besoin de rien, en somme. Sauf que ces longues journées sans rien faire, ça finissait par rendre maboul. Lui, il sentait souvent comme une boule de feu dans la gorge qui voulait sortir. Il tournait des jours entiers dans la maison, comme un animal en cage, en se demandant bien comment il pourrait se soulager. Alors, le soir venu, il buvait parfois une dizaine de bières d'affilée. Et il se sentait plus léger, un peu moins dingue. Quand il faisait ça, sa femme l'engueulait comme s'il avait quatre ans. Il ne pouvait le supporter, alors il lui faisait passer l'envie de recommencer, comme il disait. Elle le maudissait, le menaçait, mais ses imprécations de vieille folle le faisaient rigoler. Si elle croyait qu'elle lui faisait peur, elle se foutait le doigt dans l'œil.

Et puis maintenant, il y avait le gamin… Il ne savait pas combien de temps il allait pouvoir le garder mais, quand même, de là à le liquider… Il coûtait cher, il fallait le nourrir… Ça n'allait pas pouvoir durer longtemps, il le sentait bien. Il devait sûrement avoir une famille, le gosse, qui devait le rechercher. La police devait être alertée. Mais il ne pouvait pas savoir : il ne lisait jamais le journal et il n'avait jamais fait réparer la télé de son père. Il n'allait tout de même pas se mettre à construire une cave exprès pour le faire vivre dedans. Lui, il l'aimait bien, son « gamin ». Mais bon, s'il se faisait gauler à cause de ça, c'était cher, très cher. TROP CHER. L'heure était venue d'opter pour une solution. Radicale.

Un soir, alors qu'ils étaient à table, sa femme lui demanda :

– Alors, t'as réfléchi ?

– On va s'en débarrasser, c'est bon. Je vais l'emmener à la rivière, je l'assommerai et je le balancerai dedans, avec une bonne grosse pierre aux pieds. Ça devrait marcher.

– T'es fou, c'est trop dangereux. Si on te voyait, tu y penses ?

– T'as d'autres idées ? Il faut bien prendre une décision.

Elle se gratta la tête, marqua une longue pause. Des idées défilaient dans son esprit dérangé, de scénarios de meurtre en abandon réussi.

– Le problème, dit-elle, c'est que si on le laisse en vie, il pourra toujours raconter ce qui s'est passé, dire à la police où on habite, comment on est. Et ils nous retrouveront, c'est sûr.

– Tu vois, il n'y a qu'une solution, je te dis.

– D'accord, mais faut s'entendre sur les moyens. Le crime parfait, tu comprends ?

– Personne ne sait qu'il est là, j'en suis sûr. Tout à l'heure, je m'en occupe à la barre de fer et puis, ce soir, je charge le corps dans la voiture et je le dépose plus loin, je sais pas, moi, vers le centre commercial, par exemple, ou vers la rivière, ou dans la forêt, plus loin.

– La forêt, ça me paraît pas mal, parce qu'avant qu'on retrouve le corps, il se sera certainement passé un bon bout de temps.

– Tu as raison. Et puis, je ne risquerai pas de croiser quelqu'un, ou alors faudrait vraiment que ce soit pas de pot.

– Emballé, c'est pesé ! Allez, on va se donner un peu de courage ! Sors la bouteille de Martini et mets deux glaçons dans les verres, ça ira bien comme ça.

— Tu me méprises, n'est-ce pas ? dit son hôte à Lucas. Tu me méprises, mais pourtant regarde-moi bien : c'est moi qui décide. Et personne ne sait où tu es. Tu pourrais passer toute ta vie ici, personne n'en saurait rien. Je pourrais même te construire un petit abri où tu vivrais, qu'est-ce que tu en dis ?

Lucas ne répondit rien, Lucas le fixait.

— Je fais les questions et les réponses, c'est ça…, continua l'homme. Tu crois peut-être que tu m'impressionnes, c'est ça ? Mon gars, nos routes se séparent. Mais pas de la bonne façon pour toi, tu vois ce que je veux dire ?

En disant cela, sa voix tremblait. Puis subitement, il se mit à pleurer comme un gosse. Il lâcha son arme et s'appuya contre le mur. Lucas en profita pour se saisir de la barre de fer et assomma son ravisseur d'un coup sec sur le crâne. L'autre n'eut même pas le temps de réaliser ce qui se passait qu'il était déjà tombé sous l'impact.

Pour Lucas, c'était peut-être la fin de ses problèmes. Il n'y avait pas un instant à perdre. La folle allait sûrement arriver très vite si son mari ne redescendait pas. Il fallait fuir immédiatement. L'homme ne bougeait plus. Il entrouvrit la porte. Il n'y avait personne dans l'escalier, aucun bruit. Peut-être que la folle était dans le jardin. Peut-être aussi qu'elle était à la cuisine et qu'il ne l'entendait pas. Elle pouvait surgir d'un instant à l'autre, mais il n'avait pas le choix. Il fallait avancer. La fenêtre était bloquée et, de toute façon, c'était trop haut pour sauter sans se blesser. Lucas referma tout doucement la porte derrière lui. La poignée grinça légèrement. Il avait gardé avec lui la barre de fer, au cas où. Il n'avait plus rien à perdre et il fallait partir. Il descendit très lentement, redoutant que n'apparaisse le visage de la folle derrière la rampe d'escalier, surgi comme un diable d'une boîte, effrayant et vicieux. Il était presque en bas. Plus que quatre marches. Il entendit la porte d'entrée se refermer. Elle venait de rentrer. Merde. Que faire ? Remonter, impossible. En plus, l'autre pouvait se réveiller d'un instant à l'autre. Tant pis, il fallait passer. Lucas se précipita au rez-de-chaussée et s'accroupit sous l'escalier. Elle allait bouger, forcément, se déplacer, aller quelque part.

– T'es toujours en haut ? l'entendit-elle hurler à son mari.

Elle attendit quelques secondes avant de crier à nouveau, de rage. Elle se rua dans l'escalier. Lucas était terré juste à côté d'elle, elle pouvait le voir. Mais elle passa, furieuse, obnubilée par ce qui pouvait bien se passer en haut, ce qu'il pouvait bien faire avec ce putain de gosse. Il en mettait du temps !

Dès qu'elle fut à mi-chemin dans l'escalier, Lucas se précipita vers la porte d'entrée, qui n'était pas verrouillée. Au moment même où il la passait, il entendit le cri de la folle, qui annonçait simultanément pour elle le début des emmerdements : « Nom de Dieu ! »

Il courut le plus vite possible pour atteindre la route : à partir du moment où il serait sur un lieu où passaient des voitures et des gens, elle ne pourrait plus rien contre lui. Il se retourna : il la vit sur le pas de sa porte, serrée dans sa blouse, les cheveux en bataille. Elle avait décidé de le laisser partir. Elle savait d'instinct qu'elle ne pouvait plus rien désormais, qu'il était libre, qu'il leur avait échappé. Il aperçut aussi pour la première fois la maison de l'extérieur – une grande maison de trois étages, mal entretenue, avec la peinture des volets qui s'écaillait et la haie, pas taillée depuis des lustres, une maison en meulière avec des volets rouges. Il s'efforça de bien la photographier dans son esprit.

Aussitôt que la panique l'eut lâché, Lucas sentit monter une immense fatigue. Il s'arrêta le long de la route, à un carrefour, pour s'asseoir sur un talus et se reposer quelques instants. Tout était allé si vite… Pas le temps de réaliser. Peut-être était-ce là, d'ailleurs, que tout avait commencé, un soir. Il faisait froid et les arbres avaient perdu toutes leurs feuilles. Il se souvint du jour où il s'était enfui de chez lui. Ce geste lui parut stupide avec le recul ; vivre chez les parents, c'était pas l'enfer. L'enfer, c'était bien différent ; l'enfer, il y était entré. Lucas avait du mal à respirer, le souffle court d'avoir tant couru. Tant d'efforts, dans son état, c'était presque trop. Il fallait pourtant se relever : la vieille pouvait arriver, le vieux aussi, on ne savait jamais. Après tout, il n'était pas si loin de chez eux. Il pouvait prendre leur voiture et venir le chercher, et alors... Il décida de continuer sur une petite route et de ne pas emprunter l'axe principal. En effet, s'il faisait du stop, et qu'il tombait sur les deux vieux, ça ne serait pas bien malin. Il espérait que ce chemin allait mener rapidement quelque part, car il sentait ses forces l'abandonner.

Il marcha peut-être une demi-heure ou une heure, il ne pouvait le dire exactement, jusqu'au moment où il aperçut dans l'horizon une sorte de ferme rénovée, à côté d'un hangar. C'était la fin de ses tourments. Il sonna à la porte. Une femme lui ouvrit. Elle poussa un cri en le voyant :

– Mon Dieu, mais d'où viens-tu ?

Il devait avoir l'air repoussant d'une bête. Il n'eut pas le courage de répondre ; il s'évanouit.

18

La femme appela les pompiers et la police qui se rendirent sur place immédiatement. C'était à quelques kilomètres de Longjumeau, dans la commune de Saulx-les-Chartreux. On diagnostiqua un état de fatigue extrême, liée à des mauvais traitements : Lucas avait le corps couvert d'hématomes, de griffures et d'entailles, souffrait de dénutrition et de privation de sommeil. On l'identifia rapidement comme l'adolescent qui avait disparu deux semaines plus tôt et il fut transféré à l'hôpital le plus proche pour y recevoir des soins.

Le capitaine Le Goff se chargea de prévenir la famille. Puis très vite, la nouvelle se répandit. Dès le lendemain, les journaux titraient : « Lucas : la fin de l'enfer ». On y racontait que l'adolescent n'était pas encore en état de parler : il était, comme on dit, « en état de choc » et refusait tout contact. Il s'était enfermé dans un mutisme qui semblait en dire long sur tout ce qu'il avait dû endurer pendant cette période dont on ne savait rien encore. Que s'était-il passé ? Où ? Et surtout : qui ? Qui s'était rendu coupable de telles atrocités ?

C'était bien la question qui obsédait Jean-Baptiste : qui ? Il espérait que le témoignage de Lucas serait décisif pour mettre la main sur ses bourreaux, qui étaient peut-être aussi les assassins du petit Rom qu'on n'avait pas réussi à identifier. On éviterait ainsi un nouveau meurtre. Le Goff interrogea la femme qui avait ouvert sa porte à Lucas. Avait-elle observé dans son entourage et aux alentours des événements étranges, des conduites inhabituelles ? Certaines personnes avaient-elles attiré son attention ? Connaissait-elle bien ses voisins ? Lucas avait pu parcourir quelques kilomètres, si bien qu'il était difficile de délimiter exactement un périmètre de recherche. Mais elle répondit négativement à toutes ces questions. De plus, elle avait emménagé depuis seulement quelques mois et ne connaissait pas encore beaucoup de monde. Lucas était le seul recours.

Quelques jours passèrent pendant lesquels Lucas récupérait à l'hôpital. Il avait recommencé à s'alimenter normalement, s'était levé, avait fait quelques pas dans le couloir. Pour l'instant, les médecins jugeaient son état instable, fragile, et un entretien avec la police leur semblait prématuré. Mais Le Goff insista, arguant que le temps pressait : il y avait un assassin dans la nature. Les médecins en convinrent et autorisèrent le policier à rencontrer Lucas un court moment.

La vision de l'innocence souffrant de la cruauté et de la brutalité des adultes était insupportable au policier. Souvent, dans sa carrière de flic, il en avait vu des enfants, victimes faciles et silencieuses, prêtes à endurer beaucoup pour contenter leurs géniteurs et ne pas leur causer de tort, y compris s'accuser elles-mêmes et passer sous silence leurs pires saloperies. Comme un élastique qu'on peut étirer indéfiniment. Mais ce qu'il avait aussi constaté, et assimilé, même si cela restait un mystère entier, c'était la façon insensée dont ces enfants bafoués aimaient leurs parents malgré tout, les protégeaient de l'« agression » extérieure des profs, éducateurs, psys et, pour finir, au bout de la chaîne, des flics, quand tout le système explose sous la trop forte pression de la démence.

Jean-Baptiste Le Goff poussa la porte de la chambre d'hôpital et trouva le garçon allongé sur son lit, entouré de livres et de vieilles peluches qu'on avait rapportées en pensant qu'il aimerait cela. Les parents de Lucas étaient bouleversés par les retrouvailles. Ils pensaient sans doute que, désormais, plus rien ne serait comme avant, qu'ils sauraient bien s'occuper de leur fils.

— Lucas, est-ce que tu m'entends ? souffla-t-il à voix basse. Je suis le capitaine Le Goff, en charge de l'enquête autour de ta disparition. Je suis content que tu sois de retour.

Lucas regardait fixement le mur d'en face, comme s'il ne voulait pas entendre ni voir ce qui se passait autour de lui. Il était maigre et livide. Sa bouche entrouverte laissait apparaître des petites dents proéminentes qui semblaient couvrir tout l'espace de son visage émacié et dominaient un menton fuyant. Il devait avoir bien souffert.

— Lucas, reprit Jean-Baptiste, je sais que tu as bien souffert et que tu ne souhaites qu'une seule chose : qu'on te laisse tranquille. Mais on a besoin de toi pour retrouver ceux qui t'ont fait ça, et pour qu'ils ne fassent pas d'autres victimes comme toi. Il faut qu'on les arrête et qu'on les juge. Dis-toi bien que tout ce que tu as subi là-bas, ça tombe sous le coup de la loi et les coupables doivent être punis sévèrement.

Lucas tourna la tête vers le policier, avant de l'incliner à nouveau vers la droite où il recommença à fixer le mur avec la même attention rigide. Le Goff comprit qu'il ne pourrait peut-être rien en tirer ce jour-là. L'adolescent sortit cependant de sa torpeur hallucinée pour lui parler :

– Vous savez, commença-t-il, ça m'est tellement pénible de parler de tout ça… J'y pense tout le temps.

– Je t'écoute, répondit le policier, s'efforçant de mettre le plus possible de douceur dans sa voix et dans ses gestes.

– J'avais décidé de partir de chez mes vieux, parce que c'était devenu invivable pour moi. Ils me gueulaient tout le temps dessus parce que j'avais des mauvaises notes et que je ne travaillais pas assez. J'avais personne à qui parler, tout le monde s'en foutait, personne n'avait jamais le temps. Je me suis senti tellement mal. Alors, j'ai décidé de partir, comme ça, un samedi. J'ai marché plusieurs heures sans me faire repérer. J'étais assez content de moi, mais je commençais à en avoir assez de marcher, et puis j'avais faim, et froid. Pour me reposer, je me suis allongé le long d'une haie et j'ai dû m'endormir un peu, car je ne l'ai pas vu venir. Un homme a posé sa main sur mon épaule et m'a demandé ce que je faisais là. Je suis tombé dans les pommes. Je me suis réveillé dans sa voiture. Il me disait qu'il allait me donner à manger et que je pourrais me réchauffer. Je n'ai pas voulu, mais il a insisté, jusqu'au moment où j'ai tenté d'ouvrir la portière. Là, il m'a frappé et après je ne sais plus ce qui s'est passé. Quand je me suis réveillé, j'étais étendu sur un lit, dans une sorte de grenier. Je me suis rendu compte que j'étais enfermé, avec juste de quoi manger. Et c'est là que tout a commencé.

Lucas s'arrêta un moment, déglutit, toussa. Les mots ne voulaient plus sortir.

– En fait, continua-t-il, je ne sais pas comment vous dire les choses, c'est tellement horrible… Je ne sais même pas si vous allez me croire… Ça me dégoûte… En fait, ça a commencé tout de suite… Il est venu et… il m'a obligé à faire des choses, et puis ça a continué, tous les jours.

– Quelles choses ? demanda Le Goff. Excuse-moi de te demander ça, mais on a besoin de savoir exactement ce qui s'est passé.

Lucas tenait dans ses deux mains son doudou – un Winnie l'Ourson qui avait vécu. Il triturait l'animal, plongeait ses ongles dans la chair synthétique et le tordait comme un linge qu'on essore. Puis il le laissa tomber au pied de son lit comme un vieux chiffon. Cette scène dura bien trois minutes.

Après un long moment d'hésitation, l'adolescent parvint péniblement à exposer la suite : les agressions sexuelles, les mauvais traitements, la violence, la privation de tout – nourriture, vêtements, chauffage. Le Goff priait pour qu'il parvienne à tout dire. Il expliqua enfin la façon dont il avait réussi à s'évader de sa prison.

– Dis-moi, Lucas, continua le policier, est-ce que tu pourrais maintenant me décrire ces personnes ?

– Eh bien, ils étaient deux ! Un couple, je pense. Lui était grand, assez fort, plutôt moche, chauve. Il avait l'air un peu stupide. Elle, elle avait des cheveux roux, longs, mal peignés, un peu en chignon. Elle était plutôt grosse, mal habillée, comme une mémé, quoi. Je dirais qu'ils avaient à peu près l'âge de mes parents, enfin, un peu plus quand même. Je ne sais pas comment ils s'appelaient. Ils ne s'appelaient pas en fait, ils se criaient dessus en permanence.

– Parfait, Lucas. J'ai juste un dernier truc à te demander, et puis après je te laisse tranquille. Saurais-tu décrire ou retrouver cet endroit à partir de la maison où tu as été recueilli ?

– Oui, je pense que je pourrais, mais pour l'instant, vous savez, les docteurs m'ont dit qu'il ne fallait pas que je bouge.

– T'inquiète, on s'arrangera.

Lucas collabora encore pour établir un portrait-robot de ses agresseurs. Le Goff demanda à ce que l'on fasse le tour des hôpitaux du coin pour savoir si on avait amené dans les dernières quarante-huit heures un homme blessé à la tête correspondant à ce signalement, mais aucune personne accueillie récemment aux urgences n'avait son profil. Il était probable que la blessure infligée par Lucas ait été superficielle et que l'homme s'en soit remis tout seul. Tout ce beau monde avait sûrement filé à l'anglaise.

*
* *

Les médecins autorisèrent Lucas à sortir quelques heures pour guider les recherches, mais à condition qu'on le ménage. Ils tenaient à évaluer ses réactions psychologiques et son état général avant de le rendre à sa famille. Le lendemain de son entretien avec le capitaine, tout était prêt. Le Goff avait prévu trois voitures de police en renfort avec des hommes en civil.

Quand ils furent arrivés à la ferme où l'on avait retrouvé l'adolescent, Jean-Baptiste coupa le contact et se tourna vers lui :

– On va avancer au pas avec les voitures à partir de tes indications. Dès que l'on apercevra la maison, tu pourras rentrer. Tu n'as absolument pas à t'en approcher. Après, c'est notre travail.

Il fit signe aux policiers qui le suivaient de remonter dans les voitures. Ils s'engagèrent sur la petite route, à très faible allure. Quatre kilomètres plus loin, Lucas lui montra quelque chose : c'était une maison derrière de grands bouleaux agités par le vent. C'était ça, exactement ça, ce que Lucas avait voulu regarder avant de s'enfuir, car il savait qu'il reviendrait. Le capitaine donna les dernières consignes à ses hommes. Darbot ramenait Lucas à l'hôpital. Lévy, Chauffour et les autres continuaient derrière lui. Ils étaient suffisamment nombreux pour faire face à la situation si ça merdait.

C'était une maison que l'on aurait qualifiée de « bourgeoise » si elle n'avait été laissée à l'abandon depuis plusieurs années. Elle avait conservé le charme de la meulière, avec ses trois étages, ses fenêtres blanches et ses volets rouges. Mais la mauvaise herbe avait envahi le jardin avec une telle vigueur qu'on ne distinguait plus que des buissons et des herbes hautes. Le portail rouillé n'était plus fermé que par une chaîne et un cadenas. Aucune voiture n'était garée à proximité.

Le Goff appuya sur la sonnette. En vain, ça ne marchait plus. Le dispositif de fermeture du portail céda instantanément : le cadenas n'était qu'un leurre. Il remonta dans sa voiture et s'engagea dans l'allée, suivi par les deux autres, puis s'arrêta à quelques mètres de la porte d'entrée.

Les volets n'étaient pas fermés. Impossible de dire si la maison était encore habitée ou non. Il fallait y aller. Les policiers sortirent et se plaquèrent aussitôt contre le mur.

Jean-Baptiste frappa à la porte. Personne ne répondit. Il fallait entrer par la force. La vieille porte en bois vitrée céda quasiment aux premiers coups de pied. Dix hommes armés se précipitèrent à l'intérieur, envahissant chacune des pièces à la recherche d'une présence humaine. Nulle âme qui vive, ni au rez-de-chaussée, ni à l'étage. On pouvait souffler et fouiller la maison de fond en comble. Ses occupants étaient désormais considérés comme suspects numéro 1 dans l'assassinat du petit Rom.

19

Elle conduisait. Son seul but : se barrer le plus loin possible, aller se planquer fissa. Elle n'arrivait pas bien à se faire à cette idée. Elle avait l'impression de rêver, de ne pas être elle, que tout ça allait retrouver son cours normal, bientôt. Mais quand elle avait aperçu Lucas qui s'enfuyait, elle avait tout de suite compris. Elle avait retrouvé son mari salement amoché. Encore à moitié sans connaissance. Elle avait eu la présence d'esprit de prendre son sac à main, avec tous les papiers, et la boîte à chaussures qui contenait toutes leurs photos. Il fallait éviter de laisser traîner quoi que ce soit qui pourrait rendre service aux flics. Puis une serviette dans l'armoire pour éponger le sang qui coulait à grosses gouttes de la tête de son mari. Juste une blessure à l'arcade, rien de grave. Elle l'avait tiré jusqu'à la voiture puis avait démarré. Ils avaient d'abord fait un tour pour retrouver Lucas, en vain. Où est-ce qu'il avait bien pu se planquer, celui-là ? Ils avaient dû appliquer le plan B, hélas : partir, loin. De préférence en évitant l'autoroute et ses péages.

— Où on va, là ? lui demanda-t-il, encore vasouillard. Où est-ce que tu m'emmènes ?

— Chez mon frère, en Normandie, dit-elle. On lui dira que t'as glissé sur une flaque d'huile alors qu'on faisait le plein dans une station-service. C'est crédible, ça ?

— Pas trop, non. Saloperie de gosse.

— Si t'avais pas déconné complètement avec le gamin, on n'en serait pas là. Du début, j'aurais dû me méfier, du début, j'aurais pas dû accepter ton histoire. J'ai été mise devant le fait accompli, comme on dit. Mais qu'est-ce qui s'est passé, bon Dieu, pour qu'il t'ait mis dans cet état-là ?

— Écoute, c'est fait, c'est fait, non ?

— Tu parles ! On est dans une merde noire, oui. C'est ça qu'je vois. En plus, tu verrais ta tronche, mon pauvre ami…

— Ce salaud de gosse, si je le retrouve, je te jure que je lui fais regretter d'être né !

— Te bile pas, c'est trop tard. À mon avis, le gamin, il a dû réussir à retrouver le chemin de chez lui. C'est plutôt lui qui te retrouvera. Et quand tu le reverras, ce sera entouré de deux flics au tribunal.

Elle avait raison de l'engueuler. Il avait complètement déconné. Saisi d'une sorte de pitié, de délire, il l'avait épargné. Trop con ! Il s'était mis à chialer comme une bonne femme. Qu'est-ce qui lui avait pris, bon Dieu ? Et maintenant, c'était la merde, une merde noire, et ils allaient en chier pour se tirer d'affaire.

— À combien de bornes il habite ton frère, déjà, je m'en souviens plus ?

— C'est vers Cherbourg, au bord de la mer. Y'en a pour trois bonnes heures, je pense. Mais on va passer une nuit à l'hôtel avant d'y aller, le temps que tu retrouves une apparence humaine.

— Et tu crois que les flics vont pas nous retrouver ? On n'est pas des gangsters. Eux, ils auraient déjà changé de caisse. Nous, avec nos deux tronches, on n'a aucune chance.

Ils se turent. Les platanes qui bordaient la route défilaient et s'étiraient vers le ciel en une longue parade verte. Il était étonnamment calme, presque soulagé. Ce gosse, c'était devenu un vrai boulet. Il lisait sa condamnation à l'enfer éternel sur son visage quand il le regardait. Il le défiait, ce gamin, alors il prenait des coups. Fallait pas le regarder comme ça. Oh ! putain, ce qu'il pouvait l'énerver ce gosse ! C'est sûr que le bon Dieu ne lui pardonnerait pas ce qu'il avait fait. C'est pas qu'il regrettait, ça non ; mais quand il y repensait, il se disait qu'il était quand même content que ça soit fini. Sauf que l'avenir était incertain, voire sombre. Enfin, on verrait bien. L'espoir faisait vivre.

— L'espoir, tu parles, l'espoir ! s'exclama-t-elle. Je sais même pas pourquoi je t'ai fait monter dans la voiture. J'aurais dû me barrer toute seule et aller voir les flics, comme ça j'aurais pas été solidaire de tes saloperies. J'ai paniqué, c'est ça, c'est tout.

— Mais non, lui dit-il avec un certain contentement. La vérité, elle est toute simple : t'es mouillée jusqu'au cou et tout le monde sait ça, le gamin, moi, tout le monde. T'as eu la frousse et t'as voulu t'échapper, c'est tout.

— Tais-toi, sinon, je t'arrête ici tout de suite.

– T'énerve pas, va, c'est dangereux en voiture.

Elle continua de rouler sur une centaine de kilomètres. Elle commençait à s'angoisser à propos des flics. Elle avait fait le calcul dans sa tête : le temps que le gamin rejoigne le commun des mortels, qu'il parle, que les poulets retrouvent la maison et leurs traces, il allait bien s'écouler au moins un jour ou deux, et ça leur donnait le temps de se mettre à l'abri. Elle s'arrêta devant un restaurant de routiers à proximité de Lisieux.

– Franchement, tu crois que c'est bien raisonnable de s'arrêter ? lui dit-il à la fois agacé et terrifié par ce qu'il considérait comme de l'inconscience. Tout le monde pourrait nous reconnaître et t'as vu ma tronche ?

– Écoute-moi bien, j'ai pas envie de jeûner parce que monsieur a ses angoisses. Je te dis que les flics seront pas derrière nous avant demain. D'ici là, on ne risque rien. Merde, je vais pas en plus sauter à la corde !

– D'accord, d'accord, te bile pas, je descends.

Il sortit précautionneusement de la voiture, comme s'il était gravement blessé. Elle trouva que, décidément, il en faisait trop, beaucoup trop. Elle le supportait de plus en plus mal. Elle avait encore à l'esprit toutes ces péripéties avec ce gosse. Comment avait-elle pu se laisser aller à ce point ? Elle gambergeait ainsi confusément sur le parking glacé du restaurant, un endroit cafardeux et venté comme une aire d'autoroute. Elle fut soudain titillée par un remords, une prise de conscience à peine formulée avec des mots. Ils avaient été complètement mabouls, elle et lui. Et voilà qu'ils jouaient pour de vrai aux Bonnie and Clyde pourchassés par les flics, avec le même emballement : du grand n'importe quoi.

Elle avait encore plein de liquide pour payer. Si elle utilisait sa carte, sûr qu'elle serait repérée. Elle avait eu la présence d'esprit de sortir son bas de laine avant de déguerpir.

Une petite somme coquette, le temps de voir venir. Sa perspicacité ne laissait pas de l'émerveiller. Une sacrée bonne femme, tout de même, dont la vraie nature se révélait dans l'adversité !

– Qu'est-ce que tu prends ? lui demanda-t-elle. Moi, ce sera du jambon au madère.

– Pareil, avec des frites.

Des frites, ils n'en mangeaient jamais. C'était l'occasion.

– Dis donc, chuchota l'homme dans le restaurant presque désert, ton frère, tu vas le mettre au courant ? Je pense qu'il vaut mieux pas. Moins il en sait celui-là, mieux c'est. Tu imagines qu'il nous donne aux flics ?

– T'inquiète pas, j'en fais mon affaire. Le problème, c'est que tout ça va se savoir très vite. On va avoir du mal à faire croire qu'on est en vacances en Normandie. Il faut juste qu'on tienne un jour ou deux ; mais le troisième, il faudra le prévenir. Et là, on verra bien.

– Qu'est-ce qu'on va devenir ? se lamenta l'homme en se mettant à pleurnicher.

– Dis donc, c'est pas le moment. Un peu de retenue, quoi ; on va se faire repérer. Finis ton jambon, ça va refroidir.

Il éloigna son assiette et poussa un long soupir :

– J'ai plus faim, tout ça me dégoûte. Je crois que je vais pas tenir, j'en peux plus.

– T'as quelque chose à perdre ? Non. Alors, on y va. On se dégonfle pas, on serre les dents et on monte dans la voiture. Donne-moi ta crème brûlée, si t'en veux pas. Moi, ça me fait envie. C'est peut-être la dernière qu'on mange avant longtemps, je veux pas te démoraliser…

La vision de la crème jaune, dorée sur le dessus, avec des reflets brillants, lui fit comprendre la réalité brute. Il était là, assis, dans un restaurant, avec sa femme, dans un contexte qui lui interdisait un certain nombre de choses. C'en était fini de la liberté.

20

Elle avait oublié le livret militaire de son mari dans le tiroir de l'armoire de leur chambre. L'homme s'appelait Jean-Claude PICHON. Il était né le 15 décembre 1957 et s'était marié en 1977 à Monique TOLOBRE, née le 20 février 1955. Ils n'avaient pas d'enfants. Aucun des deux époux ne travaillait. Lui avait été placé en invalidité une dizaine d'années plus tôt, après être tombé d'un toit en faisant de la maçonnerie. Ils vivaient de la petite pension d'invalidité de Jean-Claude, dans la maison de son père, dont il avait hérité à sa mort. Il était enfant unique et Monique avait un frère et une sœur, qui vivaient dans le Cotentin, son pays d'origine.

En fouillant la maison, on tomba sur quelques lettres et cartes postales, des déclarations d'impôt, de vieilles fiches de paie et des factures dans un classeur à élastiques. Pas d'ordinateur ni de portable. Aucune photo, ni papiers d'identité, ni chéquier : ils avaient sans doute emporté tous leurs effets personnels. Dans les tiroirs du buffet de la cuisine se trouvaient le guide des plantes de Maurice Mességué, un vieux Larousse de la cuisine, et un petit répertoire avec quelques noms.

L'enquête de voisinage permit d'obtenir quelques informations sur les Pichon, qui vivaient reclus dans leur maison, abrités derrière une végétation touffue et non entretenue. Ils avaient accumulé dans le jardin des déchets destinés aux encombrants et personne n'avait été capable d'expliquer pourquoi. Ils ne parlaient jamais à leurs voisins, semblaient fuir le contact. On avait connu Jean-Claude tout petit, car son père, un ancien employé des chemins de fer, entretenait d'assez bonnes relations de voisinage. Jean-Claude était considéré comme quelqu'un de pas bien fin, limité intellectuellement. Monique avait mauvaise réputation. Elle passait pour folle, avec ses longs cheveux fauves pas peignés, sa robe de chambre qu'elle portait à longueur de journée, son regard méfiant – pire : mauvais, disaient certains. Ils n'avaient jamais eu d'enfants, non. On ne savait pas pourquoi. Personne ne les connaissait vraiment, personne n'était plus rentré chez eux depuis la mort du père de Jean-Claude. Personne n'aurait pu soupçonner qu'ils séquestraient un enfant. Leur maison était assez éloignée ; un double vitrage plus un bandeau sur la bouche du gosse avaient dû faire le reste. Un voisin, si, apporta l'information suivante : les époux semblaient se disputer souvent ces derniers temps, car il avait entendu Monique crier plusieurs fois. Mais il n'avait pas cherché à épier leurs conversations. Vraiment. Non, à part ça, rien n'aurait permis de dire que quelque chose avait changé récemment dans leur comportement.

Sur la dizaine d'hommes dont les noms et coordonnées figuraient dans le carnet d'adresses retrouvé chez les Pichon, quelques-uns avaient déjà eu des problèmes avec la justice pour des affaires de mœurs : tentatives d'agressions sexuelles, attentat à la pudeur. Tous avaient été punis pour des faits assez anciens, avaient purgé leur peine et se trouvaient désormais dans la vie civile. Ce fichier était une prise de choix, d'autant plus que l'analyse du listing des appels téléphoniques révéla que certains étaient des interlocuteurs réguliers des Pichon, à une fréquence d'un ou deux contacts par mois :

– Albert Toncel, 55 ans, résidant à Antony. Au RMI depuis 2003. Condamné en 1994 pour attentat à la pudeur sur majeur. Il se serait livré à des attouchements sur une collègue de travail, à l'usine où il travaillait.

– Jean Balduchon, 47 ans, résidant aux Ulis. Manutentionnaire travaillant pour des boîtes d'intérim. Condamné en 1997 pour attentat à la pudeur sur mineur de plus de quinze ans, sa petite nièce.

– Léon Polineau, 53 ans, ouvrier spécialisé dans une usine de retraitement des déchets. Résidant à Saulx-les-Chartreux. Condamné en 1987 pour tentative de viol.

Un prénom, « Claude », sans autre mention qu'un numéro de portable, apparaissait également dans le carnet. Impossible d'identifier le propriétaire : c'était une mobicarte qui n'avait été utilisée qu'une seule fois, très récemment, pour appeler Pichon. Le coupon d'identification n'avait jamais été renvoyé.

Tous ces hommes, si l'on exceptait ce « Claude » dont on ne savait rien, avaient été des prisonniers modèles et s'étaient apparemment réinsérés sans trop de problèmes, à l'exception de Toncel, qui n'avait pas retrouvé de travail. Ils n'avaient donné aucun fil à retordre à la police depuis et semblaient se tenir à carreau. Pourtant, ils avaient un lien avec les Pichon. Le point commun, c'étaient leurs déviances sexuelles. Malgré tout, l'hypothèse d'un réseau d'agresseurs sexuels n'était pas très convaincante, car on imaginait mal ces hommes, avec peu de moyens financiers et technologiques, organiser socialement leurs déviances. De plus, Pichon, d'après son profil psychologique, devait plutôt agir selon la pulsion du moment, sans percevoir très nettement les conséquences de ses actes et leur caractère criminel. Enfin, l'idée d'une réunion de « violeurs anonymes » repentants, sur le modèle des « Alcooliques Anonymes », paraissait tout à fait saugrenue et improbable à Le Goff.

Les policiers pensaient que la cavale des Pichon prendrait fin rapidement. Ils ne pourraient pas fuir ni se terrer trop longtemps – ils seraient vite à court d'idées et de ressources. Ils avaient aux fesses tous les flics et gendarmes de France – le numéro de la plaque d'immatriculation de la Renault 21 et leur signalement avaient été communiqués massivement. Au pire, quand ils retireraient de l'argent, on pourrait les localiser. Il n'y avait plus qu'à rendre visite au reste de la famille de Monique.

21

Michel ne regrettait pas vraiment d'être allé voir les flics. Il pensait qu'après tout il avait fait son devoir de citoyen. Ce n'était pas sa faute si ce connard de « Bruno » avait la même bagnole que le tordu. C'était qu'une coïncidence. Il était las, las de toute cette confiance foirée en l'avenir de sa vie amoureuse, las d'avoir aimé, espéré, attendu, supplié, rampé pour rien, pour être tout seul finalement, comme un con, comme au début, comme un nouveau-né qui crie dans son berceau et qu'on laisse pleurer pour l'endurcir. Il avait dû en pousser des cris de nouveau-né, il en poussait toujours d'ailleurs et, pareil, personne ne l'entendait, personne ne venait. À croire qu'il valait vraiment fifre, l'ami Michel, qu'il pouvait bien passer toute son existence comme une ombre, dans l'ombre des gens et de la vie, qu'il n'y aurait jamais personne pour se retourner sur son passage. Définitivement dans la catégorie des seconds rôles, des faire-valoir, des moches, des gros, des inintéressants. Jamais plein cadre, toujours à côté. Putain de merde, mais est-ce qu'il avait bien compris tout ce qu'il y avait à comprendre ? Pourquoi est-ce que ça ne marchait jamais ? Pourquoi ses histoires d'amour étaient toujours de la bonne grosse daube, de la merde en barre ? Pourquoi il tombait toujours sur des enfoirés qui n'en avaient jamais rien à foutre, au fond ? Pourquoi ? Il n'en savait rien, en fait. Qui accuser ? La vie ? Soi-même ? Aller tenter le coup ailleurs, pour un autre, dans un bar, une boîte, oui, s'étourdir, un soir, et puis tous les soirs ; mais il n'avait plus tellement l'âge de faire la fête tous les soirs et il était las de toutes ces rencontres, de tous ces corps qui disparaissaient le matin, de toutes ces bites sucées dans le noir, de ces muscles anonymes, de ces fesses inconnues. Avec Albert, il y avait cru dur comme fer, et c'était foiré. Une fois de plus. Une fois de trop. Peut-être qu'il irait se foutre en l'air. Et puis sous le métro, pour faire chier les gens. Son existence aurait pour une fois de l'importance : il serait le suicidé de la ligne B du RER, l'« accident grave de voyageur » du jour, celui qui ferait gueuler, râler, pester toute une rame en retard au boulot.

De retour chez lui vers trois heures du matin après son escapade nocturne, il se rendit compte qu'il n'avait rien mangé depuis la veille. Il avait faim et se souvint qu'il s'était acheté des raviolis frais au Monoprix, qu'il pourrait passer à la poêle avec un peu de beurre. Finalement, vider son sac d'idées noires et se repasser les scénarios de suicide, ça avait le mérite de clarifier les choses. Il continuerait à vivre, enfin au moins aussi longtemps que ça lui serait accordé. Finis, l'amant délaissé, la pleureuse. Un dernier plan télé, et puis dodo.

*
* *

Le lendemain de cette soirée mémorable, les flics se pointèrent chez lui vers sept heures du matin. Pour Le Goff, c'était le moment idéal : au réveil. Cueillir le suspect en slip et pas très bien réveillé le mettait dans d'excellentes dispositions pour parler. Il n'avait pas encore eu le temps de reconstituer ses défenses ordinaires. Besson était encore tout gonflé de ses secrets et il était temps que cette baudruche s'abandonne.

Michel était encore au lit lorsqu'il entendit frapper fort contre la porte. Il supplia qu'on lui laisse le temps de s'habiller, mais la demande d'entrer parut impérieuse. Une perquisition en bonne et due forme. Il reconnut tout de suite le grand, le capitaine Le Goff, qui lui expliqua le pourquoi de leur présence. Qu'il devait ne négliger aucune piste, dans cette enquête où les indices étaient bien maigres. Le capitaine jeta un coup d'œil panoramique à l'appartement. Un deux-pièces de vieux garçon assez soigneux. Avec, malgré tout, une vaisselle de la veille dans l'évier et du linge en tas sur le canapé, qui attendait d'être repassé.

Besson se doutait bien que cela devait arriver, mais il tenta quand même le coup de l'indignation vertueuse :

– Vous considérez donc que j'aurais pu vous cacher quelque chose, c'est ça ?

Personne ne lui répondit.

Les flics s'activaient drôlement. Il aurait dû ranger toutes ses photos, vachement compromettantes : on le voyait notamment à Étretat, puis à la plage, en train de rouler des pelles à Albert. Bon, enfin, c'était pas un crime et, Dieu soit loué, ça ne tombait plus sous le coup de la loi. On était libre, quand même. Les flics n'allaient pas téléphoner à sa mère pour cafter qu'il était gay. Enfin, il fallait espérer. Il eut quelques suées quand ils s'approchèrent des classeurs à élastiques rangés sur l'étagère du salon. Merde, c'était là.

Darbot, tout en délicatesse, montra une série de photos pornographiques à son chef. On y voyait Besson pratiquer tout un tas de trucs avec un autre homme, majeur et vacciné. Dans l'esprit de Le Goff, cette découverte devenait intéressante. En tout cas, elle donnait de l'épaisseur au personnage, et un mobile peut-être : quelqu'un avait-il essayé de le faire chanter ? Était-il sous influence ? Se méfiait-il d'une personne en particulier ? Car enfin, pourquoi Besson avait raconté cette histoire foireuse, cela lui échappait toujours complètement pour l'instant.

Le Goff demanda à ses hommes d'embarquer tout ce qui était nécessaire. Il ne restait plus que Lévy, Besson et lui-même dans l'appartement. C'était le moment de lui faire revenir en mémoire son histoire de bagnole au centre commercial, avec son sac à gravats, et le décalage horaire. Lévy était doué pour les interrogatoires : il faisait dire aux gens ce qu'ils s'étaient juré de taire. Mieux encore : ils s'en trouvaient soulagés. Il faisait preuve de sollicitude et de bienveillance, savait aussi être ferme quand il le fallait, mais il n'oubliait jamais ce à quoi tout ce cirque devait mener : la vérité, la vérité nue, la vérité bue jusqu'à la lie, honteuse, écœurante, planquée au fond des caveaux familiaux, des cœurs et des vies étriquées, la vérité, unique en son genre, sans tralala ni bouffonnerie.

– Dites-moi, qui est ce jeune homme sur les photos ? demanda Lévy en montrant Albert et lui enlacés.

– Une connaissance, répondit laconiquement Michel Besson.

– Vous semblez bien vous connaître, au moins « bibliquement », pour une simple connaissance… Perdue de vue ?

– Absolument, plus de nouvelles, disparue, envolée dans la nature.

– Est-ce l'homme avec lequel vous viviez encore récemment ? Comment s'appelle-t-il ?

– Oui, c'est lui. Il s'appelle Albert Casteau. Mais qui vous a raconté tout cela ?

– Je suis bien informé : les murs ont des yeux et des oreilles, vous savez. Bon, résumons. Vous venez nous voir au commissariat. Vous nous racontez une version des faits, qui ne coïncide pas avec la réalité : l'heure que vous nous avez indiquée est fausse. Vous êtes en avance d'au moins deux heures sur l'horaire du crime. Selon le rapport du médecin légiste, le gamin n'est pas encore mort quand vous voyez votre bonhomme décharger le sac. Alors, est-ce que vous pouvez préciser ?

Le gros marqua un arrêt. Contre toute attente, il se montra subitement agressif : s'il avait témoigné, c'était pour aider la police et, désormais, il était dérangé chez lui, on lui posait des questions auxquelles il était incapable de répondre. Comment pouvait-il savoir qui était ce fumier qui dégommait les gosses ? Le ton était monté. Lévy laissa faire : l'autre perdait un peu les pédales, c'était de bon augure. Besson s'épongea le front : la colère l'avait mis en nage. À moins que ça ne soit autre chose : une décharge d'adrénaline inédite, une bonne vieille trouille réflexe naturelle à proximité du gouffre.

— Écoutez, reprit-il, je ne sais pas, je vous ai dit ce que j'avais vu, c'est tout. J'ai traîné un peu avant de rentrer, j'étais fatigué. J'ai téléphoné à un pote en pleine nuit. Un coup de déprime. Ça a pris du temps. J'ai pas fait gaffe à l'heure.

— Il va falloir nous expliquer ce retard d'une manière un peu plus… convaincante, vous me comprenez ? insinua Lévy.

— Je n'ai rien à me reprocher ! protesta Besson.

— Où pourrait-on joindre cet ami disparu ?

— Voyez-vous, je n'en ai aucune idée, dit Michel, qui n'avait plus la moindre envie de collaborer avec la police.

À ce moment précis, les images d'Albert à sa grande époque rejaillirent dans l'esprit de Michel. Il eut subitement envie de balancer au flic à quel point il s'en foutait de son enquête, du gamin mort et des tueurs d'enfants, à quel point cela lui était indifférent, dans une grande provocation sublime et supérieure. Mais le manque de maîtrise de soi est toujours une erreur, quelles que soient les circonstances. Qu'allait-il faire ? Donner cette petite ordure aux flics ou le couvrir ? Cruel dilemme, si l'on peut dire.

Lévy commençait à se dire qu'il fallait aider l'autre à accoucher de sa vérité, mais plus fermement. L'intimidation, ça pouvait fonctionner. Ça resserrait les boulons, ça ne laissait à la personne qu'une alternative : continuer ou s'enferrer, c'est-à-dire prendre le risque d'aligner les années de taule, ce qui faisait réfléchir tout de même.

— Si vous ne me donnez pas une version un peu plus convaincante des faits, conclut le lieutenant, je serai dans l'obligation de vous faire mettre en garde à vue, et vous constituerez notre principal suspect dans cette affaire. J'en référerai au juge d'instruction, qui comprendra ma position eu égard à vos déclarations pour le moins « flottantes ».

Mû par un mouvement de pensée grandiloquent et absurde, Michel lança :

— Eh bien, faites !

22

La grille de la cellule se referma derrière Michel Besson. En fait, il ne savait pas ce qu'il voulait, pourquoi il se mettait dans une telle situation. Après tout, pourquoi chercher à épargner Albert ? Ça n'en valait pas franchement la peine, non ?

Le Goff était soulagé de l'avoir enfin sous le coude. Toute une journée passée là-dedans allait lui faire passer l'envie d'y rester plus longtemps. Il parlerait, car ce n'était pas un dur à cuire : il semblait tout prêt à craquer en appelant sa mère. Il éplucha son dossier. Commercial depuis de nombreuses années dans la même entreprise, père disparu, mère habitant à Antony. Pas de mariage, pas de petite amie connue et, d'après le voisinage, plutôt porté sur les hommes. La perquisition à son domicile avait confirmé, mais n'avait pas permis de montrer une quelconque implication de sa part dans le meurtre de Villebon. Son seul témoignage foireux, ça restait bien mince pour inculper un homme.

Besson s'impatientait. Il avait envie de pisser et on le faisait lambiner. C'était insupportable, à tout point de vue. Il se coucha sur le dos, en espérant qu'il cesserait de penser. Mais tout se mit à valser dans son esprit : Albert, son départ, ses mauvaises raisons et cette dernière entrevue dans cet endroit si mal fréquenté. Et maintenant qu'une réalité sordide commençait à apparaître, l'effet glamour de sa lippe boudeuse et de son air gouape s'évaporait. Comme une fille sexy mais facile, plus affriolante du tout. C'était donc ça, une vie de voyou : une parano constante. Bonjour l'enfer ! On était loin des films avec Alain Delon ou Belmondo. Et puis, sa mère, elle allait apprendre tout ça, qu'allait-elle penser ? Le pire, c'est qu'elle lirait peut-être ça dans les journaux. Que son fils était un détraqué, qu'il avait peut-être tué, et elle n'oserait plus parler de lui aux voisins sans rougir. Elle raserait les murs, on l'inviterait à des émissions pour témoigner : « Mon fils est un criminel. » Il imaginait déjà les dialogues : « C'était un bon garçon. Petit, il jouait avec les autres, il aimait bien l'école, tout allait bien. » Il pensait souvent à elle – ils déjeunaient ensemble tous les dimanches ou presque. Elle était déjà vieille – le temps avait passé si vite. Sa beauté brune, méditerranéenne, s'était flétrie mais, pour lui, c'était toujours la même – à vingt-cinq, trente, ou cinquante ans, puis à presque quatre-vingts maintenant. Seule depuis que son père était mort quand il était encore enfant. Rien ne l'avait préparée au décès de son mari, si brutal – crise cardiaque. Elle ne travaillait pas, elle n'avait jamais travaillé, et, tout d'un coup, elle s'était retrouvée privée de ressources, sans plus personne dans sa vie, à part lui et des cousins lointains qu'on ne voyait qu'aux baptêmes et aux enterrements. Elle l'avait élevée seule, sans se plaindre. Il la revoyait revenir du marché, portant péniblement son panier de provisions, sans personne pour l'aider. Elle faisait des ménages chez les gens pour faire bouillir la marmite. Il en pleura.

*
* *

La journée était bien entamée. Le Goff pensa que la soirée allait être longue et difficile. Lévy était sorti fumer une clope. Le Goff le trouvait vraiment doué. Quand il plongeait son regard bleu horizon – la couleur y était-elle pour quelque chose ? – dans celui de l'assassin, celui-ci se voyait lui-même tout d'un coup en transparence. Tout lui devenait évident et Lévy y mettait un je ne sais quoi de compassionnel et d'ardent qui mettait les types les plus endurcis à genoux – et à confesse, ce qui était tout de même le but recherché. Le glauque ne lui faisait pas peur : les criminels, c'étaient une frange de l'humanité pour Lévy, pas des extra-terrestres habités par un mal ontologique, ni des créatures qui avaient hérité des gènes du diable. Simplement des humains, qui avaient *tourné* sous le poids d'une mécanique mal rodée, faussée, parce que souvent confiée à des parents qui « fous, ne savaient pas ce qu'ils faisaient ». Il ne croyait pourtant pas en Dieu, Lévy. Dieu, il s'en foutait. Qu'est-ce que ça prouvait, qu'est-ce que ça changeait à « la situasse », comme disait San Antonio, que Dieu existe ou pas ? Il avait évacué la question. Peut-être que ça les touchait, les assassins, que quelqu'un reconnaisse la part humaine en eux, la part frère, la part commune. « Ah ! insensé, qui crois que je ne suis pas toi. » *Putain, qui avait écrit cette phrase, déjà ?*

Lévy revint enfin dans le bureau du capitaine Le Goff :

– Bon, on va y aller, non ? On ne va pas laisser notre homme moisir et réfléchir trop longtemps ; avec un peu de chance, il se mettra à table rapidement et on pourra rentrer.

Ils firent entrer Michel Besson. Celui-ci n'avait pas l'air très en forme. Il se plaignait d'avoir dû supplier pour aller pisser, d'avoir faim, etc. Le Goff commença par relire sa déposition. Avec une exactitude cinglante, le policier lui montra ses contradictions afin d'aboutir à la question clé qui devait permettre de dévider toute la bobine de l'affaire : pourquoi avoir menti sur l'heure ? Que valait désormais son témoignage, avec un mensonge aussi gros ?

Fort de son argumentation, Le Goff attendait avec impatience la répartie de son adversaire. Besson ne répondit rien. Il pataugeait dans la mélasse. Quelle parade allait-il pouvoir inventer ? C'est là que Lévy entra en scène : à lui, la partie délicate. Il comprenait qu'il fallait prendre des détours ; la logique ne suffisait pas toujours, car elle finissait inévitablement par buter sur la mauvaise foi. Lévy s'approcha très près du suspect pour lui glisser les mots suivants :

– Peut-être aviez-vous bu un peu trop ce jour-là ?

Besson mordit illico à l'hameçon.

– Oui, c'est ça, c'est ça, c'est tout à fait ça. Je n'ai plus bien ma tête en ce moment, j'ai eu tellement de soucis ces derniers temps.

– Voulez-vous un café, monsieur Besson ? proposa-t-il.

Besson commençait à se détendre. Il s'étira, oubliant un peu les barreaux. Il remua lentement son café, pour laisser se dissoudre le morceau de sucre, irrésistiblement attiré vers l'envie de tout dire. Ce qui ne l'innocenterait pas pour autant d'ailleurs, fallait pas rêver. Mais soutenir mordicus sa version, c'était s'entêter dans la connerie et, ça, c'était toujours néfaste. Le calcul était vite fait. Improviser une nouvelle version, de la haute voltige. Plutôt risquée. Non, il n'y avait pas à discuter. Mais il attendait de voir venir les flics. Que chacun joue sa partie.

— Qu'avez-vous vraiment fait le soir du samedi 27 octobre, monsieur Besson ? demanda Lévy.

— En fait, en sortant du travail, je suis allé prendre l'apéritif aux Alizées, un bar près des Halles, avec mes amis de Palaiseau. C'est pour ça qu'ils vous ont dit qu'on était ensemble. Je devais retrouver Albert Casteau.

Aïe ! se dit Besson intérieurement. *Les pieds dans le plat.*

— Et vous l'avez retrouvé ? continua Lévy.

— Non, car c'est ce soir-là qu'il a vraiment disparu de mon existence. Toute la semaine, j'avais cherché à le joindre sur son portable, par SMS, en vain. Personne ne l'avait vu nulle part. Je lui avais laissé un message pour qu'on se retrouve ce soir-là, mais il n'est jamais venu.

— Donc, sa « disparition » n'était pas prévue ?

Besson se tut quelques instants, rassemblant ses esprits avant de reprendre le plus posément possible :

— Non. J'avais bu pas mal de verres et, plus la soirée avançait, plus j'étais désespéré. Il faut dire qu'on s'était beaucoup engueulés dans la semaine et on était en froid. Je l'avais même viré de chez moi. Je m'en voulais beaucoup.

— Et ensuite ? poursuivit Lévy.

— Ensuite, j'ai repris ma voiture pour rentrer dormir chez un de mes amis à Palaiseau, car j'étais en pleine crise de panique et j'avais besoin de soutien. C'est pour ça que je me suis retrouvé au rond-point, tout seul, à cause de ce problème mécanique. Là, j'ai vu ce que j'ai vu, je ne vous ai pas menti.

J'avais pas fait attention à l'heure sur le coup, c'est pour ça que, dans mon témoignage, j'ai situé l'événement autour d'une heure du matin. En y repensant, c'est vrai qu'il devait être beaucoup plus tard. Mais sinon, tout le reste, c'est vrai.

Besson cherchait à sauver sa peau. Du coup, il voulait faire admettre une pseudo-logique à cette soirée totalement foireuse et incohérente.

– En effet, il était beaucoup plus tard. Poursuivez, dit Lévy, en adoptant un ton sec pour donner la direction. *On s'en fout de tes raisons, ce qui nous importe, c'est la vérité.*

Pas sûr que Besson adhérait totalement au projet.

Besson maintint sa version des faits, à la virgule près : la 405 blanche, l'homme avec son sac à gravats, le terrain vague… Puis il pâlit soudainement. Il s'apprêtait à rompre avec tout ce qui avait pu l'attacher à son ex-ami, parti sans rien dire. Il eut pour dernière pensée fulgurante : *adieu, so long,* compañero. *Je t'ai tant aimé ; tu ne me méritais pas.*

– Je vais vous dire la vérité, inspecteur, lâcha-t-il enfin.

Un ange passa.

– C'était la voiture de l'ami avec qui je vivais. Enfin, la même. Je ne dis pas que c'était lui, sur le bas-côté de la route, mais c'était la même voiture. Je n'ai pas pu lire la plaque d'immatriculation, enfin, j'aurais pu, mais je m'en fichais. Je n'ai pas pensé que c'était important à ce moment-là, mais c'était la même voiture. Ça m'a tellement troublé que, lorsque je suis venu vous voir la première fois, j'ai pas insisté, j'avais peur de le mettre en cause.

– Vous avez donc dissimulé délibérément une partie de la vérité ?

L'étau se refermait sur Besson. Il s'en foutait, il était prêt à tout assumer. Impérial, en mec qui retrouve sa dignité perdue :

– Oui, vous comprenez, je ne voulais pas que vous associiez mon ami à un criminel. Je ne le pense pas capable de cela.

Lévy fit une moue dubitative. *Quel faux cul, ce bonhomme !* Il décida de faire une pause pour rassembler ses esprits. Dans de telles circonstances, il fallait qu'il s'isole ; il laissait alors remonter à la surface de son esprit, libre de toute sollicitation extérieure, les différents scénarios possibles. Il laissait infuser la tisane, attendait que le ciel se dégage. Les êtres humains sont souvent confus, pleins d'ombre, et leurs motivations, complexes, contradictoires. La lumière ne pénètre pas facilement dans les recoins de l'âme et les paroles des suspects reflètent plus souvent le désir de se défiler, le mensonge et la veulerie, que le simple et vaste aveu de la vérité nue.

Vingt minutes plus tard, Lévy retrouva Besson dans son minuscule bureau. Celui-ci n'avait pas bougé, buvait le café qu'on lui avait offert. De quoi se réconforter et tenir le coup, car la garde à vue se prolongeait. Ce n'était pas la énième nuit solitaire qui effrayait Michel, avec les lumières dehors qui brillent, à distance, l'indice d'une présence humaine rassurante dans un décor minéral. Non, c'étaient ses propres ténèbres, cliniques, sondées puis exposées comme de la viande sur l'étal du boucher. Cette nuit intérieure. Côté mauvais souvenirs d'enfance, il avait été servi plus souvent qu'à son tour ; mais il se disait : *c'est comme ça chez tout le monde, après tout. C'est comme ça qu'on éduque les enfants.* Quand il se plaignait, ses parents lui répétaient : « Tu veux aller chez les voisins ? » Il revoyait alors leur voisin de palier, un bon quintal de muscles, le martinet à la main. En effet, vu comme ça… Il serra entre ses mains le gobelet en plastique rempli de café chaud. Cet interrogatoire allait reprendre. Qu'allait-il dire ? Il n'avait encore rien décidé, mais il pressentait que ça pourrait aller très loin – il se sentait d'humeur à s'épancher dans le confessionnal.

Lévy s'assit en face de lui, derrière le bureau. Il lui faisait une drôle d'impression, celui-là. Une impression de froideur, mais qui ne juge pas. Parfait pour la suite. Besson rompit le silence. Le temps de basculer et de traverser le Rubicon :

– Tout ce que je vous ai dit au commissariat était vrai, j'ai juste cafouillé sur l'heure. Ce qui me troublait dans cette affaire, c'est d'imaginer que c'était peut-être lui, le tueur d'enfants, parce qu'il avait disparu et que je n'avais plus de nouvelles. C'était curieux comme coïncidence. Ce soir-là, en rentrant de Versailles, je me suis mis à le chercher partout, dans les bars et les boîtes du Marais. Finalement, le serveur de L'Échiquier, rue des Archives, m'a donné une adresse, à Fontainebleau, près d'une route départementale, où je pourrais le trouver. J'y suis allé sur-le-champ, avec la voiture d'un ami. Il était déjà tard le soir. Quand je suis entré dans la maison, j'ai été accueilli par une sorte de vigile, qui m'a fait attendre un peu dans l'entrée. Puis Albert est arrivé. Son comportement avait changé. Il m'a soupçonné d'être allé voir les flics, m'a menacé, et puis il m'a laissé repartir. J'ai vraiment eu la trouille, je me suis demandé ce qu'ils allaient me faire.

– Bien, vous allez nous mener à lui, qu'est-ce que vous en dites ? Oh ! on sera discret, on ne vous exhibera pas comme une belle prise, ne vous inquiétez pas.

Besson frissonna et remonta un peu son col roulé, pas rassuré du tout.

23

Après quelques jours passés à se planquer dans un Formule 1 à bouffer du jambon sous cellophane, le temps que Jean-Claude retrouve une apparence humaine, ils arrivèrent enfin chez le frère de Monique, à Barneville-Carteret. Ils avaient longuement hésité avant de s'y rendre, persuadés que les flics découvriraient rapidement que Monique avait de la famille en Normandie. Mais où aller ?

Lui n'était pas beau à voir avec sa blessure sur le côté du crâne ; elle, agacée, à bout de nerfs : elle sentait qu'elle allait bientôt perdre les pédales, qu'elle ne pourrait pas faire semblant bien longtemps, qu'elle avait envie d'être au chaud dans ses pénates. Elle n'avait pas prévenu son frère de leur arrivée. Ils étaient venus à l'improviste, dirent-ils, car ils avaient décidé de passer quelques jours en Normandie. Et puis elle s'était dit que ce serait sympa de leur part de venir lui dire bonjour, car ça faisait longtemps et ils n'avaient pas beaucoup l'occasion de se voir, « pas vrai ? ». Manque de bol, en venant, Jean-Claude avait glissé sur une petite flaque d'huile dans une station-service. Oui, une mauvaise chute. Rien de grave, mais ils n'avaient rien sous la main. Peut-être qu'il pourrait les dépanner d'un antiseptique et d'un sparadrap ?

Leur affolement, leur lassitude, visibles, les trahirent. Le frère de Monique la prit à part pour lui demander ce qui se passait.

– Tu vas pas me croire, Dédé. C'est affreux, dit-elle en se mettant à pleurer. On est venus jusque-là, mais je me demande même comment on a pu. J'en peux plus, Dédé, j'en peux plus.

Alors, elle lui raconta tout : l'enfant, sa captivité, le coup sur la tête, la fuite. Voilà, c'était dit. C'était trop tard.

Son frère lui demanda fermement de se rendre sur-le-champ et ajouta que, s'ils ne le faisaient pas eux-mêmes, lui, il irait voir les gendarmes. Ils devaient soulager leur conscience et avouer leur faute devant la justice. Qu'un enfant avait bien souffert, etc. Monique eut un mouvement de recul après le petit laïus de son frère. Elle alla retrouver son mari dans la pièce de séjour et lui avoua ce qu'elle venait de faire. D'un geste rageur, il envoya valdinguer un coussin du canapé sur la vitrine du living, qui se brisa et tomba en morceaux sur la moquette.

Pendant ce temps-là, le frère de Monique avait décroché son téléphone. Les gendarmes arrivèrent aussitôt pour cueillir les fugitifs, qui furent rapidement identifiés et transférés l'après-midi même dans les locaux de la brigade criminelle de la DRPJ de Versailles.

Ils firent à Le Goff l'effet de deux grandes bêtes malades. Leur regard abritait une hébétude sans fin, une stupeur figée, un voile épais de crasse morale qui ne laissait plus rentrer le jour. Ils devaient s'adonner à des trucs innommables depuis un bon bout de temps – l'endurcissement dans le crime étant aussi le résultat d'une habitude. On percevait très bien la colère derrière le masque de la lassitude, une colère primordiale, archaïque. *Sûr qu'on n'avait pas envie de leur confier des mômes*, fut une pensée triste qui traversa l'esprit de Jean-Baptiste. Il soupira : tant d'inconscience ! Il en fallait une bonne dose pour se mettre dans une merde pareille ! Qui donc, un peu soucieux de son propre intérêt, sans parler même de la nécessité impérieuse, morale, sociale, métaphysique de ne pas se livrer à des actes pédophiles, de ne pas torturer, séquestrer, etc., irait faire des trucs pareils ? C'était une vraie folie – folie qui atterrit là, dans le bureau de la police.

Jean-Baptiste appréhendait l'audition : obtenir des aveux est parfois pénible ; c'est un gué à franchir entre la reconnaissance de l'irréparable et sa mise au jour dans le domaine public. Admettre les faits, cela amenait le criminel à tout reconsidérer, à appréhender son logiciel de fonctionnement de manière globale, et non plus seulement par la petite lanterne de sa perversion déguisée en goût, hobby, loisir… bref, en une chose innocente.

C'était tout le contraire, évidemment. Mais le mal avait aux yeux des criminels un goût d'innocence, paradoxalement, un goût de compensation, de réparation, de justice : bref, une légitimité. Jusqu'au moment où leurs actes les rattrapaient, où la société les mettait face à leurs responsabilités et aux conséquences. Et là, de deux choses l'une : ou ça disjonctait sévère et le criminel s'enfermait dans son scénario dingue, ou il se produisait l'amorce d'un retournement.

24

Le Goff avait toujours des cigarettes en réserve dans un tiroir de son bureau. Il craqua et déchira la partie supérieure du paquet de Camel. Pendant un instant, un court instant, à peine quelques secondes, il arrêta de réfléchir. Il revit le bar-tabac de son enfance, à l'air saturé de fumée, où son père achetait ses Gauloises brunes le dimanche matin. La voix de Lévy le tira de sa rêverie :

– Comment on procède ?

– Écoute, répondit le capitaine qui avait une idée claire de ce qu'il fallait faire, tu vas interroger Pichon. Moi, je reste en retrait. On confrontera ensuite nos impressions. On recevra la femme après.

– Crois-tu qu'il puisse avoir tué ?

– Ses agissements à l'encontre de Lucas Trumeaux et la proximité géographique avec le meurtre du petit Rom en font un vrai suspect. Après tout, Besson a pu prendre la Renault 21 pour une 405 : même forme, même couleur. C'est troublant, tout de même. Mais sa pointure de godasse ne correspond pas aux empreintes de pas relevées là-bas. À mon avis, on pourrait l'amener assez vite à nous parler des acolytes du carnet rose : qu'est-ce que ces individus ont à faire ensemble ?

L'homme apparut devant Le Goff et Lévy avec son air tout à la fois abruti et mauvais. Il restait là, sur le seuil, attendant un signe. Cette vision d'une humanité aux confins du bizarre lui fit l'effet d'une limace gluante évoluant silencieusement dans les angles morts de la société. Il réprima un soudain haut-le-cœur.

Lévy s'assit derrière le bureau et invita Pichon à prendre la chaise qui se trouvait devant lui.

– On va rappeler les faits qui vous sont reprochés, commença-t-il. Enlèvement, puis séquestration de Lucas

Trumeaux, mineur au moment des faits, agression sexuelle et violences diverses exercées sur le jeune garçon, coups et blessures portés volontairement, sans parler bien évidemment de la violence morale : harcèlement, menaces et contraintes diverses.

L'homme restait muet, la tête basse. Le policier continua :

– Pour tous ces faits qui vous sont reprochés, nous allons vous déférer devant le juge d'instruction. En revanche, le travail de la police n'est pas tout à fait terminé. J'ai une autre question : que faisiez-vous la nuit du samedi 27 au dimanche 28 octobre ?

L'homme s'enfermait obstinément dans le silence.

– Écoutez-moi bien, poursuivit Lévy en se penchant vers lui, soit vous acceptez de coopérer, soit je vous colle un meurtre sur le dos. Un enfant de dix ans, retrouvé mort près du centre commercial de Villebon. Vous avez le profil du tueur, ça, je peux vous l'assurer, et il ne sera pas compliqué de mettre les faits en relation, croyez-moi. Donc, je répète : que faisiez-vous la nuit du samedi 27 au dimanche 28 octobre ?

L'homme se déplia un peu, releva la tête et les épaules, avant de prendre la parole :

– Rien, je ne faisais rien, vous savez, je ne fais jamais rien, je ne sors pratiquement jamais. Donc, pour vous répondre, je ne faisais rien ce soir-là, strictement rien, j'étais chez moi. Ce gosse, je l'ai pas tué, je ne vois même pas de quoi vous voulez parler. Vous pourrez demander à ma femme.

– Je ne suis pas sûr que ce soit la personne la plus fiable pour nous renseigner.

L'homme semblait voguer à la surface des choses. Son visage n'était pas affecté par le souci ni la contrariété, encore moins, pensa Jean-Baptiste, par le remords. La propension du bonhomme à se méfier de tout rendait l'interrogatoire pénible.

Lévy attendait le moment où son attention finirait par se relâcher et, pour ça, il devait laisser filer un peu avant de ferrer.

– Vous vous entendiez bien avec votre femme ? lui demanda-t-il.

– Comme des gens qui sont mariés depuis longtemps. Ça allait.

– Comment l'avez-vous rencontrée ?

– Pourquoi vous me posez ces questions ? Quel est le rapport, au juste ?

– Aucun, c'est juste pour faire un peu connaissance. On a le temps, vous savez.

– J'ai rencontré Monique à un bal du 14 juillet. Oh ! c'était un bal comme autrefois, avec un orchestre ; on jouait des morceaux comme *La java bleue*, vous savez : « la java la plus belle, celle qui ensorcelle… », dit-il en chantonnant. Et puis après, on est allés se promener au bord de l'Yvette, et puis voilà, ça s'est fait comme ça. On s'est mariés peu de temps après.

– Vous n'avez jamais eu d'enfants ?

– Non, la vie n'a pas voulu, on n'a pas eu de mômes. Monique aurait bien voulu, moi, ça m'était un peu égal.

– Pourquoi ?

– J'aime pas trop, les cris des gosses, s'en occuper, tout ça quoi.

– Vous avez des amis ?

– Non, des amis, moi, je sais pas ce que c'est. J'y crois pas à l'amitié. Quand les gens y disent ça, que vous êtes amis, en fait, c'est faux, ils s'en foutent, croyez-moi.

– Des relations avec les voisins ?

– On se voyait du coin de la fenêtre ou du bout du jardin, c'était bien suffisant. Et puis, ça a changé ici, vous savez, depuis l'époque du pépé. C'est devenu un coin de riches. Ils sont occupés, ces gens-là. Le matin, ils s'activent, ils balancent leurs trois gosses à l'intérieur de leur voiture et ils partent ! Ils ont autre chose à foutre que de regarder ce qui se passe chez nous. Je les voyais bien de temps en temps ces dames, sortir de chez elles pour aller au travail. Habillées et maquillées comme si leur boulot, c'était se faire sucer le cul toute la journée ! Quelles bandes de garces, je vous jure ! Et leur endive de mari, même pas foutu de tondre la pelouse ! Non, non, nous on voulait pas parler avec des gens comme ça, et pour leur dire quoi, d'abord ?

– Je sais pas, moi, bonjour, bonsoir, ce que font tous les voisins, commenta Lévy sans réagir aux remarques particulièrement grossières du personnage.

– Non, non, chacun chez soi, foutez-moi la paix.

Pichon avait soudain pris des couleurs.

– On a retrouvé chez vous un carnet d'adresses avec des noms, continua Lévy. Quand vous dites que vous n'avez pas d'ami, pourquoi alors avoir noté des noms sur un calepin ?

– Oh, ça ! Des copains de virée, on s'est connus au régiment, il y a trente ans de cela, c'est pas pareil.

– Sauf que tous n'ont pas le même âge…

– Oui, bien sûr, mais vous en connaissez un, qui vous en fait connaître un autre, vous voyez comme ça fonctionne ?

Lévy frissonna.

Pichon décrivit ensuite les relations qu'il avait avec chacun : Albert, un conscrit, du même régiment, puis Jean, un copain d'Albert. Léon ? Un voisin, ils se rendaient mutuellement service, il lui prêtait la tondeuse, etc. Oui, il savait qu'ils avaient fait de la prison. Pourquoi ils avaient fait de la prison ? Non, il ne savait pas. On ne parlait jamais de ça – ce qui se comprenait, on n'avait pas envie de parler de choses désagréables. Quant aux appels passés depuis son téléphone, bah oui, ils s'appelaient de temps en temps, où était le mal ?

Lévy se leva brusquement et bouscula sa chaise, de colère. Le Goff, qui était resté en arrière, s'approcha de Pichon. Le ton monta d'un cran encore :

– Alors, on fait le malin avec la police ? lui dit-il. On se croit au cinéma, c'est ça ? Écoute-moi, Pichon, tu peux pas faire le coup de l'innocence. Tes enfoirés de potes, ils ont tous fait de la prison pour agression sexuelle. Tu vois mieux la relation, ça t'éclaire maintenant ? Quant à toi, tu peux pas nous faire croire que t'es un enfant de chœur, n'oublie pas que tu es un putain de violeur de gosse avéré ! T'arrêtes de te foutre de notre gueule, ou bien tu vas croupir en taule pour le restant de tes jours ; on t'accablera, si bien que tu prendras tout pour toi, t'as compris ?

Puis il prit un ton doucereux pour lui glisser ces mots à l'oreille :

– Même ta femme, elle s'en tirera. Tu te rends compte, Monique, libre ? Tu trouverais pas ça un peu fort, non ?

L'argument ne laissa pas l'homme insensible. Le Goff en profita :

– T'imagines, Monique, libre, dans ta grande maison, seule, peut-être même qu'elle pourrait refaire sa vie, s'envoyer en l'air avec un mec, pas un type comme toi qui préfère les petits garçons, non, un vrai mec qui bande pour son cul, ça la changerait, tu crois pas ? Alors ça te rend pas dingue comme perspective ?

Pichon accusait le coup. Il avait à nouveau changé de couleur : blanc comme un linge, il ne pipait mot. Sa mâchoire serrée et proéminente faisait comme un abcès de rage à l'intérieur de sa joue.

Lévy reprit l'entretien sur un mode apaisé.

– Il figure un quatrième nom sur votre calepin, Pichon, un certain « Claude », avec un numéro de portable. Qui est-ce ?

Pichon avait soudain compris qu'il valait mieux pour lui cesser de jouer au con. Il décida de coopérer un minimum :

– Je l'ai croisé un soir, il y a quelques semaines, dans un bar, à Massy. Le Falstaff. On a échangé nos numéros parce qu'on avait sympathisé, mais en fait on ne s'est

jamais revus. Je ne connais rien d'autre que son prénom :
Claude. Pas d'adresse, rien du tout. Une rencontre de bar,
c'est tout.

– Ben voyons…, commenta Lévy, un brin dégoûté. Il est
comment physiquement, Claude ?

– Grand, presque chauve, la cinquantaine bien entamée,
plutôt pas mal. Très bien habillé. Distingué même. Pour tout
vous dire, je ne vois pas bien ce qu'il pouvait faire ce soir-là
au Falstaff.

– Pas vraiment monsieur-tout-le-monde dans l'univers
des bars, en somme ? Et de quoi avez-vous parlé ce soir-
là ?

– De ce qu'on dit dans les bars quand on a un peu bu : les
femmes, la politique, ce genre de trucs.

– Une conversation banale, donc. Au point d'échanger
vos numéros de téléphone ?

– Écoutez, c'est un homme que j'ai rencontré une fois
dans un bar, on a parlé un peu, et puis on ne s'est jamais
rappelé. Que voulez-vous que je vous dise de plus ?

Le Goff avait gardé une carte maîtresse dans son jeu.
C'était l'instant décisif, le moment de saisir le Kairos par le
toupet.

– Cet homme vous a appelé récemment, Pichon, reprit Le
Goff. On a retrouvé la preuve chez vous, sur votre relevé
d'appels. Il a même laissé un message sur le répondeur. Vous
allez nous éclairer sur son contenu : « T'inquiète pas, j'ai de
quoi fournir. » Alors, ça veut dire quoi exactement ?

– Bon, OK, il m'a appelé récemment. Il m'apportait du
shit de temps en temps et, comme ma femme n'aime pas ça,
je ne voulais pas que ça sache. C'est tout.

– Vous vous foutez de notre gueule, Pichon ?

– Pourquoi je ferais ça ? dit l'autre, un sourire en coin.

– Pourquoi ? hurla Jean-Baptiste Le Goff. Pourquoi ? Je
vais te le dire, pourquoi !

Il fit le tour de la chaise sur laquelle Pichon était assis, empoigna solidement les barreaux derrière lui et la souleva. Le criminel tomba par terre brutalement. Le capitaine le saisit par le col, si bien qu'il décolla d'un coup. L'effet de surprise fonctionna à plein régime.

– Qu'est-ce qui vous prend ? lui demanda Pichon, jouant la comédie de l'affolement.

– Laisse tomber le coup de l'indignation contre les violences policières. Ce qui me prend, je vais te le dire : depuis tout à l'heure, tu nous racontes des conneries, avec ton pseudo-dealer et tes potes de régiment. Alors tu veux que je te dise ce que je crois, moi ? Moi, je crois qu'il te fournissait, à toi et ta clique de tordus, des gamins. Voilà ce que je crois, moi.

Le capitaine relâcha Pichon qui retomba comme un sac de sable sur le sol. Lévy repassa derrière lui et lui tendit la chaise ; il se releva avec peine.

– Maintenant, Pichon, continua le capitaine, tu vas aller en taule, et tu vas y rester pour un moment. Si tu ne donnes pas plus d'informations sur ton « dealer » et tes relations, tu y croupiras pour le restant de tes jours : pour assassinat, et ta femme, pour complicité d'assassinat sur mineur de moins de quinze ans. T'as toute la nuit pour réfléchir. En attendant, on va recouper les informations avec Monique. Allez, emmenez-le, je ne veux plus le voir pour le moment.

Les deux policiers en tenue qui se trouvaient près de la porte le saisirent par le bras et l'emmenèrent.

*
* *

Monique Pichon entra dans le bureau de Le Goff, la mine défaite, et vint s'échouer sur la chaise qu'on voulait bien lui tendre, ce qui apparut aux deux policiers comme le signe avant-coureur de la défaite : elle allait enfin se mettre à table !

Lévy rappela les raisons de sa présence ici, comme il l'avait fait pour son mari. Elle affirma ne pas savoir comment Jean-Claude avait occupé sa soirée du samedi 27 octobre. Ils faisaient chambre à part depuis des années, alors elle avait bien autre chose à faire que surveiller ses allées et venues. Les copains du mari ? Oui, elle en avait entendu parler, mais elle ne les avait jamais rencontrés. Jean-Claude ne sortait pratiquement jamais. Et puis il avait décidé que personne ne mettrait plus jamais les pieds à la maison depuis la mort de son père. Pourquoi ? Il reprochait aux gens d'avoir fait courir des rumeurs : il ne se serait pas occupé de son père vers la fin, il l'aurait laissé crever comme un chien. Mais fallait voir, ce qu'ils avaient enduré, les derniers temps ! C'était bien beau, les leçons de morale ! Le Falstaff ? Elle ne connaissait pas cet endroit. Le message sur le répondeur ? Quel message ?

La mère Pichon n'était pas particulièrement loquace. Il allait falloir mettre un peu de pression dans tout ça pour lui faire sortir tout son jus. Lévy attaqua :

– Alors, madame Pichon, votre mari enlève un enfant, le séquestre, le maltraite, le viole même, entretient des relations avec des violeurs notoires, et tout ça vous échappe ? Vous savez quoi, madame Pichon ? Je ne vous crois pas une minute, et je m'assois sur toutes vos excuses et vos justifications. Alors voilà : si vous vous obstinez à rester sur votre quant-à-soi, ce sera un élément mis à charge dans votre dossier auprès du juge. En clair, vous partez pour quelques années de prison supplémentaires. Si vous précisez quelle était exactement votre position par rapport à votre mari et à tous ses agissements, si vous êtes de bonne foi, les choses peuvent évoluer sous un jour disons… plus favorable. Me suis-je bien fait comprendre ? On va vous laisser réfléchir à tout ça tranquillement…

25

Le capitaine Le Goff rentra chez lui exténué. Il avait un très bref message de sa femme sur le répondeur. Il pouvait la rappeler dès que possible. Jean-Baptiste vida son verre de whisky cul sec et se resservit avant de décrocher le téléphone.

Pendant toute la durée de leur mariage, il n'avait pas osé reconnaître qu'il n'avait jamais été à l'aise avec elle. Il avait toujours redouté ses vannes, qu'elle lui balançait l'air de rien. Il avait même été persuadé un temps qu'elle ne l'avait jamais vraiment aimé, ce qu'elle avait fini par manifester avec ostentation. *C'est vrai*, se disait-il, *il suffit que je lui parle, elle regarde ailleurs, elle se met subitement à débarrasser la table et à parler d'autre chose, elle a l'air fatiguée. Elle a toujours autre chose à faire.* Certes, son ex-femme n'était pas tendre. Mais il n'était pas très présent ni facile lui-même, et elle en avait eu plus qu'assez de ses nombreuses absences, de ses excuses à deux balles. Un jour, de guerre lasse, après des années passées à essayer, puis à faire semblant, à soupirer et à pleurer seule dans les chiottes, elle avait pris ses cliques et ses claques, leur fille avec, sans lui demander son reste. C'était arrivé un dimanche matin. Elle était allée chercher le pain et les croissants, parce que lui préférait rester au lit quand il n'allait pas travailler. De retour à la maison, elle avait commencé par jeter les croissants sur la couette : « Tiens, c'est la dernière fois que tu te fais servir », lui avait-elle balancé, aigre. Puis elle avait pris ses valises, préparées de la veille sans doute ou des jours avant, et sa fille, Marie, qui ne disait rien.

« Je t'appellerai, avait-elle dit. Je vais passer quelques jours chez ma mère. »

Il avait essayé de la retenir en bredouillant quelques mots, mais il savait que c'était foutu : on ne retient pas quelqu'un qui s'en va, parce que, au moment où il part, sa décision est déjà prise depuis un certain temps. Il y a eu cristallisation, c'est trop tard. Sa petite fille lui dit : « Au revoir papa ». Elle l'avait embrassé – un baiser humide d'enfant. Oui, passer quelques jours chez sa grand-mère, quel mal y avait-il à cela ?

Quand la porte fut refermée, il pensa à des choses futiles, comme « il faut détartrer la cafetière ». Et puis, il eut très envie de se mettre à hurler et à tout casser dans cette putain de baraque. Quelle salope ! Et la façon dont elle avait confisqué la môme ! Il n'allait pas se laisser faire. C'était tellement énorme qu'elle allait retrouver ses esprits, faire autrement, ça n'était pas possible. Il était resté tout le dimanche en pyjama ; les croissants sur le lit n'avaient pas trouvé preneur.

Les jours suivants, elle n'avait pas téléphoné, et lui en avait fait une question de principe : pas question de céder. Puis il avait fini par craquer. Il avait décroché son combiné. Sa belle-mère lui disait : « ne quittez pas ». Mais finalement Béatrice n'était pas là, elle était occupée, etc. Elle comprenait bien son point de vue à lui, à cause de Marie, mais il ne fallait pas qu'il s'en fasse, sa fille allait reprendre contact. C'en était trop. Il demanda à sa belle-mère de transmettre le message suivant : soit Béatrice lui donnait immédiatement la possibilité de voir sa fille, soit il allait déposer plainte illico pour atteinte à l'exercice de l'autorité parentale.

Elle l'avait rappelé le lendemain, l'air de rien. C'était encore les vacances d'été, mais il fallait prendre une décision pour la rentrée, pour l'école de Marie. Elle avait contacté un avocat pour engager une procédure de divorce. Elle demanderait la garde de leur fille mais, bien sûr, il n'était pas question qu'il cesse de la voir. Le ton neutre qu'elle avait adopté l'avait figé : c'était fini, et bien fini ; effacées toutes les traces de la passion déçue, qui résonnait encore dans la colère. Il n'était plus question que de *gérer* la séparation, d'en organiser les conditions matérielles. Il n'avait rien dit, n'avait pas réagi : elle était sortie de sa vie désormais même si rien n'était venu combler l'absence. Que des boîtes de pizza vides, des journaux qui s'empilent dans l'entrée, le ménage qui n'est pas fait, la pâte dentifrice qui a coulé puis séché sur l'évier. Il ne voulait pas s'attarder sur les regrets. Il avait tenté d'aller de l'avant, tiré par un ailleurs qui n'était encore qu'une dépression, un creux. Il avait déménagé, changé de quartier, pris un appartement plus petit, en attendant. Il continuerait à emmener Marie au cirque, au cinéma, au restaurant. Il se promettait de ne pas demander de nouvelles de sa mère, de se taire, de ne pas chercher à savoir si elle l'avait remplacé, si elle avait trouvé un autre homme, si cette relation existait déjà avant leur séparation. Sa femme dans les bras d'un autre, lui soufflant des mots d'amour, offrant son corps aux délices de l'amour, jurant n'aimer plus que lui – quelle comédie, l'amour ! Non, il préférait ne pas savoir.

Les semaines avaient passé, n'effaçant pas vraiment la souffrance, non, mais elle s'était fait peu à peu une place plus discrète. Paradoxalement, pour Jean-Baptiste, le départ de sa femme avait marqué la fin de sa vie indigne ; ça, il s'en était rendu compte quand les dernières illusions sur son bonheur conjugal s'étaient dissipées. Toutes les remarques désagréables dont Béatrice l'avait affligé à longueur de temps, pour un oui, pour un non, des remarques diffuses, presque subliminales, c'était fini. Il ne s'épuiserait plus dans de vaines luttes à se remettre de ses remarques toujours limites, à se persuader que, non, ce n'est pas cela qu'elle avait voulu dire. Voilà : il était seul et, même si c'était difficile, c'était mieux ainsi. Elle devait partir, voilà tout. Ils n'étaient pas faits pour vivre ensemble, et ce n'était la faute de personne.

– Allo Béatrice ? C'est Jean-Baptiste, dit-il.
– Oui, je t'ai reconnu, répondit-elle.

– Je viens d'écouter ton message. Tu m'as appelé pour quoi, au juste ? lui dit-il sur un ton très formel.

– Je voulais te proposer un rendez-vous. C'est pour Marie, tu sais, tu lui manques beaucoup.

Le policier marqua une pause. Touché. Il déglutit.

– J'ai pas mal de boulot, reprit-il en essayant de rester neutre, mais ça peut être un jour de semaine à l'heure du déjeuner.

– Oui, disons, jeudi, proposa-t-elle. Une brasserie, L'Authentique, avenue de Versailles, à côté de la Maison de la Radio, ça te va ?

– J'espère au moins que tu n'amèneras pas ton avocat.

– Non, évidemment.

– Alors, à jeudi.

26

Le lendemain, on avait vérifié les alibis des « amis » de Pichon pour la soirée du 27 octobre. Tout collait, ou à peu près. Aucun ne correspondait au signalement de l'individu, notamment en ce qui concernait la pointure 46. Leur voiture était équipée de pneus différents de ceux dont on avait relevé les empreintes. Il restait cependant à identifier ce fameux « Claude ».

La nuit avait porté conseil. Pichon avait décidé d'être plus causant avec la police. Il commença ainsi son récit dans le bureau de Le Goff :

– J'étais au Falstaff, un soir. Ça remonte à quelques semaines, avant le gamin. Je buvais tout seul au bar et il s'est approché de moi. Il a commencé par payer sa tournée et puis on s'est mis à discuter de tout et de rien. On voyait bien qu'il n'était pas d'ici, il n'était pas habillé comme les clients habituels. Il portait un costume et un chapeau, un chapeau mou, comme dans les films de gangsters. Il devait avoir une bonne cinquantaine d'années, comme moi. Le temps passait, on commençait à avoir pas mal picolé. Il me posait des questions sur mes goûts en matière de femmes. Et puis, moi, je ne sais pas pourquoi, vous savez comment ça se passe, on se sent en confiance, on se met à parler... J'ai dit que j'aimais bien les hommes aussi, surtout les jeunes, mais que je n'avais jamais osé. Il avait bien compris ce que je voulais dire. Il me laissa entendre qu'il aimait bien lui aussi les chemins de traverse, les petites routes, bref, il laissait entendre qu'il était un peu comme moi. Jamais je n'aurais cru une telle rencontre possible au Falstaff. Je me demande bien ce qu'il foutait là. On aurait dit qu'il me connaissait déjà, c'est comme s'il m'avait suivi pour me parler de ça. Même saoul, je trouvais cette coïncidence complètement dingue. Et puis, ça ne pouvait pas être un client du Falstaff, c'était pas possible. Ce mec-là, il devait habiter les beaux quartiers, il n'avait rien à faire là. En le regardant, j'avais même un peu la trouille. Il avait un regard glacial, un visage tout en longueur, ça m'a foutu les chocottes. Ensuite, il m'a dit un truc comme « ça t'intéresse, t'en voudrais ? ». J'ai bien compris qu'il ne parlait pas de drogue et, là, j'ai senti que j'avais affaire à un drôle de zigue. J'ai fait comme si je ne comprenais pas. Au moment de partir, on a échangé nos numéros. Il m'a dit que je pouvais l'appeler « si je changeais d'avis ».

— Vous l'avez revu ou rappelé par la suite ?

— Non. J'avais trop la trouille. Et puis après, tout s'est enchaîné et je n'y ai plus trop pensé.

— Est-ce qu'il vous a donné des renseignements sur lui ? Son nom ? Son adresse ? Des informations personnelles ?

— Non, rien du tout. Quand je lui ai demandé comment il s'appelait, il m'a dit d'une voix bizarre qu'il était « invisible ». J'ai trouvé ça très con, personnellement. Il se prenait pour qui, ce mec, avec ces airs qu'il se donnait ? Puis il est parti.

– Eh bien, vous allez l'appeler tout de suite à ce numéro !
Vous allez lui donner rendez-vous au Falstaff, demain. Son
heure sera la vôtre. Si personne ne répond, laissez un message
tout de même et dites-lui de vous rappeler au numéro que
voici. Fixez-lui quatorze heures.

Le numéro était encore en service, mais il tomba sur une
messagerie. Cela ne surprit pas les policiers.

« L'Invisible » était peut-être tombé sur des photos des
Pichon, les « diaboliques », comme les avaient surnommés les
médias, à la télé ou dans la presse. Il avait pu faire le
rapprochement avec sa rencontre de bar. Il aurait ensuite
désactivé son téléphone afin qu'on ne remonte pas jusqu'à lui.

27

Béatrice s'était résignée à entamer la procédure de
divorce dans une atmosphère *apaisée*. Elle avait emménagé
dans un appartement avenue Mozart, avec leur fille, Marie,
qui allait désormais à l'école dans le quartier. Elle avait repris
son travail d'attachée de presse à la Maison de la Radio.
L'argent n'était apparemment pas un souci.

Jean-Baptiste fit le trajet à pied depuis son domicile. Le
centre commercial Beaugrenelle avait été partiellement
détruit et certaines façades murées avec des parpaings nus. Il
leva les yeux vers le toit des immeubles, se souvint des années
de sa jeunesse, quand il se promenait dans les rues, le
dimanche, sans but, cuvant souvent l'alcool de la veille. Il
fréquentait aussi l'immense bibliothèque municipale et la
piscine des PTT, l'été, équipée d'un bassin de cinquante
mètres, ce qui était rare à Paris. En face, une petite vieille
poussait son caddie avec peine devant le Monoprix. Elle s'y
reprit à deux fois pour ouvrir la lourde porte du magasin. Il
pensa, avec tristesse, à sa grand-mère morte.

L'Authentique était une adresse un peu chichiteuse, très animée à l'heure du déjeuner, qui servait des plats banals et chers dans de grandes assiettes carrées. Comme il était le premier arrivé, il commanda un café sur un coin de comptoir en attendant Béatrice. Un peu nerveux, il ouvrit *Le Parisien* à la page des sports, but son café d'une traite et regretta aussitôt que l'on ne puisse plus fumer dans les bars. La silhouette de Béatrice apparut derrière les grandes vitres de la brasserie. Elle portait un trench-coat, et ça lui donnait un air strict plein de ce charme qui l'avait subjugué la première fois qu'il l'avait rencontrée. Jean-Baptiste se demanda simultanément, en l'apercevant, s'il arriverait à lui parler sans lui balancer ses vérités en pleine figure, s'il arriverait même à la regarder seulement dans les yeux, tant il craignait qu'on y devine le dépit et la rancœur qu'il voulait cacher. Trois mois déjà qu'il lambinait comme un con derrière son téléphone en attendant que madame veuille bien le rappeler. Trois mois qu'il avait patienté, dans l'intérêt de sa fille, pour ne pas entrer dans un conflit à mort, par avocats interposés et procès, et qu'il avait signé tous les papiers de l'école sans barguigner. « Hé bien ! la guerre. » Voilà ce que Béatrice avait voulu ; aussi, quand elle lui avait proposé ce rendez-vous, il s'était dit qu'enfin il pourrait tirer un trait et l'oublier. Il l'avait tellement aimée ! Jamais il n'aurait pris l'initiative de la rupture, même si ça n'allait pas très bien entre eux. Tout de même, la vie c'est bien étrange : on se dit qu'on s'aimera toujours, on échange des serments d'amour éternel, on s'étreint, on s'embrasse avec fougue, et puis un jour on détourne le regard et on fait semblant de ne pas se voir quand on se rencontre dans la rue.

— Ça fait longtemps que tu es là ? lança-t-elle, l'air de rien. Excuse-moi, mais j'ai pas mal tourné avant de trouver une place pour me garer.

Ils trouvèrent une petite table près de la porte. Il y avait déjà beaucoup de monde dans la brasserie. Elle commanda une salade norvégienne et lui, un autre café.

– Tu ne manges rien ? lui demanda-t-elle d'un air surpris.

– Non, je n'ai pas très faim. Tu travailles toujours dans le coin ?

– Oui, mais j'étais en déplacement ce matin. Et toi, tu as pu te libérer ?

– Oui, comme tu vois.

Ils marquèrent un moment de silence. Il regardait son imperméable mastic. Il la sentait affreusement gênée. Pourtant, cela ne lui ressemblait pas. Une hésitation, une remise en question, même timide, ce n'était vraiment pas son truc. Non, elle avait toujours raison, même quand elle avait tort. Elle faisait l'impasse, finissait toujours par s'imposer, par l'intimidation, le culot, bref, tout ce qui pouvait aider.

– Je suis désolée, dit-elle. De tout ce qui s'est passé. J'aurais dû te rappeler avant.

Jean-Baptiste ne répondit pas. Il se contenta de laisser s'éteindre ses paroles dans le silence. Puis il se lança dans une violente diatribe :

– Je ne t'ai jamais battue, menacée, ou je ne sais quoi encore ! Pourquoi avoir fui comme si tu vivais avec ton pire ennemi ? Qu'as-tu dit à Marie alors, dans la voiture, quand tu as mis les valises dans le coffre pour aller chez ta mère ? Que son père était un sale con qui ne savait pas la baiser, c'est ça ? Ou bien que c'était un salopard qui n'en avait rien à foutre d'elles deux, et qu'il pouvait bien crever désormais ? Qu'il voulait du mal à sa petite fille, à sa femme ? Tu peux me répondre ?

– Tais-toi, Jean-Baptiste. Calme-toi, on nous regarde, implorait-elle en jetant des regards affolés de dame bien élevée autour d'elle.

– T'inquiète pas, je ne vais pas te faire honte une fois de plus avec mes manières de plouc, répondit-il à mi-voix. Mais tu as très mal agi, et le mobile m'échappe.

— Tu ne comprends rien, Jean-Baptiste, soupira-t-elle. Parce que tu n'as jamais fait l'effort de comprendre quoi que ce soit. Tu rentrais tard tous les soirs, et puis tu ressortais aussitôt pour t'aérer, *te changer les idées*. Comme si tu vivais seul, sauf qu'il y avait deux pauvres connes avec toi, ta fille et ta femme. On ne savait jamais quand tu allais rentrer, si le week-end, on le passerait ensemble et puis, quand nous dînions ensemble, tu regardais ailleurs, ou tu feuilletais des magazines. Qu'est-ce que tu crois ? Que ça me plaisait de faire de la figuration ? Plusieurs fois, je t'ai demandé si ça allait. Tu disais oui, et puis tu te levais pour faire autre chose. J'ai essayé de te parler, mais ça te passait au-dessus de la tête. Ton problème, tu veux savoir : tu t'es toujours situé au-dessus des autres, des problèmes, des contingences pourries de la vie quotidienne. Tu me laissais ça, l'intendance suivrait probablement.

— Et c'est pour ça que tu m'as quitté ? Aussi brutalement, je veux dire ?

— Quand on fait celui qui ne veut pas entendre, Jean-Baptiste, à un moment, quand ça suffit, quand il y en a vraiment assez, ça monte d'une manière... Tu peux même pas imaginer. Si je t'avais trouvé sur mon chemin, je t'aurais massacré, je t'aurais giflé jusqu'à n'en plus pouvoir. Ah ! ça oui, je t'ai détesté dans ces moments-là. Depuis, j'ai eu le temps de réfléchir... Si je t'ai donné rendez-vous, c'est par rapport à Marie. Je comprends que ça ne pouvait pas durer comme ça.

— Tu imagines ce que j'ai enduré ? Tu comprends que j'aurais pu te faire chier et t'envoyer les flics dans cette histoire ?

Béatrice baissa les yeux, prenant vaguement un air coupable. Jean-Baptiste continua :

— Comment va-t-elle ?

— Bien. Évidemment, tu lui manques. Elle me demande de tes nouvelles.

— Et qu'est-ce que tu lui dis dans ces cas-là ?

– Je lui dis qu'elle te reverra bientôt. Je lui ai expliqué aussi que maman ne pouvait plus habiter avec papa et qu'on allait nous organiser pour qu'elle puisse vivre aussi un peu avec toi. L'école lui plaît, elle s'est fait assez vite de nouveaux amis. Pour le moment, on est dans un appartement qui appartient à ma mère. Il n'y a plus de locataire, donc elle me l'a proposé en attendant. C'est assez pratique : ma mère va chercher Marie à l'école tous les soirs et la garde jusqu'à mon retour du travail. Si tu veux, tu peux aller la chercher. Ils ont ton nom à l'école, ils te laisseront partir avec elle. Je te fais confiance pour la ramener chez ma mère. Tu me préviens, c'est tout.

– « Tu me préviens, c'est tout ? », répéta Jean-Baptiste en l'imitant de manière grotesque. Tu me prends pour un con ou quoi ? Tes façons de faire me donnent l'envie de court-circuiter tous tes plans et de me tirer à mon tour avec la gamine. Mais rassure-toi, contrairement à ce que tu crois, j'ai encore quelques principes, dont celui-ci avant tout : ne pas nuire à Marie. Je regrette que tu ne le partages pas, ou si peu, ou si tard. Bien entendu, mon avocat se mettra en relation avec le tien très vite et j'espère quand même qu'on trouvera un arrangement qui satisfasse les deux parties.

Sur ces mots, Jean-Baptiste se leva et posa deux euros cinquante pour son café sur la table.

– Voilà, j'ai mis ma part. Je passerai chercher Marie chez ta mère mercredi prochain vers midi ou, si tu préfères, on se donnera rendez-vous. On ira se balader tous les deux l'après-midi. Sur ce, salut.

Après son départ, Béatrice sortit machinalement sa carte de crédit et la tendit au garçon de café, qui lui répondit : « Merci mademoiselle », ce qui la bouleversa. Elle fit un bref passage aux toilettes, puis quitta la brasserie en titubant, comme une femme qui ne sait vraiment plus quoi faire dans l'existence pour se la gâcher un peu plus encore.

28

Les hommes de la brigade criminelle mirent la main sur « Bruno » le matin suivant la garde à vue de Besson, avec l'aide de celui-ci, en le cueillant au lever, dans la maison de Fontainebleau. Ils avaient simplement sonné à la porte et l'homme s'était présenté en caleçon à la grille. Ils n'avaient pas eu besoin de le menacer, la simplicité de son élément rendant impossible toute fuite décente. On lui avait aussitôt passé les menottes, en lui disant qu'il était arrêté dans le cadre d'une affaire de meurtre et qu'il était désormais considéré comme principal suspect. Le pauvre homme donna l'impression que le ciel venait de lui tomber sur la tête et les policiers se demandèrent s'ils assistaient à un grand numéro d'acteur ou bien s'ils étaient une fois de plus engagés sur une piste foireuse.

La maison était une vraie caverne de voleurs. On retrouva à la cave des cartons empilés de matériel hi-fi probablement volé, de fringues de marque, de téléphones portables, etc. Un 357 Magnum, tout de même. Un fusil de chasse. Et un complice vautré dans les plumes de son duvet, à surveiller le tout à la cave, encore endormi lorsque les policiers pénétrèrent dans son antre.

– Emballez-moi tout ça, ordonna le lieutenant Darbot. Mettez les scellés et appelez la brigade criminelle. Ces gentlemen ont sûrement eu affaire à la police par le passé.

Le vrai nom de Bruno n'était pas Albert Casteau non plus, mais Jean-Michel Houbin. On retrouva sa véritable identité grâce au fichier des empreintes digitales. Il avait été condamné dès l'adolescence pour vol à l'étalage, puis, plus tard, pour recel, usage de faux et tentative d'escroquerie. Il était bon pour être accusé de vol en bande organisée. D'après ses dires, il était habitué à vivre d'expédients, se fixant pour quelques mois chez quelqu'un, une conquête de hasard, homme ou femme, selon opportunité. Il prenait une autre identité, le temps de faire oublier « Bruno », se faisait entretenir, profitait plus ou moins des largesses de ses victimes, abusant souvent de leur faiblesse, exerçant sur elle une emprise et une fascination qui parurent pour le moins aberrantes aux policiers. Cet homme, dans leur bureau, leur paraissait défait, piteux, médiocre ; une petite frappe, à la gouaille à peine insolente, aux accents vulgaires, faite pour séduire tout au plus une midinette inexpérimentée. Il s'était fait gauler comme un bleu, avait tout d'un coup baissé la garde de façon surprenante, quand on pense à la manière dont il avait accueilli Besson deux jours plus tôt. Il s'avéra très vite, hélas, qu'il n'avait rien à voir avec le crime dont on pensait l'accuser. Sa voiture correspondait bien au témoignage de son petit ami, mais les pneus n'étaient pas les mêmes et les empreintes de pas ne correspondaient pas non plus aux semelles de ses chaussures ni à sa pointure. Le serveur de L'Échiquier fournit un alibi crédible : comme il ne travaillait pas ce jour-là, ils étaient allés au cinéma puis avaient passé le reste de la soirée dans un bar de Pigalle. C'était même Bruno qui avait payé. On retrouva les facturettes de sa carte bleue, ce qui confirma ses allégations. Il était quasiment blanchi, même si l'on ne pouvait rien exclure tout à fait ; mais à partir de là, plus rien ne concordait et s'il allait en prison, c'était pour un tout autre motif.

Besson fut convoqué de nouveau au commissariat, où il finit par avouer qu'il avait bien vu en effet une voiture blanche correspondant à celle de son petit ami, mais qu'il avait suggéré fortement que celui-ci pouvait être le criminel dans l'espoir que la police mettrait le nez dans ses affaires et finirait par le retrouver. L'espoir, mais aussi un fort désir de vengeance. Ainsi les motivations du témoignage de Besson trouvèrent-elles leur explication définitive et permirent aux policiers d'abandonner cette piste décevante, ainsi que la machination lamentable qui l'avait inspirée. Besson n'en demeurait pas moins un témoin essentiel dans l'affaire.

L'enquête finirait-elle par avancer, ou bien, devant le manque d'éléments nouveaux, sombrer peu à peu dans l'oubli, l'anonymat et l'insignifiance sociale de la victime aidant ? Personne n'avait réclamé sa dépouille. On enterra à la va-vite le petit corps sans vie « sous X » dans la partie non concédée du cimetière de Villebon.

29

Jean-Baptiste Le Goff s'était enfin décidé à inviter Julie à passer un moment avec lui. Il avait choisi une promenade dans Paris, le long des quais.

C'était un dimanche après-midi du mois de novembre. Une belle journée. Après s'être rejoints devant la gare d'Austerlitz, ils descendirent la pente qui menait à la Seine et marchèrent tranquillement jusqu'au Musée de la sculpture en plein air. Ils firent une halte sur un banc pour admirer les danseurs de tango qui se retrouvaient là régulièrement, puis, un peu plus loin, remontèrent en direction du pont de la Tournelle où Jean-Baptiste demanda à Julie de prendre la pause pour la photo. Ils passèrent un long moment accoudés au parapet, à regarder l'eau couler sous le pont. Les bateaux-mouches filaient droit vers Notre-Dame. Jean-Baptiste se retourna vers elle, comme pour savoir ce qu'il devait faire : briser le silence ou se taire, partir ou rester un peu. Elle avait attaché ses cheveux en arrière, et cela lui donnait un air de jeune fille de pensionnat, qui n'a jamais connu les hommes. Elle semblait triste et il était fasciné par cette grâce lointaine, au point que le désir qu'il avait de la posséder devenait lancinant, douloureux, et sa satisfaction lui sembla plus que jamais incertaine. Enfin, sans rien se dire, ils repartirent, côte à côte, dans un même rythme, presque chaloupé, comme liés l'un à l'autre – les prémices du rapprochement. Ils ne faisaient plus attention aux passants qui les évitaient. Enfin, comme l'air fraîchissait, il lui proposa d'aller boire quelque chose dans un café, chez Angelina par exemple, rue de Rivoli ; même s'il fallait marcher un peu, ça valait la peine. Elle lui dit qu'elle n'habitait pas très loin, dans le haut de la rue des Archives, et que s'il voulait bien, elle pourrait lui faire un thé.

Lorsqu'elle referma la porte de son minuscule studio, ils se regardèrent brièvement. Il vit ses yeux implorants et son buste tourné vers lui. Il avança vers elle, et leurs corps électrisés basculèrent en arrière sur le lit tout proche.

*
* *

Le soir, elle commanda des pizzas et il resta dormir chez elle. Lorsqu'il se réveilla le lendemain, sa première pensée fut que sa vie était à nouveau liée à celle de quelqu'un. Le souvenir de son odeur l'accompagnerait partout, toute la journée, comme un talisman, la certitude bienfaisante d'être aimé. Ce qui, évidemment, ne modifiait pas radicalement l'ordinaire de son boulot : les criminels tuaient, les cocus se vengeaient, les gens disparaissaient… *Business as usual.*

DEUXIÈME PARTIE

1

Roger s'était fait violence pour aller courir ce matin-là sur les bords de l'Yvette. Il avait plutôt mal digéré le Lambrusco qui avait largement accompagné la pizza de la veille. Mais l'efficacité d'une pratique sportive tenait surtout à sa régularité, c'était ce que pensait Roger : à partir du moment où on s'écoutait, on ne faisait plus grand-chose.

Il tourna à droite pour s'engager sur les berges de l'Yvette après le lac de Lozère, en direction d'Orsay. Il avait le regard fixé sur l'horizon et les pensées défilaient sans relâche dans son esprit. Il devait aller chez Leroy Merlin dans l'après-midi acheter la ponceuse pour refaire le salon après le dégât des eaux. Il fut d'autant plus surpris quand il aperçut un pied qui dépassait sur le bord du chemin. De loin, il se dit que c'était encore des jeunes qui avaient trop bu et qui s'étaient endormis là. Mais ce qu'il constata le fit changer d'avis incontinent. C'était un homme jeune, en effet, peut-être dix-sept ou dix-huit ans à peine. Il gisait sur le sol, tout au bord de la rivière. La mort l'avait fixé dans une expression de désarroi et de stupeur dont semblaient garder trace ses yeux vitreux restés ouverts sur une énigme. Celui-là n'avait plus besoin des pompiers. Roger dégueula dans l'eau, puis appela le 17 depuis son portable.

Les gendarmes arrivèrent dans la demi-heure, suivis de peu par le médecin légiste et les techniciens de l'identité judiciaire. Vraisemblablement, la mort datait de quelques heures et semblait avoir été provoquée par la strangulation, comme pouvaient en attester les marques violacées autour du cou. Aucun objet ayant servi à tuer ne se trouvait à proximité du macchabée. Pas de traces d'impact de balles, ni de coups de couteau sur le corps. L'homme avait des cheveux longs et blonds, des vêtements d'hiver, bottes et parka. Son portefeuille et ses papiers d'identité se trouvaient dans la poche intérieure de son blouson : il s'appelait Yves Tétois, il était né dix-huit ans plus tôt. Il y avait à proximité des empreintes de semelles, sur la terre encore humide, qui pourraient se révéler intéressantes. Les gendarmes demandèrent à Roger comment il l'avait découvert, à quelle heure, s'il avait un lien avec la victime.

– Aucun, répondit-il. C'est juste que je fais mon footing là tous les samedis matin, vous pouvez demander à ma femme.

Les analystes toxicologiques révélèrent une légère présence d'alcool, mais surtout l'ingestion de sédatifs. Ce jeune homme avait été préalablement drogué avant d'être assassiné. Le cadavre comportait quelques traces de coups au visage et sur ses deux poignets, la preuve sans doute qu'il avait malgré tout lutté contre son agresseur. La mort avait bien été provoquée par la strangulation. Le meurtrier avait serré avec ses mains le cou de la victime, comme le montraient les blessures caractéristiques : des ecchymoses profondes et la fracture du larynx. Ça avait eu lieu la nuit, probablement entre deux et trois heures du matin. Il n'y avait pas de traces de viol ni de violence sexuelle. La terre sur les vêtements et sous les chaussures était la même que celle qui se trouvait sur le chemin de l'Yvette : Yves Tétois avait sans doute été liquidé sur place. Plus intéressant encore, les empreintes de semelles relevées avaient été analysées : elles correspondaient à une paire de chaussures différentes de celles dont on avait retrouvé les traces sur la scène de crime de Villebon, mais les particularités individuelles liées à l'usure et la pointure étaient identiques. Qui avait le pied dedans au moment des faits ? Sans doute le même homme que celui qui avait balancé le contenu de son sac à gravats trois semaines plus tôt.

Le parquet fut saisi et transféra l'affaire à la brigade criminelle de la police judiciaire de Versailles. Les policiers du groupe de Le Goff interrogèrent immédiatement les plus proches habitants, qui n'avaient rien entendu de particulier dans la nuit qui aurait pu laisser suspecter un meurtre. Pas de cri, pas de tapage nocturne, bref, le calme le plus plat. Pas de témoin.

Yves Tétois avait été placé en foyer à quatorze ans. Sa mère, qui l'élevait seule, avait été déchue de ses droits parentaux pour différentes raisons : alcoolisme, violence et négligence grave. Elle naviguait entre cures de désintoxication et petits boulots en intérim ou CDD, avant d'être retrouvée morte chez elle deux ans plus tôt, d'un arrêt cardiaque provoqué certainement par l'abus d'alcool et de médicaments. Tout le personnel du foyer s'accordait à dire qu'Yves était un garçon intelligent, mais en souffrance, instable, incapable de suivre une scolarité normale. On ne lui connaissait pas de mauvaise fréquentation et il n'était pas un consommateur régulier de drogue ou d'alcool. Il avait entamé à quinze ans un BEP chaudronnerie à Longjumeau ; puis en deuxième année, ce fut l'absentéisme massif, chronique et, pour finir, la déscolarisation. On lui trouva quand même un CFA pour devenir plombier, mais il ne fréquenta le centre et l'entreprise qu'en pointillés. L'été dernier, au moment de ses dix-huit ans, Yves s'envola dans la nature. Il passait des coups de fil de temps en temps aux anciens copains du foyer, mais il avait déserté Palaiseau. Il n'avait pas de casier judiciaire et n'était pas connu des services de police, pas même des stups.

Les anciens copains du foyer collaborèrent volontiers avec la police. Celui qui fut présenté par la direction comme son « meilleur ami » n'avait pas eu de nouvelles depuis son départ. Il ne savait pas comment s'était passée sa « nouvelle vie ». Un autre prétendait avoir eu Yves au téléphone trois semaines avant sa mort. Il lui avait dit qu'il habitait chez des copains à Paris, qu'il se portait bien et même qu'il menait la

« grande vie ». Ils s'étaient même revus, dans une brasserie près de la gare du Nord, L'Omnibus, qu'Yves semblait fréquenter régulièrement. Il l'avait invité à manger un plateau de fruits de mer, copieusement arrosé de vin blanc. Il lui avait demandé d'où provenait tout cet argent. Yves lui avait répondu qu'il se débrouillait pas mal désormais, et que les galères du foyer et la misère étaient derrière lui. À sa connaissance, il n'avait pas de petite amie attitrée, seulement des copines, de temps en temps. Pour lui, ça ne faisait aucun doute : Yves devait palper pas mal de thunes grâce à des affaires plus ou moins légales. Peut-être que ça expliquait sa mort : il aurait eu des ennuis avec le milieu, mais ce n'était qu'une pure hypothèse. La prostitution, non, ça ne lui paraissait pas crédible.

L'ex-petite amie, Christine, fut plus bavarde. Yves l'avait connue au lycée professionnel. Ils avaient été ensemble pendant deux ans. Elle expliqua aux policiers qu'ils s'étaient séparés juste avant l'été. Yves l'avait quittée parce qu'il « avait besoin de vivre sa vie » et ne voulait pas prendre la responsabilité d'un ménage. Il lui avait paru un peu bizarre dans les derniers temps de leur relation. Il partait des jours entiers, revenait, puis repartait. Il était triste, oui, souvent. Il fallait comprendre : il n'avait jamais connu son père, sa mère était morte. Elle ne savait absolument pas ce qu'il était devenu ces dernières semaines, elle n'avait plus de contact avec lui. D'après elle, il ne consommait pas de drogue et n'en revendait pas non plus. Elle ne voyait pas qui aurait pu lui en vouloir au point de le supprimer. Une chose lui avait paru étrange tout de même : il lui avait parlé d'un homme très bien, qu'il avait rencontré récemment et qui allait lui donner un boulot très très bien payé, et il disait qu'avec ça c'en serait fini des galères. Elle ne connaissait pas son nom. Il l'avait rencontré à Paris, lors de ses séjours, mais tout cela était resté bien mystérieux pour elle. Il lui disait qu'il incarnait selon lui la « pure classe », qu'il avait beaucoup d'argent et de relations.

Personne ne put le renseigner davantage sur l'identité de l'homme qu'avait fréquenté Yves dans les dernières semaines de sa vie. Pour Le Goff, il y avait peu de chances que les personnes du foyer soient impliquées dans le meurtre, quoiqu'il ne fallût rien exclure. En tout cas, rien n'était vraiment douteux dans leur emploi du temps ni dans leur comportement. Il devrait sans doute creuser du côté des fréquentations parisiennes – l'homme classieux que personne n'avait jamais rencontré.

2

Le Goff prit le RER B jusqu'à la gare du Nord pour rencontrer le patron de L'Omnibus, une brasserie parisienne réputée. Il était juste midi. Les serveurs entamaient leur ballet, faisaient claquer les portes battantes de la cuisine, virevoltaient devant les hauts miroirs de la grande salle, apportaient des assiettes colorées et de grands plateaux de fruits de mer à une clientèle de vieilles dames et de touristes anglais.

Le Goff admira la qualité du service. Il s'assit sur une banquette et commanda une bière et un steak tartare. La brigade des mœurs n'avait pas signalé de commerce particulier autour de cette brasserie. Tout au plus quelques rombières qui devaient reluquer des minets de temps en temps mais, après tout, cela n'était pas répréhensible. Son plat terminé, Le Goff présenta sa carte de flic au serveur et lui demanda de bien vouloir faire venir son patron. Il leur montra une photo récente d'Yves, prise par sa petite amie. Le serveur le reconnut : c'était un client occasionnel de la brasserie, qu'il avait aperçu en compagnie d'un homme plus âgé, un homme grand, d'une cinquantaine d'années, qui portait un chapeau. Celui-ci était un habitué des lieux, qui venait surtout en fin de matinée boire un café, et restait parfois déjeuner. Il avait de temps en temps rendez-vous avec des hommes plus jeunes que lui, mais il arrivait toujours seul. S'ils repartaient ensemble avec Yves ? Ça, il était bien incapable de le dire. L'avait-il revu ces jours-ci ? Oui, pas plus tard que ce matin-là. C'était lui qui l'avait servi.

Le patron de la brasserie ne fut pas très disert. Il nia farouchement que son établissement respectable puisse être un lieu de rendez-vous de vieilles tatas. Mais bien sûr, il ne pouvait être sûr de rien car, après tout, chacun faisait ce qu'il voulait dans les limites de la décence. Son personnel n'était pas payé pour faire la police des braguettes. Le Goff laissa son numéro de portable afin qu'il soit prévenu dès que leur client franchirait la porte de la brasserie.

Dans l'après-midi, Jean-Baptiste resta à proximité de la gare du Nord, puis, las de se promener à pied, il s'attarda une heure ou deux dans un de ces Starbucks qui avaient poussé dans Paris comme des champignons après la pluie. Un coin idéal pour lire un livre tout seul et aller pisser tranquillement. Pour le reste, il préférait le café de quartier sans prétention. Par manque de chance ce jour-là, l'homme au chapeau ne se pointa pas à L'Omnibus. Il fallait donc organiser une planque et attendre que le loup daigne sortir du bois. En somme, être patient, laisser mijoter sur le feu. En espérant que le client ne soit pas trop informé.

3

Cela faisait longtemps que je voulais me le faire, celui-là. Il m'aura fait lambiner un moment. Voilà une histoire qui se termine bien, enfin, si l'on peut dire. Ses beaux cheveux blonds ne seront plus désormais qu'un souvenir, mais ça en valait la peine. Il n'y aura plus pour lui de regrets, ni de souffrance ; il a fini d'attendre, d'attendre de la vie qu'elle obéisse, d'attendre que ses désirs se réalisent, en vain. D'attendre d'être aimé par une fille quelconque, tellement banale. Cette belle gueule d'ange, avec ses cheveux bouclés coiffés vers l'arrière, aura toujours vingt ans, pour toujours. Pour toujours, une silhouette gracile, la peau tendue sur des os saillants et des cuisses longues comme celles d'une femme. Et pourtant, c'était bien un homme, il bandait comme un homme, mon salaud ! Allons, n'y pensons plus, tout cela est du passé, il ne faut rien regretter, comme dit la chanson. J'irai cet après-midi brûler les photos, car il ne faudrait pas qu'on les retrouve quelque part chez moi, si jamais un malheur arrivait. J'avoue que j'aurai du mal à m'en séparer de ces photos, elles sont si... J'aurais tellement aimé faire un album avec tout ça. Mais non, décidément, c'est trop dangereux. Et puis, il suffira de fermer les yeux pour les revoir, tous, là, bien présents, bien vivants. Tous sont devenus des anges, ils ont fini de souffrir, je leur ai épargné tout ce que j'éprouve moi-même, la déchéance, la vieillesse et, pour finir, qui sait, peut-être une lente agonie. Ils sont restés... immaculés. Tout cela, grâce à moi, oui.

J'aime bien cette brasserie, L'Omnibus. Le patron est avenant, les serveurs aimables et pas trop pressants, la clientèle variée. Il y a du mouvement, de la vie, quoi ! Et puis quand on a eu chaud, quand on a, comme moi, beaucoup marché dans Paris, toute la matinée, à repérer des endroits où aller, eh bien, ça fait du bien de s'installer pour boire un thé ou une boisson fraîche ! Ça détend, on oublie un peu : « Car on va bien quand on oublie. » J'aimerais bien parfois pouvoir me reposer un peu, mais il y a toujours un peu de travail qui m'attend – toujours cette souffrance à soulager. On la voit sur les visages, on la devine, on la pressent, on la renifle. Si partagée et si diverse ! Celle d'une femme seule, assise sur le strapontin d'une rame de métro, qui serre son sac à main sur sa poitrine ; d'un homme au bord de l'infarctus devant ses profiteroles, seul malgré tout ce bruit *autour qui lui parvient ; d'un enfant dans sa poussette, qui attend, lui aussi, qu'un jour le monde change et s'intéresse à lui. Tout le monde peut bien rêver, demain n'arrive jamais, c'est toujours aujourd'hui, fadeur, fadeur, débilante et débilitante existence, alors que tout part en couille avec les années, et que rien jusqu'à présent n'est encore arrivé ! « Alors, c'est pour quand ? » semblent-ils tous demander, la bouche ouverte comme des demeurés affamés. C'est pour quand ? Tu n'auras jamais la queue du Mickey, pauvre naze, t'es condamné aux rôles de figurants, et encore, te plains pas si t'es dans le cadre. Qui a dit que l'homme avait droit au bonheur ? Ça ne figure nulle part, on n'a signé aucun contrat, on n'a même jamais rencontré le taulier. Tout ce qu'on sait, c'est que ça tourne, bordel, dans l'univers, et nous avec, et que c'est un truc tellement dingue, qu'il vaut mieux s'épargner tout ça, ne pas trop y réfléchir.*

Tiens, je vais lire Le Parisien, ça va m'occuper un peu. Parfois, on ne sait plus quoi faire. Les jours passent et le goût de vivre s'émousse. Je prendrais bien une choucroute aujourd'hui, avec une bière. Puis après, on verra.

La voix du serveur le tira de ses pensées :

– Alors, monsieur, qu'est-ce que ce sera pour aujourd'hui ? Des rognons de veau, comme d'habitude ?

– Eh bien, non ! Aujourd'hui, ce sera plutôt une choucroute paysanne.

Le serveur repartit en direction des cuisines. Il passa derrière le bar pour s'adresser à son collègue :

– Dis donc, ce serait pas notre client recherché par la police, là-bas ?

– Oui, confirma l'autre. On va appeler les flics. Fais traîner un peu le service, il faut qu'il reste à table le plus longtemps possible.

L'homme avait ôté son chapeau, découvrant un front dégarni jusqu'au sommet du crâne. Il jeta un rapide regard circulaire sur la salle. Tout paraissait aller tranquillement, la routine. Aucun accroc en vue, rien qu'une banale heure de déjeuner dans une brasserie parisienne très fréquentée. Il déplia son journal sur la table. C'était l'ordinaire des nouvelles : les anecdotes de la vie politique française, petites phrases et coups de mentons indignés, résultats sportifs, actualité locale et faits divers du jour – maris jaloux, parents indignes, braquages, etc. Des gens ordinaires qui avaient dérapé pour se retrouver de l'autre côté. Des criminels à la petite volée, de la piétaille. Lui, c'était différent, il avait presque l'impression de travailler pour le bien commun, à côté de tout ça, de tout ce… ? Comment dire ? Stupide manque de contrôle.

Le serveur décrocha le téléphone du restaurant :

– Allo ? Capitaine Le Goff ? C'est Christian, de L'Omnibus. Notre client vient de s'installer. Il a commandé un plat, donc, en gros, vous avez une heure pour le coincer. Il est assis sur une banquette au fond de la salle, à gauche de l'entrée. Il est seul, vous le reconnaîtrez. Cinquante ans bien entamés, presque chauve, bien habillé ; il lit *Le Parisien*.

– OK, on arrive.

Darbot et Chauffour planquaient depuis la veille avec deux gardiens de la paix devant L'Omnibus. Ils avaient eu le temps d'évoquer chacun leur existence, en peu de mots, car il fallait être vigilant. Le brigadier Chauffour leur raconta qu'il était fier d'appartenir à un groupe d'enquête criminelle de la DRPJ de Versailles. Après plusieurs années passées au sein de la brigade mobile de recherche de la police aux frontières à Lille, il avait enfin pu obtenir une nouvelle affection et s'installer avec sa copine, Mathilde, gardien de la paix dans le 18e arrondissement de Paris. Tout roulait, même si le boulot n'était pas facile tous les jours. Et comme il était nouveau, il faisait tout son possible pour acquérir une sorte de crédibilité et susciter la confiance de ses collègues et supérieurs. Pour Mathilde, c'était plus dur. Le soir, elle avait toujours toutes sortes d'histoires sordides à raconter : découverte de macchabées dégoulinants, accidents de la circulation, bagarres de rue et différends familiaux... On ne sortait pas souvent le pistolet-mitrailleur, mais c'était usant.

C'est alors que le portable de Darbot se mit à sonner, les rappelant au devoir. Le Goff les prévenait que leur client s'était installé pour déjeuner à L'Omnibus. Chauffour, Darbot et les deux autres policiers pénétrèrent dans la brasserie, jetèrent aussitôt un œil furtif et discret sur les clients : aucun ne correspondait au signalement.

Darbot fonça au bar pour interpeller Christian :

– Police. Vous nous avez appelés tout à l'heure pour nous signaler un client que nous recherchons. Et il n'est pas là, apparemment. Qu'est-ce qui s'est passé ?

– Je suis désolé, répondit le serveur, mais j'avais à peine raccroché que notre client avait disparu. Je ne sais pas ce qui s'est passé. Quand je me suis retourné, il n'y avait plus personne. Je me suis dit d'abord qu'il était allé aux toilettes, mais il n'était pas là-bas non plus. Je suis désolé.

– Vous pensez qu'il a pu entendre quelque chose quand vous téléphoniez ?

– Je ne crois pas, non. Ce n'est pas possible à cette distance.

– Eh bien ! On n'a plus qu'à attendre une autre occasion, soupira Darbot, à la fois dépité et anxieux.

Il fallait se préparer à une belle engueulade.

4

– Bon Dieu de merde ! hurla Le Goff au téléphone. Qu'est-ce qu'ils ont bien pu foutre dans cette brasserie pour bousiller un plan pareil ? Vous allez y retourner, Darbot mais, cette fois-ci, tous les jours à onze heures, et vous resterez prendre vos déjeuners, et vous attendrez ; on va faire ça toute la semaine. Si c'est vraiment un habitué, et que les gens de la brasserie ne l'ont pas alerté, il devrait en toute logique revenir.

C'était en effet la seule chose à faire, en espérant que ça marcherait. Mais l'autre, peut-être doté d'un sens très aigu des circonstances, avait pu flairer le piège.

– Et diffusez son portrait-robot dans toutes les antennes de police et de gendarmerie à Paris et en Île-de-France, avec les appels à témoins, ordonna le capitaine pour finir.

Le Goff saisit sa veste sur le portemanteau et sortit. Il avait rendez-vous à midi avec son ex-femme au jardin du Luxembourg où il devait récupérer sa fille.

*
* *

Béatrice était arrivée en avance, comme à son habitude. Elle tenait la main de Marie et longeait le bassin devant le Sénat, sur fond de grisaille automnale. Des étudiants et lycéens étaient assis sur les chaises métalliques, fumaient et discutaient entre eux, sans se préoccuper de la fraîcheur de novembre. Il était loin, déjà, le temps où elle-même était étudiante. Elle avait adoré la fac. Un temps béni dans la vie d'un être humain. Elle se sentait vieille déjà, enfin, en tout cas, plus tout à fait jeune. C'était le cas, d'ailleurs. Le jardin était surtout fréquenté par des gens privilégiés. Quand elle avait vingt ans, les différences de classe sociale, elle s'en fichait pas mal. Sa famille avait de l'argent et elle avait fréquenté les meilleurs établissements scolaires de la capitale. Mais c'est en devenant adulte, dans le quartier où elle avait élu domicile, qu'elle avait compris l'importance des codes sociaux de la bonne société et des conditions implicites pour en faire partie : habiter un vaste appartement doté d'une belle pièce de réception, dans un périmètre ne dépassant pas, de préférence, les boulevards Saint-Michel et du Montparnasse ; être marié à un homme qui gagne beaucoup d'argent, suffisamment en tout cas pour entretenir sa famille et offrir à son épouse une vie oisive et dorée, un homme qu'on voit peu, pris par le travail, qui rentre tard, une vie rythmée par les siestes de son enfant et les sorties au Luxembourg ; être une femme jolie, ou en tout cas qui prend soin d'elle, sait sourire en toute circonstance, extravertie, détendue, équilibrée… En ce qui la concernait, tout avait merdé avec Jean-Baptiste. L'éloignement progressif : au début un léger décalage, puis une terrible distance, impossible à combler ; quand on s'en aperçoit, c'est trop tard. Chez elle, ça avait pris la forme d'une explosion insensée, un pétage de plombs qui l'avait conduite à du grand n'importe quoi. Longtemps, elle avait considéré cette situation avec beaucoup de honte mais, finalement, elle ne regrettait pas tant que ça. Au moins, elle avait tranché dans le vif. Et puis, tout finissait par s'arranger ; sa rancune n'était pas si tenace. Ils allaient s'organiser entre gens raisonnables, et elle espérait que sa fille n'aurait pas trop à souffrir de tout ce qui s'était passé. Il restait simplement en elle cette tristesse tenace – une impressionnante et écrasante, mais vraie, sensation de solitude. Elle s'était découverte seule, seule et triste, comme elle l'avait toujours été, en définitive, depuis les jours moroses de son enfance où ses grands-parents l'emmenaient le mercredi après-midi au Jardin d'Acclimatation. Elle ressentait sur les manèges un drôle de sentiment – une sorte de stupeur de se savoir incarnée et figée dans ce corps étrange de petite fille. Et depuis, finalement, ça n'avait pas changé. Elle ne comprenait décidément rien à rien dans ce phénomène de l'incarnation humaine.

Elle aperçut son ex au bout de l'allée, du côté de la rue Guynemer. Il avançait vite vers elle, comme s'il était pressé. Elle aurait voulu au fond d'elle savourer le moment de ces retrouvailles ; mais tout était bien fini. Elle ne pouvait considérer ce point de non-retour sans une certaine amertume, même si c'était elle qui avait pris l'initiative de la séparation. *Il se consolerait bien vite, ça, elle en était certaine !* se disait-elle amèrement.

– Regarde, maman, c'est papa ! cria Marie, joyeuse. Il arrive !

Sa fille courut vers lui et se jeta dans ses bras. Enfin ! Puis il salua Béatrice et se mit rapidement d'accord avec elle pour ramener Marie chez sa mère en fin d'après-midi. Il était en train de s'éloigner avec leur fille, lorsqu'elle le héla – elle se souviendrait ensuite que son geste n'était pas prémédité, que ça avait été pour ainsi dire comme un hoquet, un trop-plein qui déborde sans prévenir. Il se retourna.

– Tu as le temps de prendre un café ? lui proposa-t-elle.

– Non, j'ai promis à Marie d'aller au Poussin vert et après, il faut que je rentre. On va essayer d'en profiter un maximum.

Elle baissa la tête, déçue et humiliée.

– Et puis, tu sais, renchérit-il, maintenant, c'est comme ça, on n'y peut rien. La vie continue. Allez, on fait comme on a dit ?

Quand elle releva la tête, il s'aperçut qu'elle pleurait. Ça n'était pas tellement son genre de pleurer, non. Quand quelque chose n'allait pas, elle préférait plutôt casser une pile d'assiettes.

– OK, on fait comme prévu, dit-elle enfin.

Il s'assit sur un banc de l'aire de jeux et sortit d'un sac en plastique une pelle et un seau, mais Marie lui fit remarquer gentiment qu'elle était trop grande pour jouer encore dans les bacs à sable. Elle préférait d'autres attractions : les balançoires, les tourniquets ou encore le grand parcours aventure. Il la regarda courir avec d'autres enfants, tandis que la journée avançait. Il sortit son goûter : des biscuits emballés dans des sachets individuels et une compote en tube. Ses petites mains avaient quelque chose de bouleversant. Il refoula ses larmes. Ils partirent enfin, traversant le jardin en direction de la sortie rue Soufflot pour prendre le bus.

5

Je me faufile partout et personne n'arrive à retrouver ma
trace. Tant mieux ! Tiens, on a déjà passé Bourg-la-Reine. Ça
va vite aujourd'hui. Je descendrai à Lozère et j'irai à pied
jusqu'à Orsay, par les berges de l'Yvette. Ça me fera du bien
de marcher. Je ne sais pas si c'est bien prudent de continuer
à fréquenter les mêmes lieux, comme L'Omnibus. On a
sûrement remarqué que j'y venais souvent avec Yves. Les flics
auront peut-être fait le rapprochement, on ne sait jamais. Ce
midi, je ne sais pas, mais j'ai eu comme un vilain
pressentiment : il m'a paru de la plus grande urgence et
nécessité de foutre le camp sur-le-champ, impossible
d'expliquer pourquoi. Je vais me faire discret et éviter la gare
du Nord. On verra plus tard pour la suite, mais il vaut mieux
se faire un peu oublier ; en attendant, je peux toujours
fréquenter la ligne B, on verra bien ce qui se présente. Tiens,
Lozère, on est arrivé. Encore cinq minutes et je me retrouve
sur les lieux. Je ne sais pas pourquoi, j'avais envie d'y aller.
Oh ! il n'y aura sûrement plus rien, les flics auront tout
nettoyé ; mais je pourrai peut-être juste voir l'inclinaison de
l'herbe, là où le corps a reposé. Le bel enfant ! Il avait dans
le regard au moment de la mort une expression de pureté ;
lui, si vénal, et si faux ! Ses cheveux blonds et bouclés lui
donnaient l'air d'un ange et ses promesses étaient si suaves −
comme empoisonnées ! Comme j'aurais aimé que ce fût vrai !
Mais c'était mon portefeuille, surtout, qui l'intéressait ; il
m'aurait sucé jusqu'au dernier centime, s'il avait pu. Il
pouvait ! Qu'importait pour moi de lâcher quelques milliers
d'euros, alors qu'il m'apportait tant de fraîcheur ! Il n'avait
pas compris une chose cependant : c'est moi qui mène le bal
et la danse. Sans moi, il n'était rien. Avec moi, il avait
commencé une existence un peu plus décente, mais c'était
trop dangereux de continuer sur cette lancée. Il faut bien que
les jeunes hommes nous distraient, mais si je n'avais pas fait

ce que j'avais à faire, il m'aurait saigné sans hésiter une seule seconde. Il avait le goût du crime, déjà, il nous avait joué son prélude, le goût immodéré de l'argent ; après, Dieu seul sait où un être dénué de scrupules et de moralité peut bien s'arrêter. Quand je voyais sa silhouette gracile appuyée contre la vitre d'un abribus, ses yeux égarés dans le vague, ses mains cherchant une occupation, je ne sais pas pourquoi, ça me bouleversait. Et puis cette souplesse animale, cette beauté brute qui s'ignore ou, en tout cas, qui n'a pas conscience du sentiment d'éternité et de consolation qu'elle dégage. La seule contemplation d'un tel spectacle vous soulage de l'ordinaire laideur de l'existence et de ses déceptions innombrables. Elle nous rappelle notre origine divine, rien de moins ! Les « splendeurs situées derrière le tombeau », comme disait le poète. Opium, opium des corps lascifs, fermes et sculptés, luisants sous les draps ! Ivresse de la chair, oubli, oubli ! Ah ! mon Dieu, ce que je donnerais pour vivre ça encore une fois ! Ce n'est pas tous les jours qu'on tombe sur un spécimen de beauté et de perversité mêlées comme Yves. Quel salaud ça aurait fait s'il avait pu vieillir ! Un salaud de toute beauté, arrogant et cynique, de plus en plus cruel et dangereux pour qui aurait croisé son chemin. Finalement, je suis un bienfaiteur, un philanthrope ! J'ai débarrassé l'humanité d'un être destiné à devenir un suppôt du diable. Je n'avais pas vu les choses comme ça, mais ce n'est pas si con, au fond.

Bon, j'y suis, a priori, c'est là. Je ne me souviens plus bien, mais voilà, ça me revient. Pourquoi toujours Palaiseau ? Yves me disait qu'il était né là et qu'il aurait bien aimé venir ici avec moi, se promener un dimanche. Peut-être bien que lui aussi voulait me zigouiller, après tout ? En tout cas, il ne peut plus rien regretter maintenant. Il n'aurait pu y avoir meilleur moment pour mettre fin à cette aventure. Il ne s'était douté de rien, l'imbécile. Une promenade nocturne, impromptue, c'était tellement romantique ! Aucun témoin, la nuit noire, pas de bruit, pas un cri, rien que du bon travail, *net et précis. Je ne suis pas peu fier de moi. Évidemment, il s'est un peu débattu, rien que de très normal, et j'ai dû mettre des trucs dans son verre, mais je vieillis, la partie risquait d'être bien inégale, hé ! hé ! Bon, allez, rentrons maintenant. Trop de nostalgie, ce n'est pas bon. Et puis, il fait froid, merde, dans ce pays. Vivement Paris !*

6

Les hommes de la brigade criminelle planquèrent plusieurs jours devant L'Omnibus, sans succès. Le gars semblait bel et bien leur avoir filé entre les doigts. Ils se demandaient encore comment cela avait été possible. Entre-temps, le signalement de celui que l'on avait désigné comme l'auteur probable des meurtres récents, ainsi que son portrait-robot, établi d'après la description des employés de la brasserie, avaient été envoyés à tous les commissariats et gendarmeries de France. En espérant que le gars n'allait pas trop changer d'apparence.

Quelques jours après l'audition des Pichon, qui avait précédé de peu la découverte du cadavre d'Yves Tétois, Le Goff s'était rendu au Falstaff, un bar-tabac situé dans le quartier de l'Opéra à Massy, dans l'espoir de recueillir quelques renseignements utiles sur ce fameux « Claude », dont le comportement étrange méritait qu'on s'y intéressât d'un peu plus près. On n'était pas parvenu à l'identifier. Il n'avait pas non plus utilisé sa mobicarte. En homme averti, il s'en était sans doute débarrassé.

Le Falstaff était en effet un banal établissement de banlieue, éclairé aux néons, avec des chiottes dégueulasses. Des tickets de PMU traînaient par terre, près du comptoir, et les habitués, dont certains étaient bien abîmés par l'existence, buvaient leur consommation scotchés au zinc, immobiles et contemplatifs. On était bien loin de l'univers chic de la belle brasserie de la gare du Nord.

Le capitaine s'installa sur une banquette et commanda un café. Quand le patron le lui apporta, il sortit sa carte de flic et lui expliqua le motif de sa visite : la police recherchait un individu qui avait passé ici récemment une soirée en compagnie de Jean-Claude Pichon, un homme qui fréquentait Le Falstaff de temps en temps, et qui s'était fait serrer pour séquestration de mineur et bien d'autres choses encore. Il devait être au courant. En effet, l'homme soupira en entendant son nom. Oui, une bien mauvaise publicité pour son bar, il s'en serait bien passé. Il se retourna vers la serveuse qui rangeait les verres sur les étagères :

– Dis donc, Sabrina, approche !

La serveuse abandonna son activité. Son patron lui résuma la situation et Le Goff lui montra le portrait-robot de « L'Invisible ».

– Il aurait même discuté assez longtemps avec Pichon, ajouta le patron. Tu sais, le malade sexuel qui a enlevé le gamin de Longjumeau ? Il venait souvent ici.

– Ah oui ! Je me rappelle ! s'exclama-t-elle, vraisemblablement ravie de pouvoir rendre service. Oui, ça correspond assez à votre portrait, enfin, d'après mes souvenirs. Ça doit remonter à trois semaines, je dirais. Il m'a tenu la jambe au moins une heure ! Il n'y avait pas grand monde et ce monsieur devait avoir envie de parler, je ne m'en sortais pas. Il me disait qu'il était parisien et qu'il venait de temps en temps voir sa mère qui habitait pas loin, à Orsay, au Guichet. Elle tenait une mercerie, avant sa retraite. Par contre, il ne m'a pas dit son nom. Après, il est allé parler à l'autre, là, Pichon, et j'étais soulagée, parce qu'enfin j'ai pu travailler normalement.

– Vous aviez l'impression qu'ils se connaissaient déjà ?

– Non, pas spécialement. Mais bon, après j'ai pas suivi.

– Et à part ça, il vous a fait quelle impression ?

– Il m'a paru un peu… bizarre. On ne voyait pas bien ce qu'il faisait là, dans ce bar. Nous, on a surtout des habitués, des gens du quartier, ou qui descendent aux Baconnets et qui s'arrêtent juste pour boire un café. Il était plutôt grand, avec un chapeau. Ah oui ! Il y a un détail qui me revient : il avait des mains fines, comme des mains de femme, très blanches, on voyait ses veines. Avec une chevalière au doigt. En or. Il m'a dit alors, avec une drôle de voix, « tu vois, ça, c'est le sceau de l'invisible ». Je me suis dit qu'il devait être un peu dérangé.

Cette description correspondait non seulement au signalement de « Claude », mais aussi à celui de l'individu qu'avait fréquenté Yves Tétois juste avant de mourir. Le Goff avait du mal à dissimuler sa satisfaction en sortant du bar.

7

Dans l'après-midi, Le Goff partit se faire coiffer à Orsay, tout près de la gare du Guichet, dans l'unique salon de l'îlot commerçant du quartier. Il fut accueilli par une maîtresse femme, sèche et autoritaire, d'une bonne cinquantaine d'années, qui lui reprocha vivement de ne pas avoir appelé pour prendre rendez-vous avant de venir. Une fois sa mauvaise humeur passée, elle le confia aux mains de son employée, une femme jeune et gironde. Le policier engagea la conversation en se présentant comme un nouveau voisin. La patronne revêche commença à se détendre et se mit à raconter des anecdotes sur la vie du quartier ou son salon :

– Oh oui ! Moi, j'ai toujours habité ici, depuis que je suis toute petite. Je suis rentrée comme apprentie, j'avais à peine une quinzaine d'années. Puis après j'ai eu la possibilité de reprendre le salon et de m'installer à mon compte. Oh ! vous savez, c'est familial ici. Je pense que je connais à peu près toutes les personnes âgées du quartier. Pensez, elles viennent ici pour voir des gens, toujours le samedi, le jour où on a du monde ! C'est ce que je leur dis : vous ne pouvez pas venir à un autre moment, non ? Mais bon, on les prend quand même. Ça leur fait de la compagnie.

– Tiens, en parlant de ça, continua Jean-Baptiste. On m'a parlé d'une dame qui autrefois tenait une mercerie dans le quartier et qui habiterait toujours ici.

– Ah, oui ! Bien sûr, je vois très bien qui c'est : une amie de mes parents. Elle doit avoir pas loin des quatre-vingts ans maintenant. Mais toujours pimpante !

– Vous savez où elle habite ?

– Oh ! tout près d'ici. Vous voyez la maison un peu plus loin, à l'angle, sur le même trottoir. Eh bien, c'est là ! Mais qu'est-ce que vous lui voulez au juste à madame Lafont ?

Madame Lafont…, se dit Jean-Baptiste. Sans doute la mère de « L'Invisible » ! Enfin, si le témoignage de la serveuse du Falstaff était exact. Mais pourquoi aurait-elle menti ? La coiffeuse devait connaître son fils ou du moins l'avoir déjà rencontré… Il pria pour que madame Lafont n'ait eu qu'un seul garçon et qu'à ce qu'il s'apprêtait à dire, elle ne rajoute pas : « lequel ? »

– Oh ! c'est juste que j'ai bien connu son fils autrefois, reprit le policier, et je voulais simplement la saluer, de la part d'un ami.

– Vous avez connu Jean-Philippe ?

Ouf ! Le coup de bluff avait fonctionné sans problème.

– Oui, ça a l'air de vous étonner, continua-t-il très naturellement.

– Eh bien ! C'est qu'il n'avait pas beaucoup d'amis, Jean-Philippe, ici. Il a toujours été très renfermé, solitaire. Je vais vous dire, moi : entre nous, j'aurais pas laissé ma fille toute seule avec lui.

– Ah oui, vraiment ?

– Oui, je ne peux pas vous dire pourquoi, c'est une impression ; en tout cas, à dix-huit ou vingt ans, il est parti, on ne l'a plus beaucoup revu ensuite. Qu'est-ce qu'il est devenu, vous savez ?

– Oh ! ça fait bien longtemps que je n'ai pas de nouvelles de lui mais, comme je m'installe ici, je voulais juste saluer sa mère en souvenir du bon vieux temps.

Le Goff suivit les indications de la coiffeuse pour trouver la maison de madame Lafont. C'était un petit pavillon bien entretenu ; la pelouse était tondue et les mauvaises herbes tenues en respect. Cette femme devait être encore à peu près en bonne santé. Il avait décidé de ne pas y aller par quatre chemins.

– Bonjour, madame, salua-t-il depuis le portail. Je suis le capitaine Le Goff, de la police.

– De la police ! s'exclama la vieille dame depuis le perron. Mais que se passe-t-il ?

– Puis-je entrer s'il vous plaît ? lui demanda-t-il poliment en tendant bien haut sa carte de flic.

Elle descendit les quelques marches et vint lui ouvrir, pestant contre la gâche électrique qui ne marchait plus. De près, il découvrit une petite femme mince et vive, qui avait dû être belle quelques décennies plus tôt. Pas du tout une pauvre vieille à l'abandon.

– Entrez, lui dit-elle sèchement.

Elle ne cachait pas le désagrément que sa visite lui causait.

L'intérieur était simple, mais aménagé avec soin. Il y avait notamment un vaisselier rustique chargé de bibelots, santons et assiettes décorées à la main, deux fauteuils en cuir qui ne dataient pas d'hier et une télé à écran plat, dotée des avancées les plus récentes de la technologie. Elle le fit asseoir dans la cuisine toujours équipée en mobilier Formica et lui demanda s'il voulait du café – il lui en restait de midi. Il refusa poliment, avant de s'expliquer sur les motifs de sa visite :

— Je suis le capitaine Le Goff, de la brigade criminelle de la police judiciaire de Versailles. Je viens vous voir dans le cadre d'une affaire de meurtre commis près de chez vous, samedi dernier. Un jeune homme qui s'appelait Yves Tétois. Ça vous dit quelque chose ?

Elle bredouilla un vague « oui » qui voulait surtout dire : « Arrêtez de m'emmerder ». Le Goff ne se laissa pas déstabiliser et entra dans le vif de la conversation :

— Pour les besoins de l'enquête, j'aurais besoin de rencontrer votre fils.

— Ah bon ! s'exclama-t-elle, surprise et incrédule. Qu'est-ce qu'il a fait ?

— Il est soupçonné, madame, nous le recherchons.

Elle dévia le regard pour éviter de répondre au policier. Elle eut l'air égarée quelques secondes.

— Vous voyez régulièrement votre fils, madame Lafont ?

— Oh, oui ! Il ne vit plus ici, mais il passe régulièrement me voir, disons deux fois par mois. Mais enfin, comment pouvez-vous être sûr qu'il est impliqué là-dedans ?

— Où puis-je rencontrer votre fils ? demanda Le Goff du tac au tac, sans lui répondre.

— Il habite Paris, mais je ne peux pas vous dire où. Il change tout le temps et je ne mets jamais les pieds là-bas, c'est trop bruyant, trop agité. Oh là là ! je lui dis, épargne-moi avec ton Paris, ton Paris !

— Vous avez un numéro de téléphone sûrement…

— Il n'a pas le téléphone non plus, me dit-il. Quand il vient, c'est à l'improviste. Il me prévient la veille. Il vient en général le dimanche à midi, à peu près tous les quinze jours.

— Vous pensez vraiment que je vais vous croire ! s'exclama Le Goff, qui commençait à s'impatienter. Que vous, sa mère, vous ne savez pas où il habite, ni comment le joindre ?

— Que voulez-vous ? répondit-elle, faussement navrée. C'est pourtant l'exacte vérité. Et puis, vous en avez encore pour longtemps avec vos questions ? Moi, j'ai mon dîner à préparer !

Elle prit les deux tasses sur la table, les posa sans ménagement dans l'évier, tourna le dos au policier, ouvrit le robinet pour remplir le bac à vaisselle, puis enfila ses gants en plastique. Le Goff fulminait en silence.

– Écoutez, madame Lafont, reprit-il, soit vous acceptez de répondre à toutes mes questions, et ça prend le temps qu'il faut, ou bien je vous embarque avec moi au commissariat. Qu'est-ce que vous préférez ?

La vieille dame se renfrogna encore davantage, s'affairant à sa vaisselle.

– Y aurait-il des amis à lui qui seraient joignables ? insista Le Goff.

– Non, je ne lui connais pas d'ami. Enfin, en tout cas, il ne m'en parle pas, répondit-elle sèchement.

– Un solitaire, votre garçon ?

Elle se retourna vers lui et laissa tomber une casserole dans l'eau savonneuse.

– Bon, je vais vous raconter toute l'histoire, en espérant après que vous me laisserez tranquille. Jean-Philippe n'a jamais eu beaucoup d'amis, même à l'école. En plus, il était fils unique. Enfin, presque. On s'est mariés, Jacques et moi, fin 56, et puis Jean-Philippe est né presque tout de suite après, en décembre 57. On a eu un autre enfant, deux ans plus tard, Marc. Le petit n'a pas du tout supporté la naissance de son frère. Il piquait des crises, il criait tout le temps, le tapait. Mais comme il était l'aîné, je lui faisais confiance. Et puis un jour, le drame est arrivé. Tous les soirs, Jean-Philippe et Marc rentraient à pied de l'école. Ils restaient seuls jusqu'à environ six heures et demie, le temps que je revienne de la boutique. Un soir, en rentrant, j'ai trouvé Marc sans connaissance, dans l'escalier. On n'habitait pas cette maison, à l'époque, mais une autre, un peu plus grande, près de l'Yvette, à Lozère. On l'a emmené à l'hôpital, mais ils n'ont pas pu le sauver. Il avait fait un traumatisme crânien très grave. Évidemment, on a interrogé Jean-Philippe, qui nous a dit que Marc était tombé dans les escaliers et qu'il n'avait pas entendu la chute de son frère, car il avait fermé la porte de sa chambre pour faire ses devoirs.

– Ça a dû être difficile à la maison, après ça, non ? dit Le Goff en s'asseyant sur une chaise en Formica – une manière comme une autre de montrer qu'il avait tout son temps.

– Oui, très dur, mais le plus dur, pour nous, c'est qu'on s'est toujours demandé si ça n'était pas Jean-Philippe qui avait poussé son frère dans l'escalier. Et ça, on n'a jamais su, on a toujours eu un doute. Quand mon mari était sur son lit de mort, à l'hôpital, il y a dix ans maintenant – paix à son âme ! –, il a voulu connaître la vérité en posant la question à son fils, mais Jean-Philippe est arrivé trop tard. Je crois qu'il ne voulait pas revoir son père, à cause de ça.

– Et vous, qu'en pensez-vous ?

– Vous savez, tous les soirs, toutes les nuits, pendant des années, j'ai refait le film à l'envers, me reprochant d'être arrivée trop tard, de les avoir laissés seuls. Maintenant, je ne sais plus… Qu'est-ce que ça changerait après tout ? Ça ne fera pas revivre mon petit Marc.

– Et comment Jean-Philippe a grandi après ça ?

– Il était déjà très solitaire, ça n'a rien arrangé. Après il s'est… comment dire… renfermé sur lui-même. Il ne sortait plus, ne voyait plus ses amis d'avant et puis, à dix-huit ans, il est parti de la maison. Il avait réussi son bac. Il s'est inscrit à l'université de Nanterre. Il travaillait pour payer le loyer de son petit appartement. Après ses études, il est resté à Paris. Il était instituteur, dans le privé, et puis il a démissionné, il y a déjà bien vingt ans. Il me dit qu'il vit maintenant en donnant des cours d'anglais, je crois. Il a hérité aussi des économies de mon mari, ce qui a dû le soulager un peu.

– S'est-il marié ? A-t-il eu des liaisons ? Des enfants ?

– Non. Il n'a jamais amené personne ici. Nous, on ne lui posait pas de questions, on sentait que ça le mettait mal à l'aise.

– Avez-vous senti à un moment donné qu'il aurait pu, disons… préférer les garçons ?

– Ah ! ça, non alors !

– Pourquoi est-ce si évident ?

– Mais enfin ! Il n'avait pas du tout des manières efféminées mon garçon.

Le Goff fut saisi par la bouffée de haine ordinaire contenue dans cette petite phrase définitive. Il continua :

– Porte-t-il un chapeau d'ordinaire ?

– Un chapeau ? Pas du tout, cela ne lui ressemble pas, il n'a jamais porté de chapeau. C'est à peine si on pouvait lui mettre un bonnet sur la tête, à l'école !

Tiens, pas de chapeau… Le fils Lafont était-il bien « L'Invisible » ? Le Goff se mit soudain à douter. À moins qu'il ne veuille projeter une autre image de lui chez sa mère. Possible aussi.

Elle reprit sa vaissele, comme si tout ça n'avait pas d'importance au fond. Le policier lui demanda des photos de lui. Elle lui répondit que Jean-Philippe les avait toutes embarquées cinq ans plus tôt, pour faire un album. Mais évidemment, elle n'en avait jamais vu la couleur. Elle avait juste conservé à son insu une vieille photo en noir et blanc à bords dentelés. C'était lui, enfant, à côté de son frère. Il devait avoir sept ou huit ans. C'était tout ce qu'elle pouvait lui montrer. Pour finir, il lui laissa ses coordonnées professionnelles. Elle prit la carte et la tourna dans ses mains en faisant une moue dubitative. Pas sûr qu'elle allait s'en servir.

8

Ils n'allaient pas tarder à le coffrer, pensa Le Goff de retour au commissariat. Il connaissait désormais son nom, son signalement, quelques-unes de ses habitudes et les contours d'une personnalité qui échappait à la norme. Jean-Philippe Lafont n'avait jamais eu affaire à la police – casier judiciaire vide. Aucun véhicule automobile n'était immatriculé à son nom et aucun numéro de téléphone fixe ou mobile ne lui était attribué. En voilà un qui savait se fondre dans le décor sans se faire remarquer. La ligne de la mère de Jean-Philippe Lafont fut mise sur écoutes et on planqua deux hommes devant sa maison, pour coincer le rejeton quand il montrerait sa bobine. D'autres gars étaient toujours postés à proximité de la gare du Nord au cas où, mais le scénario d'une interpellation à L'Omnibus paraissait de plus en plus aléatoire ; hormis cela, il fallait bien convenir que la mère de Jean-Philippe avait été d'une aide minime sur le plan concret pour localiser son fils…

Le Goff rentra chez lui complètement rincé. Il avait réussi à trouver un accord avec sa femme pour la garde de sa fille en attendant le divorce. Il ouvrit le frigo pour prendre une bière puis s'installa dans le canapé pour écouter le répondeur. Il y avait deux messages : un de Julie, qui l'appelait pour lui dire qu'elle resterait dormir chez ses parents, et un autre laissé par un inconnu :

« Alors, disait la voix d'un homme, on est allé voir ma maman ? Faut pas embêter les vieilles personnes comme ça, elles ont assez souffert, non ? Moi aussi, disait la voix insinuante, je suis allé voir ce que tu as de plus cher. Et crois-moi, je pense qu'elle n'a pas besoin de ça en ce moment. Comment dire ? Elle n'a plus ses repères, vois-tu. Allez, ciao, à plus tard, le flic ! »

Jean-Baptiste saisit en un éclair : ce salopard savait qu'il était passé chez sa mère et il le menaçait de s'en prendre à sa fille. Marie résidait chez sa belle-mère, car Béatrice était en déplacement pour la semaine. Il était plus de dix heures du soir, mais il n'hésita pas une seconde :

– Allo, madame Leroy ? C'est Jean-Baptiste à l'appareil. Marie est avec vous ?

– Oui, mais pourquoi appelez-vous si tard ? Que se passe-t-il ?

– Je ne peux pas vous expliquer pour le moment...

Il n'arrivait pas à amener la suite. Il reprit d'une voix blanche :

– Est-ce que vous auriez observé autour de vous la présence inhabituelle d'un homme ? Un homme coiffé d'un chapeau, type feutre mou, comme dans les vieux films de gangsters, ça vous dit quelque chose ?

– Non, pas que je sache, répondit-elle. Enfin, Jean-Baptiste, que voulez-vous dire ? Vous commencez à m'inquiéter là ! s'exclama-t-elle, envahie par la peur.

– Pour l'instant, je ne peux rien vous dire de plus. Suivez à la lettre ces consignes : ne sortez pas, ne ramenez pas Marie à l'école, dites-leur qu'elle est malade, et si vous apercevez, en bas de chez vous, dans les jours qui viennent, la présence inhabituelle d'un homme, appelez-moi tout de suite ; la police le recherche. Et tout se passera bien. Je vous rappelle demain matin, d'accord ?

Il appela aussitôt son supérieur, le commissaire Lanvin. Il était tard, ça ne se faisait pas, tant pis pour les bonnes manières.

– Et bien sûr, vous ne savez pas où il se trouve pour le moment..., conclut le commissaire d'une voix lasse, après avoir écouté le récit du capitaine.

– Non. La seule source connue, c'est aussi son point faible, c'est sa mère. Tout converge vers elle. Cet homme aime jouer avec nos nerfs : sa fuite de la brasserie, l'impossibilité de retrouver sa trace et maintenant les menaces. Il va se manifester tôt ou tard, c'est plus fort que lui, il a besoin de ça. Mais il faut le prendre de vitesse, vous comprenez...

– Je ne peux pas envoyer une équipe du RAID là-bas, chez sa mère. D'ailleurs, les hommes qui planquent n'ont rien vu. Donc, il est ailleurs. Il reste tout de même la possibilité de l'interpeller à la brasserie... Écoutez, Le Goff, je sais bien que ça va vous faire bondir, mais il ne faut pas trop prendre ces menaces au sérieux. Cet homme agit seul, vraisemblablement, et ses moyens sont limités. Il sait qu'on le recherche, il est tout à fait improbable qu'il passe à l'action maintenant, il serait immédiatement repéré. Bon, de toute façon, on va assurer la sécurité de votre famille. D'où appelait-il ? Vous avez recherché ?

– D'une cabine téléphonique à Denfert-Rochereau.

– Oui, évidemment… Cet homme est malin, il ne nous donne pas beaucoup de prises. Tout est en place pour le coincer, mais je crois malheureusement que nous devons attendre…

– Attendre ! C'est tout ce que vous avez à me dire ! tonna Jean-Baptiste. On pourrait envisager de diffuser son portrait-robot sur toutes les télés, dans les journaux, qu'en pensez-vous ?

– Tous les flics de France et de Navarre ont déjà son portrait-robot. Quant à la presse ! Vous êtes fou ou quoi ? Ce serait le meilleur moyen de le faire fuir ! Non, Le Goff, je comprends que vous soyez un peu nerveux, mais il faut attendre que cet homme aille chez sa mère pour qu'on lui tombe discrètement dessus.

– Mais comment voulez-vous qu'il y aille ? Il n'est pas près de remettre les pieds là-bas. Sa mère l'a sûrement appelé tout de suite après mon départ : elle m'a menti quand elle m'a dit ne pas avoir son numéro. Ensuite, il est possible, par le hasard d'une coïncidence extraordinaire, que nous nous soyons croisés, qu'il m'ait vu sortir de la maison de sa mère, ou y entrer, que sais-je ? Sa mère connaissait mon nom. Je lui ai laissé ma carte. C'était facile de me retrouver. Par ailleurs, son message sur le répondeur n'est pas très clair, c'est peut-être un coup de bluff, mais vous comprenez bien que je ne peux faire prendre aucun risque à ma famille.

– À moins qu'il n'ait été au courant d'une autre manière…

– Mais comment ? Pichon est au trou.

– Le patron du bar, par exemple, ou la serveuse. Vous y avez pensé ?

– Ils ne savent rien de moi, ces gens-là. Il faudrait que Lafont ait des connaissances dans la police, et même dans la brigade. Ou qu'il m'ait suivi. Et tout ceci en un temps record. Bon, de toute façon, on n'a plus trop le temps, vous ne pensez pas ? On va interpeller sa mère et la mettre en garde à vue – après tout, elle devient suspecte, non ?

– Enfin, Le Goff, une vieille dame, quand même… vous y avez songé ? Retournez chez elle plutôt et tâchez de ne pas vous laisser embobiner.

Jean-Baptiste raccrocha, furieux. Il savait aussi qu'il allait devoir affronter la fureur et la panique de son ex-femme. Il se servit une deuxième bière et décrocha le combiné. Elle commença par l'engueuler copieusement, hurlant, totalement hors d'elle. Il lui promit d'assurer leur sécurité.

– Tu penses sincèrement que vous allez mettre la main sur ce dingue ? finit-elle par lui demander, sceptique.

*
* *

Il passa une nuit blanche. À six heures du matin, il prit ses clés, son blouson et sortit de son appartement pour retourner illico chez la mère de « L'Invisible ». À cette heure-là, il n'y aurait aucun embouteillage sur la route, il y serait pour le petit-déjeuner. Quand il arriva au rez-de-chaussée de son immeuble, la concierge, toujours matinale, sortit de sa loge pour l'interpeller :

– Ah ! monsieur Le Goff, j'ai oublié de vous le dire, mais hier, en fin d'après-midi, il y a un ouvrier qui est passé chez vous. Je lui ai donné le double des clés, comme c'était prévu. C'est pour la colonne d'eau, vous savez, le syndic a appelé la semaine dernière ; ils doivent la changer et ils sont venus voir dans vos WC comment ça se présentait.

– Comment ! s'écria Jean-Baptiste furieux. Vous avez laissé des inconnus rentrer chez moi sans me prévenir ?

– Mais, monsieur, continua la concierge un peu gênée, je ne voulais pas vous déranger pour ça. Et puis, c'est le syndic qui a voulu prendre les choses en main pour que ça ne traîne pas.

– Ils vous ont prévenu qu'ils envoyaient quelqu'un hier, les gens du syndic ?

– Non, monsieur Le Goff, mais vous savez comment ça se passe, on est souvent les premiers surpris qu'ils interviennent.

Elle n'avait pas tort, madame Ferreira : ce syndic prenait toutes les libertés, sans se préoccuper le moins du monde du dérangement qu'il pouvait causer aux locataires.

– Madame Ferreira, dit Le Goff, à l'avenir, vous ne devez sous aucun prétexte donner les clés à un inconnu sans mon accord préalable. Sinon, moi, je préviens le syndic et il vous en cuira, croyez-moi.

La concierge le regarda d'un air incrédule. Décidément… Elle faisait toujours son maximum et elle était drôlement remerciée.

– Monsieur Le Goff, faut pas vous fâcher, voyons, je ne fais que mon travail, fit-elle remarquer.

Jean-Baptiste se dit qu'il devait tout de même cesser de passer ses nerfs à vif sur cette pauvre femme. Il se reprit et lui demanda sur un ton beaucoup plus calme, voire prévenant :

– Dites-moi maintenant, à quoi ressemblait votre soi-disant plombier ?

– Il était assez jeune, enfin, dans les trente-cinq ans environ, assez mince, plutôt grand, grand comme vous, quoi.

– Il n'avait pas cinquante ans et ne portait pas de chapeau ?

– Un chapeau, pour un plombier… Ce serait… bizarre.

– Il avait un type particulier ?

– S'il avait une tête d'Arabe, c'est ça que vous voulez me dire, monsieur Le Goff ? Non, monsieur, tout ce qu'il y a de plus banal. Plutôt brun, quand même, mais bien de chez nous.

Le portrait établi par la concierge laissa le policier perplexe. Il ne correspondait en rien au signalement de « L'Invisible ». Qui donc avait bien pu pénétrer chez lui ?

Madame Ferreira marmonna trois mots dans sa barbe, qu'il ne comprit pas, et fit rentrer son chat avant de claquer la porte de sa loge. Le visiteur n'avait rien dérangé la veille et, pourtant, il s'était bien introduit chez lui… Certes, tout était en ordre, mais il avait peut-être emporté quelque chose… L'appréhension de Le Goff vira à la panique : il remonta les étages quatre à quatre, ouvrit la porte et se dirigea droit au but, là où il conservait ses documents personnels : un dossier rangé sur une étagère de sa bibliothèque. Il en sortit une pochette, l'ouvrit, pour constater ce qu'il redoutait de pire : ses photos de famille avaient disparu, ainsi que tous les documents relatifs à la scolarité de Marie. Non seulement cet enfoiré l'avait menacé de s'en prendre à ce qu'il avait de plus cher, sa fille, mais il avait désormais les moyens de passer à l'action ; il avait toutes les cartes en main. Comment avait-il pu remonter jusqu'à lui aussi vite, alors que sa visite chez sa mère datait de quelques heures seulement ? La vieille l'avait bien promené !

9

Ça roula parfaitement jusqu'à Orsay, si bien qu'en une demi-heure Le Goff était sur place. À quelques mètres en contrebas de la maison se trouvait la voiture des collègues qui planquaient. Ils n'avaient rien observé d'anormal. Il y avait de la lumière. La vieille était levée. Il sonna. Sa tête apparut derrière les carreaux de la cuisine.

– Madame Lafont, c'est le capitaine Le Goff. Ouvrez-moi s'il vous plaît ! hurla-t-il depuis le portail.

– Encore vous ! cria-t-elle, très mécontente. Et à cette heure-là en plus ? Qu'est-ce que vous me voulez, encore ?

Elle actionna la gâche, qui fonctionna cette fois-ci. Il avança jusqu'à elle.

– Eh bien ? lui demanda-t-elle. Que voulez-vous à la fin ?

– Eh bien ! madame Lafont, il se trouve qu'après mon passage, hier, vous avez vu votre fils ou bien vous lui avez parlé au téléphone.

– Qu'est-ce que vous êtes en train de me dire ? C'est n'importe quoi !

– Vous mentez, madame Lafont, vous mentez, et vous le savez très bien…

Il avançait toujours vers elle, agressif, la poussant à l'intérieur de la maison. Elle recula un peu dans le couloir, puis se figea face à lui, les bras croisés sur la poitrine.

– Monsieur le policier, j'aimerais que vous sortiez de chez moi s'il vous plaît.

– Non, madame Lafont, pas encore. Pas avant que vous ne m'ayez dit comment je peux retrouver votre fils. Ce serait plus sage que vous coopériez, et cela nous ferait gagner un temps précieux. C'est bien simple : soit vous nous dites où se trouve votre fils, soit vous repartez avec moi, les menottes dans le dos, pour passer une journée puis une nuit en garde à vue dans une cellule qui pue la pisse et le dégueulis d'ivrogne. Et dès demain matin, je fais perquisitionner votre beau logis douillet par mes hommes avec la bénédiction du juge d'instruction. Dans la hâte, ils pourraient casser quelques bibelots… Qu'est-ce que vous préférez ? La méthode forte ? Ces désagréments ne conviendraient pas, il me semble, à une femme de votre âge.

Une lueur de haine passa dans le regard de la vieille femme. Elle serra avec humeur l'objet qui lui tombait sous la main, un parapluie pendu au portemanteau. Puis elle abdiqua :

— Écoutez, je ne vous ai pas menti quand je vous ai dit que je savais pas comment le joindre. Hier, il m'a appelée, c'est vrai, juste après votre visite et je lui ai tout raconté. Je lui ai donné votre nom et votre numéro. Je l'ai engueulé, même, je lui ai demandé ce que la police pouvait bien lui vouloir. Mais le seul renseignement que je peux vous donner, continua-t-elle, c'est les coordonnées d'une de ses connaissances. Tenez, venez voir.

Elle sortit d'un tiroir du buffet une carte postale. Le Goff s'approcha pour la regarder de plus près.

— Vous voyez, ils me l'ont envoyée il y a des années de cela, reprit-elle. Malheureusement, le timbre a été arraché, on ne voit plus rien. C'était des vacances en Tunisie. Cet ami qui était avec mon fils s'appelait Paul de Marjolin. Il habitait à l'époque avenue de Wagram, à Paris. L'immeuble moderne en face de la poste, m'avait dit Jean-Philippe. Il était très riche, il appartenait à une vieille famille, je crois. Il tenait une galerie d'art. Je ne crois pas que Jean-Philippe le voie toujours, il ne me parle jamais de lui. Peut-être qu'il est mort, il était un peu plus âgé que lui dans mon souvenir. C'était un homme élégant, ça oui ; je ne l'ai vu qu'une seule fois. Il nous avait invités à manger un plateau de fruits de mer dans une grande brasserie place des Ternes. Il fut charmant, attentionné, délicieux avec moi…

— Le gendre idéal, quoi, ne put s'empêcher de persifler Jean-Baptiste.

Elle fit mine de ne pas comprendre avant de reprendre :

— C'était un homme qui avait beaucoup de savoir-vivre et d'élégance. À l'époque, quand mon fils l'a connu, j'ai eu l'impression que ça lui avait redonné le goût de vivre. Il faisait attention à lui, il était beau, bien habillé. Ah ! ce qu'il était bien habillé ! Il était toujours instituteur, mais comment dire ? Il vivait comme quelqu'un qui gagne dix fois ou cent fois plus ! Je ne savais pas d'où venait l'argent, je ne posais pas de questions, on ne me disait rien d'ailleurs. De temps en temps, un chèque arrivait. Mon mari trouvait ça douteux ; moi, je me disais : du moment que tout le monde y trouve son compte… Des cartes postales de la Côte d'Azur en veux-tu en voilà, la Riviera, Portofino, Florence, l'Italie. Je crois vraiment que Jean-Philippe a vécu de belles années. Mais à présent, tout ça est fini. Tout est redevenu plus… ordinaire. Voilà, c'est tout ce que je peux vous dire.

Le Goff prit congé sans prévenir la vieille dame qu'une perquisition aurait lieu dans l'après-midi. Juste pour s'assurer qu'elle n'avait rien oublié de montrer ou de dire.

10

Après un café-croissant vite avalé dans un café d'Orsay, Le Goff repartit en sens inverse pour l'avenue de Wagram. Un coup de fil passé au commissariat pour vérifier si l'on avait quelque chose sur Paul de Marjolin. Rien. Décidément… Il demanda aussi à ce que des techniciens viennent faire chez lui des relevés d'empreintes digitales, car le syndic affirmait n'avoir jamais envoyé de plombier. Ils n'avaient qu'à demander le double des clés à la concierge, il la préviendrait. Elle allait sûrement gueuler, mais il doublerait ses étrennes au prochain Noël.

Il sortit porte de Champerret. Cela faisait un bail qu'il n'avait pas mis les pieds dans le quartier. Il se gara rue de Prony, devant un café minuscule autrefois tenu par une ancienne prostituée. Il se souvint d'une ou deux cuites prises à cette terrasse à la Carlsberg elephant. Une autre époque, à des années-lumière.

Le 135 bis avenue de Wagram était un immeuble imposant. Une résidence de standing, selon les critères des agences immobilières, avec de grands miroirs dans l'entrée et des escaliers en marbre. Il s'adressa à la concierge, qui n'était pas très aimable. Probablement que sa présence lui semblait le prélude à une longue série d'emmerdements qui risquaient de troubler l'idéal de luxe et de tranquillité des très riches propriétaires. *Oui, je suis l'oiseau de malheur*, pensa-t-il, *ou l'instrument de la justice et de la vérité, ça dépend comme on voit les choses – sans prétention.* Monsieur de Marjolin habitait toujours là, lui dit-elle. Quant à savoir s'il était chez lui, et ce qu'il faisait, elle n'était pas payée pour observer et noter les allées et venues des gens. C'était au dernier étage – l'appartement avec terrasse.

Le Goff se trouva devant une double porte en bois verni. Presque aussitôt qu'il eut sonné, un homme, sans doute un domestique, d'après sa tenue, vint lui ouvrir. Le capitaine dévoila sans fioritures le but de sa visite. On recherchait un homme du nom de Jean-Philippe Lafont et, dans le cadre de cette enquête, il était venu rendre visite à monsieur de Marjolin. On lui demanda de patienter quelques minutes dans le petit vestibule.

Ce temps d'attente permit au policier de s'imprégner de l'ambiance. Quelques cadres accrochés au mur, des photos datant d'une époque révolue. On y voyait toute une famille à bord d'un ketch, des enfants réunis autour de leur père profiter des plaisirs de la navigation. Le domestique, ou secrétaire particulier – ou quoi d'autre encore ? –, vint enfin chercher Jean-Baptiste.

La porte du vestibule s'ouvrit sur un immense salon, plongé dans un clair-obscur. De lourds rideaux étaient tirés devant ce qui devait être une large baie vitrée. L'ensemble baignait dans une lumière discrète, diffusée par quelques lampes réparties harmonieusement dans la pièce. Le propriétaire des lieux était assis quelques mètres plus loin, sur une confortable bergère Louis XV, et portait, en cette heure encore matinale, un peignoir matelassé aux reflets irisés sur un pantalon de flanelle. Il avait le visage émacié et les traits tirés ; ses rares cheveux étaient ramenés vers l'arrière, en petites mèches grisonnantes. De loin, sa pâleur étonnait et la semi-pénombre soulignait de longs cernes courbes sous ses yeux. Il y avait sur ce visage une expression inerte. Sa peau était si fine qu'elle laissait saillir des veines bleutées sous les joues creusées. On lui donnait un âge avec peine ; probablement une bonne cinquantaine. Il gardait les jambes croisées, immobiles, comme tout le reste du corps. On sentait bien qu'il ne détestait pas inspirer une certaine crainte, et qu'il en avait certainement largement joui dans son existence, mais la lassitude et le dégoût semblaient désormais le disputer à ce goût immodéré du pouvoir et de la fascination qu'on pouvait lui supposer avoir nourri par le passé. Sur les côtés étaient accrochées des estampes de Victor Brauner, sans doute une partie de sa collection d'œuvres d'art, qui rappelait l'amateur éclairé et le galeriste qu'il avait été. Les étagères d'une bibliothèque de livres anciens s'élevaient sur toute la hauteur du mur derrière lui. On l'y voyait également photographié, plus jeune, posant à côté de tableaux et d'artistes. Les tons rouge sang des tissus, la passementerie – franges, galons et dentelles – qui ornait le mobilier donnaient à la pièce un caractère singulier, qui tenait aussi bien du cabinet d'occultisme que de la maison à spécialités pour clients fortunés. L'homme invita Jean-Baptiste à s'asseoir :

– Eh bien ! monsieur le policier, qu'est-ce qui vous amène à une heure matinale chez un homme comme moi, qui, comme vous pouvez le constater, semble s'être bien retiré du monde ?

L'afféterie du propos ne fit pas faiblir la détermination de Jean-Baptiste, qui avait l'habitude des séducteurs, menteurs, mythomanes et autres manipulateurs :

– Monsieur de Marjolin, nous recherchons un homme du nom de Jean-Philippe Lafont, soupçonné dans le cadre d'une enquête sur deux meurtres récents ayant eu lieu dans la banlieue sud, autour de Palaiseau.

L'homme se leva, s'approcha d'un guéridon où était posé un service à thé.

– Vous voulez un peu de thé ? lui demanda-t-il.

Le Goff déclina sa proposition avec une pointe d'agacement. L'autre, visiblement, avait décidé de prendre son temps et d'imposer son rythme dans la conversation. Une manière comme une autre de résister aux services de police.

— Et donc, si je comprends bien, reprit-il, vous venez me demander où vous pouvez trouver ce monsieur ? Mais ça, je n'en sais proprement rien, vous savez, cela fait de nombreuses années que je ne suis plus en contact avec Jean-Philippe.

L'homme regarda Le Goff droit dans les yeux, attendant la réplique. Il ne lui en laissa pas le temps et prit le policier à contre-pied :

— Que savez-vous de lui au juste ?

— Pas suffisamment de choses pour lui mettre la main dessus, répondit Le Goff du tac au tac.

— Laissez-moi vous parler un peu de lui, alors. Encore une fois, voulez-vous un peu de café ou un peu de thé, monsieur ?

Le domestique qui avait ouvert la porte se tenait derrière lui, prêt à servir son maître et son invité. Jean-Baptiste refusa, et l'homme disparut silencieusement, à la manière d'un chat.

— Il est fiable, vous savez, dit Marjolin en parlant de lui. Cela fait des années qu'il est à mon service, c'est mon secrétaire particulier. Nous pouvons parler librement, ne vous inquiétez pas.

— Savez-vous où habite Jean-Philippe Lafont ?

— Aux dernières nouvelles, qui remontent quand même à quelques années, il louait une petite chambre près de la gare de l'Est, au dernier étage d'un immeuble cossu. Il me semblait que c'était rue de Paradis, si mes souvenirs sont exacts. Oui, c'est ça, rue de Paradis.

— Un téléphone ?

— Aucunement. Jean-Philippe a toujours vécu sans téléphone. Il déteste cela.

– Avez-vous revu récemment des amis communs ?

– Nous n'avons pas d'amis communs, répondit-il avec une froideur qui étonna Le Goff.

– Que faisait-il alors dans la vie, quand vous vous fréquentiez ?

– Pas grand-chose. Jean-Philippe – comment dire ça sans être trop brutal ? – est une espèce de parasite. Il ne peut pas vivre tout seul, Jean-Philippe, il a besoin d'un mentor, de quelqu'un qui veille sur lui et sa subsistance, avec donc, de préférence, un compte en banque bien garni.

– Vous, par exemple ?

– Oui, inspecteur. Moi, par exemple.

– Vous lui en voulez ?

– De quoi lui en voudrais-je ? Les choses sont ce qu'elles sont, vous savez, elles se font, elles se défont et nous, nous « surfons sur la vague » comme on dit aujourd'hui, vous ne croyez pas ? Parfois le train s'arrête, parfois non, et nous nous retrouvons comme des cons, passez-moi l'expression, tout seuls sur le quai avec nos valises. C'est la vie.

– Ça vous a rendu philosophe ?

– Oui, en quelque sorte.

– Quand et comment avez-vous connu Jean-Philippe ?

– Il faut remonter environ trente ans en arrière.

Marjolin appela son domestique afin qu'il lui apporte ses cigarettes.

– Excusez-moi, inspecteur, détestable habitude, n'est-ce pas ? dit-il en tirant une longue bouffée sur le bout doré.

Une expression de contentement fugace se dessina sur son visage tendu.

– C'était au début des années 80, reprit-il. J'étais déjà propriétaire de ma galerie rue Mazarine et j'habitais rue Saint-Louis en l'Île. J'avais une vie confortable, disons, pour le moins. Je fréquentais du monde, ou plutôt, le monde. L'époque était prospère et insouciante. J'étais plutôt bien fait de ma personne et on ne se gênait pas pour me le faire savoir :

j'avais autour de moi une cour incessante de jeunes et belles personnes, tous sexes confondus. Je n'ai jamais aimé choisir, d'ailleurs. J'ai pris les choses comme elles venaient. Et Jean-Philippe est apparu. Il était étonnamment, insolemment beau. Des cheveux blonds qui descendaient en petites boucles le long du cou ; il avait encore du duvet sur les joues ! J'avais juste quelques années de plus que lui, mais à peine. On devinait déjà dans ses yeux cette volonté de briser le monde à sa volonté, de le faire plier, quoi qu'il lui en coûtât. Des yeux bleus transparents, mais déjà éclairés par une lueur malveillante. Et puis ce sourire, qui pouvait se crisper parfois, de celui qui sait déjà qu'il obtiendra même au-delà de ses désirs. Voyez-vous, au fond, je pense qu'il n'aimait pas la vie, Jean-Philippe.

— Dans quelles circonstances l'avez-vous connu ?

— Il est venu un jour à la galerie et a demandé à me voir. J'étais encore assez disponible à l'époque et, devant son insistance, je l'ai reçu. Il m'a dit qu'il n'était pas artiste, mais qu'il écrivait et qu'il pouvait mettre sa plume à mon service. Je lui ai proposé de m'apporter quelques-uns des articles qu'il avait écrits, notamment sur un peintre que j'exposais à l'époque, Jude Barrow, et en vue d'une rétrospective sur le Land Art. Je l'ai pris à l'essai – pour voir, oui, j'ai payé pour voir. Et c'est ainsi que tout a commencé.

— Vous êtes devenus amants ? tenta Le Goff, sachant qu'il jouait là son va-tout.

— Oui, si l'on peut dire, répondit tranquillement Marjolin. Il est venu s'installer chez moi et il a rempli les fonctions de secrétaire, pendant quelques années.

— Vous connaissiez sa famille ? Ses parents ? Vous saviez qu'il avait perdu un frère jeune dans des circonstances, disons, plutôt…

— Vous voulez dire qu'il l'a tué ? Oui, je sais ça. Jean-Philippe a poussé Marc dans les escaliers pendant que sa mère était absente. Son aveu m'a horrifié sur le moment, mais je n'ai rien fait pour le dénoncer. Cela faisait des années et je n'allais pas réveiller toute cette souffrance – une histoire qui remontait à tellement loin.

– Vous auriez dû, pourtant, cela aurait pu empêcher la suite, peut-être… Il vaut mieux sortir les cadavres du placard parfois, vous savez.

– Pas toujours, je pense, au contraire. Ne croyez-vous pas qu'il n'y a pas de problème tant qu'on n'en parle pas ?

Le Goff esquiva le paradoxe, si bien que l'homme dut reprendre son récit :

– Quoi qu'il en soit, je pense que cette histoire l'a beaucoup perturbé. Je n'ai pas bien connu son père, il est mort prématurément. Jean-Philippe avait avec sa mère des relations distantes, mais elle lui faisait faire à peu près tout ce qu'elle voulait – elle le menait « à la baguette » ! On peut même dire qu'elle était odieuse avec lui, le rabrouant sans cesse, s'adressant à lui sans tendresse. Mais même avant « l'accident », Marc était le frère préféré ; la perte fut d'autant plus atroce qu'elle a toujours eu un doute sur la responsabilité de son aîné dans ce qui était arrivé – à juste titre d'ailleurs… Elle s'est rendu compte qu'elle avait engendré une sorte de monstre, qui lui avait enlevé ce qu'elle avait de plus cher. Cela n'a pas arrangé les choses entre eux.

– Quand vous étiez ensemble, avez-vous remarqué quelque chose comme… le goût de Jean-Baptiste pour les très jeunes garçons ?

Marjolin affecta un air surpris :

– Les enfants, vous voulez dire ? Non, absolument pas. Les jeunes gens, oui, disons les adolescents, les éphèbes, ça oui. Mais les enfants, non, je n'ai jamais rien remarqué de tel. Pourquoi demandez-vous cela ? Est-ce que les victimes seraient des enfants ?

– L'une d'entre elles oui, confirma Jean-Baptiste. Il avait une dizaine d'années, et l'autre était un jeune adulte.

Le Goff sortit de son portefeuille les photos des deux victimes pour les lui montrer :

— Connaissez-vous ces personnes ? demanda-t-il. Les avez-vous déjà rencontrées ?

— Pas le moins du monde, inspecteur. Je vous l'ai déjà dit : je n'ai pas revu Jean-Philippe depuis de nombreuses années. Alors, comment voulez-vous ? Celui-ci n'était pas encore né, tandis que l'autre se trouvait dans les jupes de sa mère.

— Fréquentait-il des bordels, tourisme sexuel exotique, ou des choses de ce genre ?

— Vous savez, à l'époque, il n'y avait pas internet et tous les moyens de communication modernes. On vivait un peu caché, encore, entre nous. Les choses mettaient longtemps à se savoir. Malgré tout, nous avions une vie assez libre. Nous ne nous gênions pas pour avoir des « amants de passage », de tous les âges. Mais des enfants, jamais, vous m'entendez ! Ça, je peux vous le jurer ! Je ne crois pas que Lafont ait eu besoin de se rendre au bordel pour tirer un coup, si vous me permettez. Il était… irrésistible, vous comprenez ?

— Pour quelles raisons vous êtes-vous séparés ?

— Pour les mêmes raisons qui font que tous les couples se séparent : usure, terrible revanche de la réalité, rien que des choses banales. Un jour, ça a été fini. Nous le savions déjà tous les deux, mais c'est moi qui ai pris l'initiative en demandant à Jean-Philippe de quitter le domicile commun, domicile qu'il ne fréquentait déjà plus beaucoup de toute façon. Cela s'est fait sans heurts. Bien sûr, Jean-Philippe a dû compter sur lui-même après cela et organiser sa vie matérielle. Il était hors de question qu'il reste travailler à la galerie. C'est d'ailleurs à cette époque que je l'ai vendue. La galerie me rappelait trop ma vie avec lui. Il fallait changer.

— Quelle activité professionnelle Jean-Philippe Lafont a-t-il exercée après votre séparation ?

— Pour tout vous dire, je ne sais pas. Je crois qu'il a exercé tout un tas de métiers : écrivain public, professeur de musique à domicile – c'était un excellent joueur de guitare –, professeur d'anglais… Il se débrouillait assez bien pour ça, trouver du travail. Et puis, il est probable que quelqu'un le dépanne de temps en temps. Quoique avec le temps, le bel éphèbe doit se faire de plus en plus vieille tante dégarnie…

– À ce propos, il porte toujours un chapeau. Pourquoi ?

– Comme tous les hommes qui perdent leurs cheveux, sans doute. La belle chevelure blonde et ondoyante de Jean-Philippe était un atout maître. Les belles boucles tombées, les poches sous les yeux et les premières rides apparues, que lui reste-t-il ? Un chapeau, ça donne toujours de l'allure. Il aime se faire désirer. Mais tout ça, inspecteur, ne doit pas vous impressionner. Ce n'est que de l'esbroufe ; derrière, il n'y a rien, tout s'évente, vous verrez. Il a commencé par ressembler à Alain Delon et puis il finit comme tout le monde : une belle demeure en ruine, à la façade mal ravalée par les injections.

– Cela vous étonne qu'il ait peut-être commis plusieurs meurtres ?

Marjolin prit tout son temps pour répondre. Il semblait aimer parler de Lafont et de la vie qu'il avait eue avec lui, n'était pas avare sur les détails, comme si tout un pan de sa vie était exhumé à l'occasion et qu'il le faisait revivre.

– Je ne lui connaissais pas de goût particulier pour les petits garçons, reprit-il. Mais vous savez, quand on vit avec quelqu'un, on ne sait pas tout de lui. Il reste toujours des îlots sombres, inhabités, susceptibles un jour ou l'autre de se manifester. Qui peut savoir ? Quant à ses motivations, je n'en sais fichtre rien. Ce garçon savait parfaitement jouer la comédie pour se faire aimer : il voulait prendre sa revanche sur l'existence, sur son enfance délaissée, et il l'a fait, à sa façon, en esthète vénal et roué. Il aimait l'art, sinon nous n'aurions pas pu rester ensemble toutes ces années. L'art, c'était toute ma vie. Il y avait peut-être une folie, à l'intérieur, qui attendait son heure. En tout cas, ce n'est pas le Jean-Philippe que j'ai connu. Pas de violence, jamais, ni même verbale. Des insinuations et des remarques caustiques, ça oui. Je pensais plutôt qu'il finirait ses jours comme une vieille pédale abandonnée par les hommes et sa beauté, pas comme un « serial killer ». Cela me surprend – je dois dire même que cela me choque. Je n'y crois qu'à moitié, si vous voulez savoir.

Le Goff insista enfin pour qu'il lui indique quelques lieux où il pourrait le trouver, en dehors de sa vieille adresse rue de Paradis, probablement obsolète. Marjolin évoqua spontanément la brasserie située en face de la gare du Nord, L'Omnibus. Il prit ensuite un air las pour suggérer au policier qu'il avait tout dit et que cela l'avait fait beaucoup souffrir en définitive, comme lorsqu'on évoque longuement un vieil ami décédé qu'on a beaucoup aimé. Il glissa, pour finir :

– Savez-vous maintenant tout ce que vous vouliez savoir, monsieur le policier ?

Sa politesse dédaigneuse irrita Jean-Baptiste. Mais il préféra laisser croire à son interlocuteur qu'il avait la main ; la confiance détend et libère, c'est toujours le meilleur moyen de faire parler.

– Oui, enfin, selon ce qui va suivre. Si on met la main sur Lafont rapidement, je ne vous reverrai sans doute pas ; vous serez convoqué comme témoin, mais c'est une autre affaire. Sinon, je crains que nos chemins ne se recroisent, monsieur de Marjolin.

– En effet, je vois, répondit, laconique, le vieux dandy. Sam va vous raccompagner, en attendant.

– Sam ?

– Oui, cela vous étonne ? Cela sonne comme un prénom américain – *Casablanca*, vous vous souvenez ? Mais en fait, il s'appelle Samuel, tout ce qu'il y a de plus banal.

Le Goff ne commenta pas et prit le chemin de la sortie, sans serrer la main que son interlocuteur lui tendait. Dans l'escalier, il croisa l'une des résidentes de l'immeuble. Tout à fait le genre qu'il aimait avant de connaître sa femme. Froide, distante et distinguée. Voire sèche. Il laissa retomber la lourde porte en verre de l'entrée avant de retrouver enfin, soulagé, la franche lumière du jour. L'atmosphère là-haut avait été…

poisseuse et étouffante. Il se dégageait de ce lieu comme un parfum capiteux, trop lourd. *Sensualité à deux balles*, pensa avec mépris le policier. Il éternua.

*
* *

Comme il s'y attendait, au numéro indiqué par Marjolin rue de Paradis, il n'y avait aucune boîte aux lettres, ni abonnement au gaz, téléphone, électricité au nom de Lafont. L'homme vivait ailleurs très probablement. Le Goff demanda à ce qu'on maintienne la planque encore quarante-huit heures devant le domicile supposé de Lafont, mais les chances de le coincer à la sortie de la douche étaient presque nulles.

« L'Invisible » portait décidément bien son nom…

*
* *

— Tiens, Le Goff, lança Lanvin quand il croisa dans le couloir le capitaine de retour à la brigade. Laissez tomber la paperasserie et les listings, passez plutôt dans mon bureau, j'aimerais qu'on fasse le point. Et puis, faites-moi un café avec ça, j'en ai bien besoin.

Le Goff entra dans le bureau de son patron avec deux expressos bien serrés.

— Tenez, monsieur le commissaire, j'ai mis un sucre et je pense qu'il est bon. Selon Lévy, c'est le meilleur café parmi tous ceux que propose l'épicier du bout de la rue.

— Alors, votre famille, elle tient le choc ? Pas de nouveau de ce côté-là ? J'ai fait envoyer des hommes pour les protéger. Il n'y aucune raison qu'il arrive quoi que ce soit.

Jean-Baptiste avait rappelé sa belle-mère : rien en vue, pas d'« Invisible ». Il évoqua ensuite l'état d'avancement de l'enquête et son entretien avec Marjolin. Le patron n'était pas d'accord pour une perquisition : trop tôt, au vu des charges qui pesaient sur lui, encore bien trop minces. Jean-Baptiste ne parvint pas à contenir sa colère :

– Oui, je sais que les victimes étaient deux marginaux dont personne n'a rien à foutre ! On ne va pas inquiéter la grande bourgeoisie avec nos mauvaises manières de flics ! Après tout, ce ne sont que des orphelins, des mendiants, des fils de pauvres, dont personne ne réclame le corps ! Mais qui vous dit qu'il ne pourrait pas s'attaquer aux rejetons des bonnes familles de ce foutu bled d'Orsay ? J'espère aussi qu'il ne s'en prendra pas à ma famille ! À part ça, non, il n'y a pas nécessité d'investiguer plus loin chez ce monsieur. Non, pas du tout !

Lanvin, piqué par l'attaque de son subordonné, répliqua aussitôt :

– Le Goff, je ne vous permets pas ! C'est tout simplement que je n'ai pas assez d'éléments pour autoriser une perquisition chez ce monsieur. N'y voyez pas une quelconque lâcheté de ma part.

Quel ton « tranquillement bourgeois », pensa avec aigreur Le Goff. Lanvin donna alors ses instructions :

– En attendant, demandez à vos hommes qu'ils réunissent des informations le concernant : après tout, il a dû avoir, au moins à une époque, une vie mondaine, donc des relations. Si Lafont et lui sont restés ensemble un certain nombre d'années, cela a dû se savoir, surtout dans un milieu, disons, *libéré*, et on doit logiquement pouvoir retrouver des témoins. Ces gens ne sont pas si vieux que ça, tout de même. Et puis, n'oubliez pas de convoquer le secrétaire : celui-là est l'œil, la mémoire de Marjolin, sans doute.

Il se leva et donna une petite tape paternelle dans le dos de Le Goff, avant de conclure l'entretien :

– Je sais que vous êtes sur les nerfs depuis un petit bout de temps et que ça n'est pas facile. Ne vous laissez pas déstabiliser, votre famille est protégée, il ne leur arrivera rien.

Le Goff s'apprêtait à faire ce qu'il aimait le moins. Mettre le nez dans les papiers. Il appela son ex-femme pour lui demander si elle avait observé quelque chose d'anormal, mais elle le rassura en lui disant que tout se passait bien pour le moment. Ceci fait, il composa le numéro de Paul de Marjolin.

— Eh bien, capitaine, déjà ? dit celui-ci à l'autre bout du fil, narquois. Il me semble que vous êtes sorti de chez moi il y a cinq minutes à peine.

— Lafont n'habite pas à l'adresse que vous m'avez indiquée, répondit le policier.

— Ah oui ! vraiment ? continua l'autre sur un ton badin. Je suis désolé mais, comme je vous l'ai dit, cela fait plusieurs années que je n'ai pas revu Jean-Philippe. Il a sans doute déménagé.

— Écoutez, Marjolin, on va arrêter avec ce ton de politesse exquise et entrer dans le vif du sujet. Vous allez cesser de me balader et me dire où se trouve Lafont, ou, à défaut, m'indiquer les connaissances, les relations qui pourraient m'aider à mettre la main dessus.

— Je n'ai jamais connu d'ami à Jean-Baptiste, que des relations de passage. Les lieux où nous nous rendions ensemble ont désormais tous fermé. Dans nos milieux, vous savez, les propriétaires changent souvent.

— Vous avez forcément conservé des relations de l'époque où vous viviez avec lui, des gens qui vous auraient connu ensemble, qui auraient pu rester en contact avec lui… Non ?

— Non, pas que je sache. Beaucoup de mes amis sont morts, et je n'en avais pas beaucoup. Le sida, ça vous dit quelque chose ? Mais demandez à Sam, si vous ne me croyez pas. Allez-y, interrogez-le, il vous dira cela tout aussi bien que moi.

– Laissons votre loufiat de côté, si vous le voulez bien. Si vous vous entêtez, monsieur de Marjolin, cela pourrait se retourner contre vous. On pourrait vous accuser de complicité, notamment.

– Complicité ! Vous plaisantez, j'espère ? Cela ne tient pas, vous êtes tout simplement affolé, mon jeune ami, lança Marjolin, bravache.

– Je ne suis pas votre ami, répondit, glacial, le policier.

– Faites ce que vous sentez être votre devoir, monsieur le policier, je ne peux rien vous dire de plus.

Il raccrocha brutalement.

11

Ces messieurs de la police ont encore rendu une petite visite imprévue à ma mère. Encore heureux que j'aie eu la bonne idée de l'appeler ! Si j'étais venu directement sans lui téléphoner, je me faisais cueillir par la bleusaille comme un vulgaire cambrioleur...

Maman m'a raconté en quelques mots la façon dont ça s'est déroulé : il y avait leur chef, ce fameux Le Goff, et quelques-uns de ses hommes. Ce fouineur met vraiment son nez partout ; il faut lui reconnaître un certain talent pour renifler les odeurs suspectes... S'il continue, je lui ferai passer l'envie d'en savoir plus, quitte à laisser un nouveau message sur son répondeur et à rendre une petite visite impromptue, moi aussi, à sa famille, comme promis. Nous passerons à l'action si nécessaire ; je crains hélas que ces temps ne se rapprochent.

Maman a été impeccable de bout en bout. Elle a proposé du café à ces messieurs, échangé des banalités. Les prévenances délicates d'une vieille dame sont touchantes. Ensuite, ils ont tout fouillé, cherché des doubles fonds aux armoires, des secrets logés dans les tiroirs, les matelas, fonds de vase et meuble télé, des carnets d'adresses, etc. Ils sont même allés dans le jardin – pour quoi faire ? Ils n'ont rien trouvé, évidemment. Depuis la mort de mon père, j'ai fait du tri : ils peuvent toujours chercher des photos, des lettres, des objets, des vêtements, ou je ne sais quoi encore attestant qu'un jour j'ai eu une existence autre que celle que m'a donnée l'état-civil. Au sous-sol, il ne reste plus que de vieilles bonbonnes d'insecticides, des boîtes de désherbant périmé, des collections d'écrous, de vis et de tendeurs qui ne serviront jamais à rien, des vieux chiffons et des bleus de travail ayant appartenu à papa, et que maman n'a jamais eu le courage d'emporter à la déchetterie, avec la pendule arrêtée, suspendue derrière la porte. Les vieux, ça garde tout.

12

Le chantier avait pris du retard.

Les nouvelles résidences de l'Yvette devaient être livrées pour la fin du printemps et on était encore en train de consolider les fondations ; l'instabilité du terrain n'avait pas été suffisamment prise en compte par les architectes. *C'est tout le problème*, pensait le chef des travaux, *on veut aller vite et, résultat, voilà, il faut tout refaire, et on a l'air de quoi ?* Les maisons et résidences de standing, toutes bâties sur le même modèle, grosses bâtisses en béton recouvertes de crépi crème, posées sur un terrain de la taille d'un timbre-poste, bordées de petites haies en thuyas, qui garantissaient et préservaient le bonheur individuel de toutes ces familles nucléaires issues de la classe moyenne : eh bien ! oui, désormais, il fallait s'y faire, il en poussait de partout en ville. Cela n'était d'ailleurs pas du goût de tout le monde, surtout pas de la vraie bourgeoisie, qui voyait rogné son espace à elle, avec tous ces vis-à-vis, ces murs dressés devant ses fenêtres, ces terrains vendus, morcelés, occupés. Mais le clou avec ce chantier, c'était la toute récente découverte macabre ; un matin, les ouvriers avaient exhumé à coup de pelleteuse deux squelettes humains, dont celui d'un enfant. La dépouille de celui-ci portait curieusement un petit costume, comme si le criminel l'avait préalablement habillé de ses vêtements mortuaires.

Il avait fallu prévenir la gendarmerie, suspendre les travaux, renvoyer les ouvriers chez eux, le temps que l'enquête sur place, dans la parcelle délimitée, soit terminée. Ces restes humains, qui, vraisemblablement, remontaient à plusieurs années, devaient être transférés à l'Institut médico-légal à des fins d'analyse et de datation.

*
* *

Ce matin-là, arrivé fraîchement dans les locaux de la PJ, le brigadier Chauffour ouvrit la rubrique « faits divers » du site web du *Parisien* et tomba sur un article intitulé : « Découverte macabre aux nouvelles résidences de l'Yvette ». Il avait là une bonne occasion de se rendre utile. Emporté par son enthousiasme, il entra sans frapper dans le bureau de son chef, le lieutenant Lévy, qui avait mis les pieds sur son bureau et buvait son café, le regard perdu dans le vague.

– Désolé, lieutenant, mais…, commença-t-il, un peu navré de réaliser qu'il pouvait déranger.

– Combien de fois, Chauffour, je vous ai dit de frapper avant d'entrer ? Pas possible, ça, vous avez pas été éduqué chez vous… ! s'exclama Lévy en se redressant sur sa chaise, encore un peu plus las.

Il marqua un silence avant de reprendre :

– Bon, vous devez avoir vos raisons, alors ?

– Vous avez vu les faits divers ce matin, c'est tout de même extraordinaire ! On a déterré deux squelettes sur un chantier le long de l'Yvette, pas très loin des lieux où ont été tuées nos deux victimes !

– En quoi ça nous intéresse ?

Chauffour resta interdit quelques secondes, comme un petit garçon déçu par la réaction morose de son paternel devant son cadeau de fête des pères. Mais le professionnel reprit vite le dessus :

– Tout de même, ça mériterait qu'on s'y attarde un peu…

Après discussion, Lévy lui donna la permission de contacter la gendarmerie de Palaiseau pour s'informer de tous les détails de cette découverte, qui pouvait effectivement avoir un rapport avec ces fameux meurtres toujours non élucidés. Le procureur accepterait sans doute que la PJ de Versailles concoure à l'enquête afin d'étudier la possible concordance des deux affaires, s'il était avéré que ces morts avaient une origine criminelle.

Dans l'après-midi, après son entretien avec les gendarmes, Chauffour appela l'Institut médico-légal de Paris où les restes avaient été transférés. Le médecin chargé de l'autopsie s'engagea à lui transmettre son rapport dès qu'il l'aurait terminé.

13

Marjolin ouvrit nerveusement l'enveloppe que lui avait apportée la concierge quelques minutes plus tôt, à en-tête du ministère de l'Intérieur. Il y trouva une convocation du capitaine Le Goff à l'hôtel de police de Versailles, dont le motif était le suivant : « Vous entendre sur une enquête pénale dans laquelle votre identité est mentionnée. »

– Sam, dit-il, la guerre est engagée : il va falloir nous défendre ! Prépare-toi, nous allons devoir retrouver tous les documents qui pourront prouver notre innocence. Tu sais bien que je garde tout : je crois que cela va enfin nous être de la plus grande utilité.

Sam opina du chef, en domestique dévoué, efficace et discret, sans poser davantage de questions.

– Réserve un taxi pour demain matin, ajouta Marjolin. Nous avons toute la journée pour travailler.

*
* *

Marjolin fit arrêter la voiture devant le beau bâtiment ancien du 19 avenue de Paris à Versailles. Il demanda à Sam d'aller l'attendre au café le plus proche, certain que ces messieurs de la police n'auraient aucun élément leur permettant de prononcer une mesure de garde à vue à son encontre. Il s'était habillé de la façon la plus élégante qui soit, car, beau joueur, il souhaitait toujours rendre hommage à ses ennemis lorsqu'ils mettaient une certaine ardeur à lui nuire. Il lissa ses cheveux rares d'un geste furtif de la main gauche, tandis que la droite était occupée à faire de petits moulinets avec un long parapluie noir. Rien ne laissait paraître son trouble : cet homme était passé maître dans l'art de donner le change.

Le Goff s'était longuement préparé à cet entretien. La veille, il avait méthodiquement étudié ses questions, anticipé les arguments de son adversaire, qui cette fois-ci ne pourrait pas s'en sortir par une pirouette verbale. Il allait exiger des preuves formelles ; si les réponses étaient trop confuses, sa version des événements trop flottante, il serait mis en garde à vue, même si Lanvin était réticent.

Le capitaine terminait son café tiède. Le téléphone sonna pour annoncer l'arrivée de Paul de Marjolin. Le policier se leva, rangea à la va-vite des papiers dans un classeur qu'il jeta sur une étagère surchargée. Il vit approcher depuis le bout du couloir sa silhouette longiligne vêtue d'un beau pardessus camel. Il avait une expression impassible sur le visage et semblait plus pâle encore que la dernière fois. Sans un mot, l'homme entra dans le bureau de Le Goff à son invitation, dénoua son écharpe, laissant apparaître une veine jugulaire saillante, puis s'assit sur la chaise qui lui était tendue. Le Goff sentit tout à coup une brûlure gastrique qui faillit lui faire vomir la dernière goutte de café ingurgitée.

En bon professionnel, il précisa ce qui avait motivé sa convocation. On recherchait le meurtrier de deux personnes récemment assassinées à proximité de l'Yvette, petite rivière coulant dans la vallée de Chevreuse. Un homme était recherché en particulier : Jean-Philippe Lafont. Or, la mère de celui-ci avait mentionné son nom à lui, Marjolin, lors d'un interrogatoire où elle l'avait présenté comme une ancienne connaissance, la seule, dont son fils lui ait jamais parlé. Leur dernière entrevue à son domicile n'ayant pas permis aux policiers d'obtenir toutes les informations souhaitées, il avait été convoqué pour être entendu, à titre de témoin. Avait-il quelque chose à dire ?

— Non, répondit, laconique, Marjolin, nullement affecté ni impressionné par l'assurance et la détermination du policier.

— Qu'est-ce qui me prouve que vous m'avez dit la vérité, l'autre jour, sur vos relations avec Lafont ?

— Rien, en effet, c'est indubitable. Mais comment vous le prouver ? Je ne sais rien d'autre. Vous pouvez fouiller mon courrier, interroger la concierge et les voisins, mon secrétaire particulier, Sam ; je vous assure, vous ne trouverez rien qui ait quoi que ce soit en rapport avec Lafont.

— Vous me paraissez bien sûr de vous…

— Je suis sûr de moi, comme un innocent est sûr de l'être, ni plus ni moins.

— Je voudrais moi aussi être certain d'une chose : où étiez-vous les soirs des crimes, c'est-à-dire le samedi 27 octobre et le vendredi 16 novembre ? Pourriez-vous nous donner des indications probantes et vérifiables quant à vos occupations ?

Marjolin savait que Le Goff en viendrait là. Il avait donc anticipé l'attaque et répondit très calmement :

– Oui, capitaine, je peux. D'ailleurs, je me doutais bien que ce point serait évoqué dans la conversation. Or, vous savez, j'ai un côté presque monomaniaque : je garde tout. Je dirais que cela tombe plutôt bien en la circonstance. Voyez vous-même, dit-il en extrayant de sa serviette une large pochette à élastique, ce classeur contient toutes les traces de mes passages dans les cinémas, les tickets de carte bleue, les notes de restaurant ou de brasserie des deux derniers mois. Quelles dates étaient-ce ? J'ai sans doute de quoi vous prouver mon innocence, je dîne souvent dehors, en particulier les fins de semaine.

– Vous me paraissez bien sûr de vous…, répéta le policier, surpris par tant d'audace et de flegme.

Marjolin marquait un point, incontestablement.

Il fouilla parmi ses documents et finit par lui tendre deux tickets de carte bleue assortis des notes de restaurant correspondant aux deux dates, avec des heures assez tardives, autour de minuit trente.

– Voyez, dit-il sans triomphalisme, ce sont les preuves que ces deux soirs-là, je dînais à l'extérieur de chez moi et que, par conséquent, je ne pouvais être sur les lieux du crime simultanément.

– Et alors ? fit remarquer Le Goff en prenant les pièces qu'il lui tendait. Qu'est-ce qui me prouve que c'était bien vous ? Et puis, les meurtres ont été commis plus tard dans la nuit, vous auriez pu avoir le temps…

– Vous pouvez questionner le patron du restaurant, dont je suis un habitué. Mais si vous y tenez vraiment, bien sûr, voici le complément : le ticket de carte bleue de la séance de minuit au Pathé Wepler et les notes d'un bar de nuit où je vais souvent, à Pigalle, le Tango. Oui, je me paye de temps en temps du bon temps. Cela doit bien nous amener à deux heures du matin… Et, pour tout vous dire, les soirs de week-ends, après le cinéma ou le Tango, je m'offre les services de call-girls ou de prostituées qui m'identifieront sans aucun problème. Elles viennent chez moi passer une bonne partie de la nuit, presque jusqu'au petit matin. En ce moment, c'est toujours la même, elle se fait appeler Heather, elle doit penser que ça fait bien, un prénom américain... Je vais vous laisser les coordonnées de l'agence qui m'a mis en contact avec elle, VIP Private Club. J'espère tout simplement que cela ne lui attirera pas d'ennuis. Vous me le promettez ?

Il fallut bien avouer que l'homme était doué.

– Je vous promets de rester discret, concéda Le Goff, pour qui la répression de la prostitution mondaine n'était pas la première des préoccupations à ce moment-là. Dans la limite de l'intérêt de l'enquête et des vérifications nécessaires de vos alibis, ajouta-t-il, avec la satisfaction de celui qui a le dernier mot.

*

* *

De retour à Paris, Marjolin demanda au chauffeur de taxi de le déposer près de la fontaine Saint-Michel. Il avait envie de revoir son ancien quartier, là où il avait porté beau dans sa jeunesse, en compagnie de Lafont. Il revit tout : la terrasse des Beaux-Arts, le Balto, le marché de la rue de Buci, le café de la place Saint-André des Arts, tout en longueur, où il aimait lire près de la fenêtre. Il avait bien cloué le bec à ce policier. Il se sentait satisfait, en paix, serein, malgré un sourd accès de mélancolie. Tous ces lieux étaient toujours, à quelque chose près, ceux de sa jeunesse. Les bouches de métro et le boulevard du Palais étaient toujours là. Mais la librairie des PUF avait disparu et le bar-tabac de la Sorbonne avait définitivement muté en un de ces lieux propres et sans caractère. Adieu, les mégots écrasés le long du bar et les petits ballons de vin blanc, les sièges en skaï orange, les tables en Formica imitation bois, les toilettes sales et étroites. Le garçon de café avait dû prendre sa retraite. Adieu, les belles boiseries du premier étage du café de Cluny, transformé en pizzeria.

Il entra, presque aimanté, dans une vaste galerie d'art de la rue de Seine autrefois tenue par un vieil ami à lui, décédé depuis. Était-ce bien raisonnable de revenir en ces lieux ? Une jeune femme était là pour accueillir les amateurs et acheteurs potentiels ; un peu en retrait, sur un canapé, une dame d'âge mûr tirée à quatre épingles feuilletait un catalogue. Elle se leva pour dire un mot à la demoiselle ; au ton employé, discrètement autoritaire et condescendant, Marjolin comprit qu'il s'agissait probablement de la directrice de la galerie. Il s'approcha des œuvres exposées. Il s'agissait d'une collection privée que son propriétaire voulait vendre et qui s'intitulait : « Fluxus – le fonds Nino Zibelin ». Il y avait là une grande variété de créations : affiches, jeux, boîtes, collages, photographies, de George Brecht, Ben Vautier, Yoko Ono, Ben Patterson, Peter Moore, et même de l'art vidéo de Nam June Paik. Marjolin s'arrêta un instant devant l'installation de Robert Filliou, « La Joconde est dans l'escalier », constituée d'un seau rouge, d'une serpillière et d'un balai surmonté d'une pancarte portant le nom de l'œuvre. Il eut un air dépité et perplexe. Il avait toujours préféré la peinture aux installations et ready-mades, le savoir-faire d'un artiste aux mises en scène provocatrices ou incompréhensibles, la fonction esthétique de l'art au « méta-art » attaché aux concepts. Mais malgré tout, cela lui plaisait. Il continua sa visite, s'arrêtait parfois plus longuement devant les œuvres. Il était sensible à ce qu'il voyait et il en oublia même qu'il s'était juré de ne plus jamais mettre les pieds dans une galerie du Quartier latin. Il fut si charmé qu'il laissa un mot sur le livre d'or : « Accrochage splendide, des œuvres pleines de vie et de fantaisie. Bravo. »

Au moment où il allait quitter les lieux, une voix le retint, qui l'appelait :

– Monsieur, excusez-moi ! …

Il s'arrêta sur le pas de la porte et se retourna. Un bref instant, il se demanda s'il avait déjà vu cette femme : derrière les apparences d'un visage vieilli, il crut retrouver des traits juvéniles familiers. Cette femme lui disait quelque chose, c'était incontestable. Dès qu'il en eut la certitude, il réagit par un mécanisme de survie qui lui soufflait de partir sur-le-champ, de fuir cet endroit. Elle engagea la conversation :

– J'ai vu votre nom sur le livre d'or. Vous êtes bien Paul de Marjolin, c'est ça ? L'ancien directeur de la galerie à votre nom, rue Mazarine ?

Mû par un stupide mouvement d'orgueil, il avait signé de son propre nom, comme s'il avait voulu rappeler aux occupants des lieux qui il était, le prestige encore attaché à sa personne et à son travail – se rendre un bel hommage à lui-même, en somme. Et voilà qu'il était mis en demeure d'assumer son geste. Il décida d'être le plus concis possible :

– Oui, madame. À qui ai-je l'honneur ?

– Je suis Viviane de Rochenoire, propriétaire de la galerie. Nous nous sommes croisés autrefois. Oh ! c'était lors d'un vernissage, je n'étais alors qu'une débutante ! C'est loin tout ça, j'imagine que cela ne vous dit pas grand-chose !

– Non, en effet, répondit-il évasivement. Je suis désolé mais, à l'époque, il y avait toujours beaucoup de monde autour de moi et, dans ce tourbillon d'activités, il ne m'était pas facile de me rappeler chacun de mes invités.

– Oh ! bien sûr, je comprends tout à fait. Cela me fait plaisir en tout cas de vous voir. Vous avez apporté tellement à l'art contemporain !

Secrètement flatté, mais bien décidé à faire cesser là les amabilités d'usage, Marjolin ne relança pas l'échange. Viviane de Rochenoire ne sut que dire et se contenta d'un banal :

– L'exposition vous a plu ?

– Oui, beaucoup, répondit Marjolin. Vous avez réuni là beaucoup de pièces de toute première importance. Je vous félicite. Maintenant, je vous prie de bien vouloir m'excuser, mais je suis attendu et je dois donc prendre congé.

D'un pas leste, il se retrouva sur le trottoir.

*

* *

Comme il se sentait fatigué après une longue journée qui avait commencé chez les flics à Versailles, il décida de s'arrêter un peu plus loin dans un très vieux café typiquement parisien : une institution, qui, selon de Marjolin, prospérait comme un certain nombre de grandes brasseries, voire de quartiers tout entiers, sur une représentation figée et idéalisée de la bohème et de l'intelligentsia, malheureusement dépourvue de réalité depuis quelques décennies. Sam, lui aussi, à son niveau, raillait cette nostalgie et aimait répéter cette phrase qu'il avait entendue quelque part : dans les cafés des anciens quartiers populaires de Paname, on avait remplacé les pauvres par des photos de pauvres.

Échaudé par l'expérience de la galerie, Marjolin craignait d'y rencontrer par hasard une vieille connaissance, quelqu'un qui plisserait les yeux pour mieux le dévisager et, de loin en loin, s'apercevoir que non, décidément il ne rêvait pas, depuis tout ce temps, c'était bien lui : Paul de Marjolin. Il entra, se dirigea vers la table la plus éloignée, sous les grands miroirs, et se laissa tomber lourdement sur la banquette. Il saisit la dernière édition du *Monde* laissée à disposition des clients et commanda un grand crème, malgré l'heure tardive.

Il était en train d'oublier enfin la désagréable surprise d'avoir été contraint d'engager la conversation avec quelqu'un qui prétendait le connaître, tout ça parce qu'il avait été pris d'un stupide accès de nostalgie, lorsqu'il se retourna et croisa inopinément le regard de la même femme, qui venait d'entrer dans le café avec une autre personne, plus jeune. Il détourna les yeux aussitôt, mais c'était trop tard : elle l'avait reconnu. Elle s'approchait. Les yeux baissés, il affecta d'être absorbé par la lecture de son quotidien pour décourager toute tentative d'entrer en relation. Lorsqu'il leva la tête, elle se penchait déjà vers lui :

– J'espère que je ne vous dérange pas ? lui dit-elle.

L'effrontée, pensa-t-il.

– Non, bien sûr, répondit-il de mauvaise grâce.

– C'est drôle, je parlais justement de vous avec mon amie ! À peine vous ai-je quitté que je vous revois aussitôt ! Figurez-vous qu'elle est un membre de votre famille, une cousine éloignée, qui ne vous a pas vu depuis des lustres. Quelle coïncidence, c'est incroyable ! Elle serait ravie de vous être présentée de nouveau.

C'était trop tard pour réagir : la soi-disant cousine était en train de surmonter sa timidité. Il blêmit.

– Eh bien, oui ! venez, asseyez-vous, dit-il en montrant les chaises.

Clothilde de Marjolin, épouse de Villefort, était belle. Il ne l'avait pas remarqué au premier regard. Elle était là, devant lui, perchée sur ses talons, la taille fine soulignée par la ceinture du trench-coat. Elle n'osait pas lui parler. Il la regarda. Elle devait avoir la quarantaine à peine. Un charmant visage, deux petites fossettes qui firent un creux minuscule lorsqu'elle se mit à sourire, des yeux noirs immenses et des cheveux mi-longs, raides et fins, impeccablement coiffés, qui la rendaient sensuelle malgré elle. Il l'imagina jeune, avec ses chemisiers à imprimés Liberty, sa médaille de baptême sur un pull en laine à col rond. Mais il appréciait davantage désormais la beauté profonde et un peu grave des femmes mûres, avec leurs rides et la peau des bras qui pendouille, les racines blanches des cheveux qui poussent pour se faire une place sous la teinture – la fin des faux-semblants et de l'esbroufe. Clothilde avait encore quelques années devant elle avant le baisser de rideau.

Il a drôlement changé, se dit-elle. *S'il ne m'avait pas été présenté, je ne l'aurais pas reconnu. Il faut dire que cela fait bien longtemps, au moins vingt-cinq ans !*

– Bonjour, mon cousin, dit-elle enfin pour rompre le silence. Quelle drôle de coïncidence ! Vous rencontrer ici, après toutes ces années, tout à fait par hasard ! Je me rappelle encore la dernière fois que je vous ai vu : c'était lors d'une fête de famille, à Sèvres, chez notre grand-oncle. C'était l'été et vous m'aviez gentiment complimentée, car je venais d'être reçue à l'école du Louvre. Vous vous étiez moqué de mon père, qui ne voulait pas que je fasse ces études, de peur que je ne finisse guide au château de Breteuil : il me disait que j'avais tellement mieux à faire ! Il faut dire que papa était un peu rigide, c'était un militaire – général de l'armée de terre, tout de même ! Cela vous avait tellement amusé de savoir que papa exposait des photos de tanks sur la cheminée du salon ! Vous vous souvenez ?

– Oui, répondit, laconique, Marjolin. Un peu. Mais effectivement, c'est si loin tout ça… Une autre vie, même.

– Qu'est devenue la maison de Trouville, où nous nous retrouvions parfois l'été ? Vous savez ?

Marjolin marqua le coup. Non, il ne savait pas.

– Je suis désolé, mais je ne gère pas le patrimoine de notre famille, très étendue, vous en conviendrez, dit-il un peu sèchement. Excusez-moi, mais je dois maintenant m'en aller, je suis très en retard.

Il déposa quelques pièces de monnaie sur la table et se leva.

– Ah ! mon cousin ! s'exclama Clothilde. J'ai une dernière chose à vous demander. Nous avons toujours été amateurs d'art dans la famille…

Un peu gênée, elle marqua une courte pause avant de reprendre :

– Voilà. Je suis désormais conservatrice adjointe au musée d'Art moderne de Saint-Étienne. Le musée possède une œuvre de Gerhard Richter, un « Crâne ». Cet artiste avait peint deux œuvres assez semblables sur le même motif et je sais que vous aviez acquis la seconde pour votre collection privée. Nous souhaitons organiser une grande rétrospective sur Gerhard Richter. Vous voyez où je veux en venir ?

– Non, répondit encore plus sèchement Marjolin, qui, en effet, voyait très bien se profiler la demande de sa cousine, à laquelle il n'avait aucune envie ni raison d'accéder.

– Eh bien ! Pourriez-vous nous prêter cette toile ? Nous prendrions évidemment toutes les précautions d'usage, en termes de transport et d'assurance. Écoutez, je n'en reviens pas, de cette coïncidence qui m'a fait vous rencontrer ici aujourd'hui. J'y vois même une sorte de signe ! Mon cousin, vous ne pouvez pas refuser…, dit-elle, presque suppliante, encore tout émerveillée par le plus prodigieux des hasards.

– Hélas, ma cousine, je ne peux pas, ou plus exactement, je ne peux plus. Cette toile n'est plus en ma possession depuis longtemps.

– Ah bon ? dit-elle, déçue.

– Oui, continua-t-il. Quand j'ai vendu la galerie, je me suis aussi séparé d'un certain nombre d'objets et de peintures. Maintenant, je suis désolé, mais je dois vraiment m'en aller.

– Mais…, bredouilla-t-elle alors qu'il lui avait déjà tourné le dos. Qui était l'acquéreur du « Crâne » de Richter ?

– Essayez le musée départemental d'Art contemporain de Rochechouart, lança-t-il. Je ne peux pas vous en dire plus.

14

Clothilde, en rentrant chez elle, appela aussitôt le conservateur du musée cité par son cousin. Celui-ci nia posséder ce « Crâne » de Richter. Après une rapide recherche dans les bases de données dont elle disposait, elle constata que cette œuvre n'avait pas non plus été mise en vente. Cette toile faisait donc toujours partie d'une collection privée. Sans doute la sienne, celle de Paul. Pourquoi avoir menti ?

Le soir même, elle recevait son père à dîner. Cela arrivait souvent lorsqu'elle n'était pas à Saint-Étienne, où elle passait plus de la moitié de la semaine, et depuis qu'ils étaient veufs tous les deux. Le mari de Clothilde avait été victime d'un tragique accident de ski, une dizaine d'années plus tôt, avant qu'ils n'aient pu avoir des enfants. Cette perte avait été le drame de sa vie. Quant à sa mère, elle était morte récemment des suites d'un cancer.

Le père de Clothilde n'avait pas revu Paul depuis au moins deux décennies. Lorsque celui-ci avait vendu la galerie, il s'était interrogé sur ses vraies motivations. Mais il avait respecté son choix : il pensait à juste titre que chacun avait ses raisons et que l'on n'avait pas à s'ingérer dans la vie des gens contre leur volonté.

Il sonna à la porte, tenant dans la paume de sa main deux duchesses au chocolat enveloppées dans un petit paquet, puis salua sa fille :

– Bonsoir, ma chérie, comment vas-tu ?

– Ça va bien, papa, je te remercie. Entre, je vais pendre ton pardessus.

Il lui donna son lourd manteau, trop grand pour lui. Il avait beaucoup maigri depuis la mort de sa femme. Il lui faisait de la peine désormais, lui qui avait été dans sa jeunesse un homme qui avait de l'autorité et du charisme, admiré de ses subalternes comme de ses supérieurs. Un homme distant et un peu raide ; pudique dans l'expression de ses sentiments, mais au fond débonnaire – il adorait ses enfants ; il avait passé une bonne partie de son temps libre à les éduquer, dans le bon sens du terme, à transmettre ses valeurs, à travers des lectures édifiantes, de saines activités de loisir comme le bateau, le tennis, l'équitation. C'était un militaire, un homme de devoir, définitivement *old school*. On ne passait pas son temps chez les psychologues, on surmontait, on faisait avec, on ne se plaignait pas, on ne cherchait pas continuellement, comme les nouvelles générations amollies, des excuses pour fuir ses responsabilités. Clothilde avait hérité de lui une grande force morale et intellectuelle, au détriment certes de la fantaisie et de la légèreté.

Elle apporta à table la soupière, qui ne contenait qu'un peu de potage, et une bouteille de Bordeaux.

— Tu ne sais pas qui j'ai vu aujourd'hui, complètement par hasard ? dit-elle, faussement ingénue. Paul de Marjolin ! Tu sais que je voulais justement le joindre pour l'exposition. C'est incroyable, comme coïncidence ! Tu te souviens de lui ?

— Ma foi oui, répondit-il, mais cela fait si longtemps… Je ne sais pas ce qui est arrivé à ce garçon depuis qu'il a coupé tous les ponts. Quelle mouche l'avait pris à l'époque, ça je me le demande encore… Et alors ?

— Tu sais, je ne l'aurais jamais reconnu. C'est une amie qui me l'a présenté. Il faut dire que nous étions loin d'être intimes, je le voyais juste de temps en temps aux fêtes de famille. Mais il a drôlement changé tout de même ! En vingt-cinq ans, tu me diras, quoi de plus normal ? Dans mon souvenir, il avait déjà cette belle allure. Et puis cette distance… un peu hautaine.

— Et que t'a-t-il dit ?

— Oh ! c'est plutôt moi qui lui ai parlé. Il n'était pas très bavard et ces retrouvailles n'avaient pas l'air de le réjouir.

— Connaissant le personnage, cela ne m'étonne guère. Paul s'est toujours cru au-dessus des autres, et il n'avait pas beaucoup le sens de la famille.

— Je lui ai donc parlé de notre prochaine exposition au musée et du Richter. C'est la seule pièce qui nous manque pour la rétrospective et j'aimerais tellement qu'elle y soit ! Eh bien, figure-toi qu'il a menti ! Il m'a affirmé avoir vendu cette œuvre à un musée ; or il n'en est rien. Il l'a sans doute encore chez lui, ou Dieu sait ce qu'il en a fait. Impossible de savoir où il habite, ni comment le joindre : il n'y a aucun lien valable sur internet, rien non plus dans l'annuaire. Tu as une idée, toi, papa ? Tu connais quelqu'un qui pourrait me mettre en relation avec lui ?

– Alors, là, ma chérie, pas du tout ! Je n'ai plus eu de nouvelles de lui depuis des lustres. La seule chose que je me rappelle, c'est qu'il était fou de tennis quand il était jeune et qu'il était membre du club de la porte de Saint-Cloud. Qu'est-ce que cela te coûte d'aller faire un saut là-bas, qui sait ?

– Le Tennis Club de Paris ? Mais papa, c'est un club immense et assez select, on n'y rentre pas comme ça.

Le menton posé sur la paume de sa main, elle affectait une mine un peu boudeuse. Après quelques secondes de réflexion, elle reprit :

– Il faudrait au moins que je puisse consulter le tableau des réservations, je saurai s'il joue toujours, ou, mieux encore, la liste des licenciés du club.

– Cela, je pense que ce n'est pas un problème. L'un de mes amis, Maxime Roland, est toujours membre du comité directeur. C'est un service qu'il peut me rendre. Je peux même l'appeler tout de suite, si tu veux et s'il n'est pas trop tard.

Le père de Clothilde s'isola dans le petit bureau pour téléphoner. Son ami voulut bien lui envoyer par mail la liste des licenciés du club, à condition, bien sûr, qu'il en fasse un usage tout à fait confidentiel et privé. Clothilde l'imprima aussitôt, mais fut presque aussi vite déçue de n'y trouver aucun Marjolin.

– Regarde plus attentivement tout de même, suggéra son père. Lis bien tous les noms des membres à voix haute, peut-être trouverons-nous quelque chose qui t'aura échappé, je ne sais pas, moi, un nom qui nous dira quelque chose, qui sait ?

Bien que peu convaincue, Clothilde s'exécuta et commença par égrener chaque syllabe patiemment, dans l'ordre de l'alphabet : Beaugeard, Beaulieu, Bourdin... jusqu'à ce que son père s'arrêtât sur un nom qui lui disait quelque chose :

– Lafont, prénom Jean-Baptiste, dis-tu ? Attends, ce nom m'est familier... Oui, je vois... C'était un ami de ton cousin, un ami intime, au point même que, bon, dans la famille, il se disait autre chose… Cela avait dégagé un parfum de scandale, à l'époque. Quelle est sa date de naissance ?

– 1957.

– 1957 ? Oui, ça correspond à peu près à l'âge qu'il aurait aujourd'hui. Cela mériterait une petite vérification. Mon ami m'a donné son code d'accès au tableau de réservation sur internet en même temps que le listing. Peut-être que ce Lafont ne joue pas souvent, on ne sait pas, mais ça vaut le coup de regarder.

Clothilde ralluma l'ordinateur pour consulter le site de réservation en ligne. Oui, Lafont jouait au tennis. Il avait réservé un court en pleine journée, à quinze heures, deux jours plus tard.

– Tu vois, ma chérie, dit le père en mangeant son éclair au chocolat, ça vaut le coup de persévérer. Le problème, c'est que je ne peux pas demander les coordonnées des membres du club à Maxime, c'est beaucoup trop gênant, il nous a déjà bien rendu service. Mais en allant trouver ce Lafont au club, si tu t'y prends avec un peu d'habileté et de courtoisie, il pourra peut-être te mener à Paul. Qui sait ? Ils habitent peut-être toujours ensemble. Sois prudente quand même, on ne sait pas à qui on a affaire.

15

Au siège de la DRPJ, Jean-Baptiste avait convoqué Chauffour à propos des squelettes de l'Yvette, quelques jours après leur découverte. Il n'y alla pas par quatre chemins :

– Alors, Chauffour ? demanda-t-il. Il y a du nouveau de ce côté-là ? Je me suis démerdé pour que le proc accepte qu'on récupère l'enquête, c'est pour avoir des résultats. En plus, je ne voudrais pas avoir l'air d'un con auprès des gendarmes, vous me comprenez ?

Chauffour détestait quand il lui parlait sur ce ton. Il avait l'impression d'être rabroué comme un enfant qui n'a pas donné entière satisfaction à ses parents.

— J'ai le rapport d'autopsie. Je vous le lis ?

— Résumez Chauffour, s'il vous plaît.

Il lui en présenta les grandes lignes. Il s'agissait effectivement de deux individus de sexe masculin, d'origine européenne. D'après son squelette et sa dentition, l'enfant devait être âgé de six ou sept ans tout au plus. Quant à l'homme, plutôt grand, si l'on considérait l'état de la symphyse pubienne, des articulations et du crâne, ce devait être un jeune adulte. D'après l'examen des facteurs responsables de l'altération des restes humains, la mort des deux individus n'avait pas eu lieu au même moment : le meurtre de l'enfant était plus ancien. En revanche, il était très difficile de dater les corps.

Quant aux causes du décès, l'étude des traumatismes osseux avait révélé une fracture du crâne, probablement mortelle, chez l'enfant. Chez l'homme, on avait retrouvé des lésions sur les côtes : un objet contondant avait sans doute écrasé les chairs et abîmé l'os. Était-ce la cause de la mort ? Difficile de le dire.

Afin de faciliter l'identification des morts, on avait prélevé de l'ADN pour tenter d'établir des concordances avec celui de personnes disparues mystérieusement, pour lesquelles on disposait de dossiers médicaux ante mortem ou dont les membres de la famille étaient encore vivants.

— Vous en savez plus sur l'ADN ? demanda Le Goff.

— À ce jour, rien, capitaine. Aucune concordance ne nous a été rapportée. Le labo doit poursuivre ses investigations.

Le Goff soupira. Décidément, c'était marée basse. L'audition de Paul de Marjolin, qui maîtrisait l'art de l'esquive, n'avait pas fait avancer l'enquête d'un pouce. On avait vérifié ses alibis : ça collait. Ce que l'on pouvait tout au plus lui reprocher, c'était de fréquenter des putes grassement payées. À part ça, rien, nada, peau de balle. Où chercher maintenant ? Le dossier était dans l'impasse.

16

Clothilde commanda un taxi pour se rendre au TCP à l'heure à laquelle Lafont devait jouer. Elle avait pu récupérer un badge auprès de l'ami de son père pour pénétrer à l'intérieur du club, réservé aux membres, et elle s'était habillée en parfaite joueuse de tennis chic. Elle avait décidé de suivre Lafont incognito après la fin de la partie plutôt que de se présenter à lui pour engager la conversation : trop risqué. S'il ne voulait pas satisfaire sa curiosité, ce qui était probable, elle aurait grillé toutes ses cartouches.

Lafont avait réservé un court couvert. Il était quinze heures cinq. Elle descendit sous la bulle avec son énorme sac Wilson. Deux hommes échangeaient des balles.

– Excusez-moi. Vous avez réservé ce court ? Je dois moi-même jouer ici, mais ce doit être une erreur. J'ai vu votre nom sur le tableau des réservations : monsieur Lafont, c'est bien ça ? dit-elle en se tournant vers l'un des deux joueurs, totalement au hasard.

– Non, désolé. Monsieur Lafont, c'est lui, mon partenaire, madame, répondit l'homme en souriant, bien aimable.

– Excusez-moi encore, il doit s'agir d'une erreur du logiciel de réservation.

Elle resta quelques secondes immobile pour mémoriser le visage de celui qui s'appelait Lafont, puis remonta rapidement en direction du club-house afin de ne pas éveiller les soupçons. Elle n'avait plus qu'à se poster à un endroit où elle était certaine de ne pas le rater quand il allait sortir. Elle demanda au taxi de stationner devant l'entrée du club : que Lafont soit venu à pied, en métro ou en voiture, il passerait forcément par là. À seize heures vingt, elle vit une Jaguar XJ, le must de la célèbre marque anglaise, sortir du parking et reconnut Lafont au volant quand la voiture dépassa la sienne.

– Chauffeur, dit-elle, suivez cette voiture, s'il vous plaît. Le plus discrètement possible.

Avec beaucoup d'habilité, celui-ci sut se maintenir à bonne distance de la Jaguar, sans jamais la perdre de vue. Lafont s'engagea sur le boulevard périphérique intérieur, puis sortit porte de Champerret, avant de remonter l'avenue de Villiers, via la place Pereire, pour s'arrêter quasiment à l'angle de l'avenue de Wagram. Il descendit alors de la voiture et entra dans l'immeuble moderne situé au numéro 135 bis. Clothilde avait gagné son pari !

17

Marjolin ouvrit lui-même la porte.

– Putain, je crois qu'on m'a suivi, dit, essoufflé, le joueur de tennis.

– Va te planquer, ordonna Marjolin, on ne sait jamais…

*
* *

Quelques minutes plus tard, Clothilde entra au 135 bis avenue de Wagram grâce à la complicité involontaire d'un de ses habitants qui lui avait aimablement tenu la porte. À son allure impeccable, chic et sport, Clothilde pouvait aisément passer pour une invitée qui avait, par mégarde, oublié le code d'entrée et dont on ne se méfiait pas suffisamment pour la laisser sonner à l'interphone. Elle avait juste eu le temps de repérer le nom des résidents sur les boîtes aux lettres. Il n'y avait là aucun Lafont mais, en revanche, un certain Paul de Marjolin, au dernier étage. Son cœur se mit à battre la chamade. Ainsi, comme l'avait suggéré son père sans y croire vraiment, Lafont l'avait bien menée au domicile de son cousin. Ce dénouement inattendu lui parut même trop simple.

Elle hésita quelques minutes sur la conduite à tenir : fallait-il y aller maintenant ou bien revenir ?

J'y vais ! décida-t-elle, encouragée dans son audace par des circonstances favorables. Elle prit l'ascenseur et s'arrêta au dernier étage.

*
* *

— Vous êtes bien cachottier, mon cousin, dit-elle au moment où un Marjolin grimaçant lui ouvrit la porte. Depuis tout ce temps, aucun membre de notre famille ne sait où vous habitez ni ce que vous devenez. Est-ce bien raisonnable ?

Marjolin lui fit un signe furtif qu'elle interpréta comme une invitation à entrer. Elle pénétra dans le vestibule.

— Pourquoi avez-vous souhaité me retrouver ? lui demanda-t-il.

— Pourquoi m'avez-vous menti au sujet du Richter ? répondit-elle en négligeant sa question.

— Je ne veux pas me séparer de cette œuvre. Voyez-vous, les vanités que je possède font partie de ce lieu. Elles sont pour moi un rappel quotidien de notre condition. C'est bien plus, cela, qu'une toile accrochée aux cimaises d'une salle blanche d'un musée, que des guides pressés commentent pour un public grossier, qui photographie sans voir ni apprécier, comme on cocherait une liste de choses, pour reprendre une image de Richter.

— Pourriez-vous me la montrer, au moins ?

Ils passèrent dans un petit salon contigu à la pièce où Marjolin avait reçu Le Goff.

— Tenez, voici, elle est là, dit-il en la montrant.

Clothilde fit face au « Crâne », qui se trouvait accroché au niveau de son regard. Elle reconnut immédiatement le réalisme extrême, les nuances de gris, l'éclairage très doux, propres à certaines œuvres du peintre.

– Richter n'a pas utilisé le terme de « vanité » pour nommer ce tableau, fit-elle observer.

– Oui, bien sûr… Mais ce crâne, dont l'échelle est celle de la taille humaine, n'est-il pas le parfait miroir de ce qui nous attend et de ce que nous serons ? La vie est brève et la mort nous guette. À ce titre, ne mérite-t-il pas d'être appelé « vanité » ?

– C'est un point de vue honorable ; évidemment, on ne peut y voir qu'une filiation bien évidente.

Elle changea subitement de sujet pour évoquer de vieux souvenirs de famille, soutint qu'on aimerait bien le revoir, qu'il serait toujours le bienvenu chez eux, etc. Tout d'un coup, elle aperçut sur un petit guéridon une boîte de médicaments, des antibiotiques à base de pénicilline.

– Est-ce vous qui êtes malade et qui prenez ceci ?

– Oui, répondit-il. J'ai tendance à faire des bronchites en hiver et je ne m'en sors qu'avec des antibiotiques.

– Ah oui ? Bien, je crois que je vais m'en aller, mon cousin. Je vous laisse mes coordonnées, rappelez-moi quand vous voulez. Et au cas où vous changeriez d'avis pour le Richter, n'hésitez pas ! Au fait, vous vivez seul ici ? demanda-t-elle, désireuse de savoir où était passé son joueur de tennis.

– Vous êtes bien curieuse, ma cousine, mais je peux vous répondre que oui. Ou disons, presque seul, puisque j'héberge ici mon secrétaire particulier, mais il n'est qu'une sorte de majordome.

– Lafont, c'est bien ça ?

Marjolin manqua de s'étrangler.

– Je pense que vous devriez partir, maintenant, dit-il pour toute réponse. Il est tard et je suis fatigué.

Il la raccompagna et referma la porte derrière elle sans ajouter un mot.

*
* *

Aussitôt de retour chez elle, Clothilde téléphona à son père :

– Dis-moi, papa, tu m'avais bien dit qu'une fois Paul avait failli mourir parce qu'il avait pris de la pénicilline ?

– Oui, absolument, c'était un jour de Noël. Il était encore enfant. Il avait une toux inquiétante et beaucoup de fièvre. Le médecin de garde était venu dans l'après-midi et Paul avait pris ces médicaments. Une heure plus tard, il avait gonflé, c'en était épouvantable et nous avons dû le conduire à l'hôpital. Pourquoi tu me demandes ça ?

– Écoute, je suis assez troublée. Je sors de chez Paul, j'ai retrouvé son adresse en suivant ce Lafont, qui se rendait chez lui. Comme les coïncidences sont troublantes ! Paul a toujours le « Crâne » de Richter et il refuse de le prêter. Mais ce n'est pas ce qui m'a le plus mis mal à l'aise. Cet homme me fait peur, papa, je ne peux pas te dire pourquoi. Et puis, j'ai vu des antibiotiques chez lui. Ce n'est pas normal.

– Ma chérie, tu sais, les hommes changent. Combien de temps a passé ? Plus de quarante ans. Il a dû faire soigner son allergie.

– Non, il n'a fait aucune allusion à ça. Il esquivait sans cesse mes questions.

– Laisse-le tranquille. Il ne veut pas prêter l'œuvre, tant pis. Après tout, c'est son choix. Il est probablement un peu malade psychologiquement, ne t'approche pas de lui, oublie-le. Quand viens-tu dîner ?

– Sans doute après-demain. Je te rappelle, papa. Bonsoir, dit-elle en raccrochant.

Clothilde était plongée dans un état de grande perplexité.

18

– Sam, dit Marjolin, il va falloir s'occuper de notre chère cousine. Tu me suis ?

Le secrétaire hocha la tête en signe d'acquiescement.

– Tu fais simple, rapide, et surtout discret. Tu t'arranges pour faire disparaître le corps immédiatement après. Voici ses coordonnées, tu as carte blanche.

Sam téléphona à Clothilde sous un prétexte bidon afin de s'assurer qu'elle était chez elle. Il fonça ensuite à son domicile, rue des Écoles, à moto, attendit que quelqu'un rentre dans l'immeuble pour se faufiler derrière lui discrètement. Il sonna à sa porte.

– J'arrive ! s'exclama une voix enjouée.

Lorsqu'elle ouvrit la porte d'entrée, elle eut un petit « oh ! » de surprise. Face à elle se tenait Sam, habillé de pied en cap d'une tenue sombre de motard, le visage masqué par un casque. Elle n'eut pas le temps de dire un mot : il la poussa violemment contre le mur, sortit un lacet très long qu'il lui passa autour du cou et serra avec force. Elle était sur le point de s'évanouir, dans l'impossibilité complète d'appeler à l'aide. Son corps s'affaissa le long de la paroi et fit un bruit mat en tombant sur le parquet.

– Clothilde ? dit une voix féminine. Qu'est-ce que tu fais ? Qui est-ce qui a sonné ?

Ce fut au tour de Sam d'être la proie d'un effet de surprise effroyablement désagréable. Il relâcha l'étreinte autour du cou de Clothilde, saisit son lacet et s'enfuit à toutes jambes dans les escaliers. La femme qui se trouvait chez Clothilde, et qui était sa voisine, n'obtenant pas de réponse après quelques secondes, se précipita près de la porte d'entrée pour découvrir le corps sans connaissance. Elle appela aussitôt le 15. Puis le 17.

Les pompiers arrivèrent quinze minutes plus tard. Entre-temps, Clothilde était revenue à elle. Ayant constaté la présence de traces suspectes sur le cou, ils l'emmenèrent aussitôt à l'hôpital.

Son état ayant été jugé satisfaisant, Clothilde put sortir dès le lendemain de l'hôpital. Elle en était quitte pour une bonne trouille. Munie de son certificat médical, elle se rendit au commissariat du 5ᵉ pour raconter ce qui s'était passé. Une enquête de flagrance pour tentative d'homicide avait été ouverte. Elle décrivit aux policiers l'homme qui s'était rué sur elle et qu'elle n'avait pu identifier en raison de sa tenue. Quand ils lui demandèrent si elle avait des raisons d'avoir des ennemis, elle évoqua les deux entrevues récentes avec Paul de Marjolin, seul événement nouveau susceptible d'avoir un lien avec ce qui lui était arrivé. Néanmoins, elle parut douter que ce fût Paul en personne, elle pensait plutôt à un homme de main : peut-être ce Lafont, qu'elle avait vu entrer dans l'immeuble, ou bien encore le domestique ?

Lorsque les policiers se rendirent en début d'après-midi au 135 bis avenue de Wagram pour interpeller les suspects, ils eurent d'abord affaire à la concierge, qui leur révéla qu'un de leurs collègues s'était déjà présenté quelques jours plus tôt. « Un policier de Versailles », dit-elle, peu au fait des arcanes de l'organisation de la police. Un coup de fil immédiat à la PJ de Versailles renseigna les policiers parisiens sur un pan important de la vérité au sujet de ce Marjolin, déjà entendu dans le cadre des fameux « meurtres de l'Yvette ». Lorsqu'ils mentionnèrent le nom de Lafont, Le Goff sursauta : Clothilde avait peut-être, sans le vouloir, contribué grandement à dénouer les fils de cette histoire en retrouvant la trace de Lafont, toujours lié d'une manière ou d'une autre à Marjolin. L'explication de la tentative d'homicide était simple : elle en savait trop et elle était devenue gênante. Marjolin avait préféré l'éliminer. En revanche, qui était le motard ? Lafont ? Le signalement de « L'Invisible » ne cadrait pas tellement avec le profil de l'homme de main, du tueur professionnel. Mais le domestique… c'était plus probable.

Le Goff insista pour participer avec ses hommes à l'intervention, car il connaissait bien l'individu. Dans l'heure suivante, les policiers versaillais furent sur place. Personne au dernier étage ne répondait aux coups de sonnette. Il n'y avait plus qu'à forcer l'ouverture de la jolie double porte en bois. Le serrurier Eugène Labacle, surnommé « doigts d'or » par les hommes de la PJ, arriva prestement, fit un joli trou, appuya sur la poignée avec un tournevis, et finit par ouvrir la porte, le tout en un temps record.

Les policiers pénétrèrent à l'intérieur de l'appartement. Tout était à sa place, rien n'avait été remué, bousculé, changé. Les lits avaient été faits, les bibelots et les livres étaient bien en place sur les étagères, mais les placards avaient été vidés de pas mal de vêtements. Cet enfoiré s'était fait la malle. Le Goff exigea qu'on mette son nez dans les moindres recoins de l'appartement.

En dépit de recherches méticuleuses, on ne trouva rien de probant, pas même ce qu'on saisit d'ordinaire lors de perquisitions : ordinateur, téléphone, carnet d'adresses, paquets de vieilles lettres. Il ne restait plus que des avis d'imposition datant de Mathusalem, quelques factures de gaz et d'électricité, le tout rangé dans des parapheurs aux couleurs passées. Pas de trousseaux de clés, pas de photos, rien. Aucun matériel de moto pour faire le lien avec l'agresseur de Clothilde. Pas la moindre trace, enfin, de l'existence, passée ou présente, de l'autre homme recherché, Lafont. Rien qui trahît la moindre relation entre les deux personnages. En quittant son domicile, Marjolin avait tiré un trait. Seul élément plausible : la précipitation, car les objets de valeur étaient restés sur place.

Au moment où les policiers allaient procéder aux dernières saisies, un adolescent toqua à la porte grande ouverte :

– Bonjour, dit-il. Je suis le fils de madame Pereira, la concierge. C'est ma mère qui m'envoie parce qu'elle pense que j'ai vu des choses qui pourraient vous intéresser. Quand je suis rentré il y a dix minutes, elle m'a dit que la police était dans l'immeuble et qu'elle cherchait Paul de Marjolin. Je l'ai vu partir tout à l'heure, vers midi, avec un autre homme, celui qui vit avec lui, que je croise souvent dans l'entrée. Ils avaient plusieurs valises. Ils ont arrêté un taxi dehors, devant la porte de l'immeuble ; je l'ai entendu demander au chauffeur d'aller à Roissy.

Le Goff jeta un coup d'œil rapide à sa montre : il était 14 h 50. Il avait peut-être une chance.

Il appela sur-le-champ Lanvin, seule personne détentrice de l'autorité suffisante pour demander à la police des frontières d'intervenir dans l'immense machinerie du cinquième aéroport du monde, avec ses 1 500 fonctionnaires de police :

– Voilà, monsieur le commissaire. Nous sommes chez Paul de Marjolin, avec nos collègues du 5ᵉ, qui enquêtent sur une tentative d'homicide dans laquelle il est probablement impliqué. Nous détenons la preuve formelle que cet homme est toujours en relation avec notre principal suspect dans l'affaire des meurtres de l'Yvette, Lafont. La perquisition n'a rien donné et l'homme s'est enfui. Un témoin l'a vu partir pour l'aéroport de Roissy. Nous n'avons que très peu de temps pour intervenir : il faut prévenir la PAF et leur demander d'arrêter toute personne détenant un passeport au nom de Paul de Marjolin ou de Jean-Philippe Lafont.

– Vous connaissez leur destination ? se contenta de demander le commissaire de police, résolu à faire confiance à son subordonné.

– Non, malheureusement. Il faut faire vite, l'oiseau va s'envoler.

– Très bien, je m'en occupe, conclut sobrement Lanvin. Pouvez-vous de votre côté leur transmettre le signalement des deux personnes ? Un portrait-robot ?

– Oui, envoyez-moi leur numéro, une adresse mail, le nom des personnes à joindre une fois sur place.

Le Goff raccrocha : il y avait enfin une chance pour qu'on mette la main sur « L'Invisible ».

19

Dans le taxi, Sam serrait son smartphone à l'intérieur de la poche de son pantalon. Cette nuit, il avait fait un mauvais rêve, comme la femme de César à la veille de sa mort. Peut-être qu'ils n'iraient jamais au Brésil tous les deux, jamais. Toutes ces années passées ensemble, ça allait se finir dans un aéroport avec des flics. Ça avait complètement foiré avec l'autre connasse ! Il avait fallu annoncer ça – une belle engueulade !

Tandis que l'autoroute défilait devant ses yeux à travers le pare-brise, il revoyait des pans entiers de son passé, de sa vie commune avec Paul. Leur rencontre un après-midi de juin. Quelques gouttes d'eau qui perlaient sur sa peau bronzée et luisante, sur les dalles brûlantes de la piscine. Qui aurait résisté ? Quand, au bord de l'eau, il s'était approché tout près jusqu'à toucher ses cuisses dans une manœuvre discrète, jusqu'à prendre sa main, il avait senti cette vague chaude de la sensualité et il avait fait du même coup l'expérience bouleversante de la réciprocité. Une expérience totalement inédite ! Il fallait le vivre pour se rendre compte. Mais la vie commune avec Marjolin s'était révélée difficile ; il n'était pas quelqu'un que l'on domestiquait. Bien au contraire : c'était lui, Sam, qui portait les valises.

Quelques gouttes de pluie s'écrasèrent contre la vitre. Est-ce ainsi que les histoires d'amour se terminent ? Il respira un grand coup. À quoi pouvait bien penser Marjolin en ce moment ? À rien, sans doute, comme d'habitude, que tout allait bien se passer, qu'il avait bien baisé les flics. Il avait rarement croisé un homme aussi sûr de lui. Les remises en question, la conciliation, la compréhension mutuelle, c'était vraiment pas son truc. Il n'en avait rien à foutre des autres, de ce qu'ils pouvaient bien penser, ressentir ou dire. Il était toujours au-dessus de tout. Il prenait juste des pilules pour dormir le soir et réguler l'humeur le jour, sur ordonnance. Mais à part ça, c'était nickel. Ça l'avait toujours séché, Sam. D'ailleurs, si lui-même n'avait pas été là, quelle différence cela aurait-il fait pour Marjolin ? Il aurait sans doute trouvé un autre pigeon fasciné par son allure. Le pire était que ça marchait, qu'il avait toujours eu autour de lui toute une cour de mecs prêts à tout pour obtenir ses faveurs.

La pluie redoublait d'intensité : les essuie-glaces battaient la cadence, rapide. Sam eut envie de pleurer.

– On arrive dans combien de temps ? demanda Marjolin au chauffeur de taxi.

– Je dirais dans un quart d'heure, monsieur. Il pleut, il y a pas mal de circulation, je ne peux pas vous dire exactement.

– Sale temps, n'est-ce pas ? observa-t-il poliment.

– À qui le dites-vous ! s'exclama le chauffeur, visiblement soulagé d'être tombé sur un client compréhensif.

Les premières pistes apparurent sur la gauche.

Le taxi s'arrêta un peu plus loin. Marjolin régla la course en ajoutant un pourboire conséquent. Le chauffeur jubilait.

– Allez Sam, dit-il en saisissant vigoureusement la poignée de sa valise, en avant pour une nouvelle étape de notre existence !

– Vous ne m'avez pas dit ce que nous allons faire une fois là-bas, au Brésil…, tenta le domestique.

– Les affaires, Sam, les affaires. Il faut aller voir ailleurs ce qui s'y passe. Ici, tout est vieux, tout sent le renfermé, tu ne trouves pas ? Il est temps pour nous d'entamer une nouvelle phase de notre vie, crois-moi !

Sam empoigna les bagages sans rien ajouter, ce que ne remarqua même pas son patron, qui semblait partir pour un voyage d'agrément. Il chargea Sam d'aller se présenter à l'enregistrement avec les nombreux bagages faits à la hâte. À la boutique Relay, il acheta toute la presse du jour, qu'il feuilleta rapidement à la recherche d'informations pouvant le concerner. Puis il lâcha le paquet de journaux dans la poubelle la plus proche.

Si tu crois que tu as tant d'importance, mon vieux, ce que tu te goures ! se dit-il en éclatant de rire.

20

La voiture banalisée de la police, conduite par le lieutenant Darbot, avec à son bord Chauffour, Lévy et Le Goff, roulait à toute allure, gyrophare allumé. De grosses gouttes de pluie continuaient de tomber sur le pare-brise. On distinguait assez mal la route et Jean-Baptiste détestait ce genre de conduite musclée imposée par les circonstances. Il ressentait même un début de nausée un peu gênant. Il entama la conversation pour faire passer cette sensation désagréable :

– Franchement, Lévy, je crois que, sur ce coup-là, on a vraiment une chance de mettre la main sur notre bonhomme. Dans une demi-heure maximum, on est sur place. J'attends des nouvelles des hommes de la PAF. J'espère qu'ils auront réussi à les localiser.

– Et Lafont ? Vous croyez qu'il est là-bas avec Marjolin ?

– Je ne sais pas. Si ça ne donne rien à l'aéroport, on continue de planquer à proximité de chez sa mère. Il a des relations trop troubles avec elle pour couper les ponts. Il va forcément finir par se pointer ou lui donner rendez-vous quelque part. Et puis, n'oubliez pas que Clothilde de Marjolin l'a vu entrer au 135 bis avenue de Wagram. Marjolin nous mènera forcément à Lafont. On lui fera cracher sa vérité en garde à vue.

– Au fait, remarqua Lévy. Vous avez des nouvelles de l'identité judiciaire à propos de votre visiteur ?

– Non, répondit le capitaine. Les techniciens de l'IJ ont mis en évidence de nombreuses traces digitales sur les poignées de porte, différentes des miennes, mais aucune n'est répertoriée dans le fichier des empreintes. Je suis furieux ! Un homme entre chez moi avec la bénédiction de la concierge, s'essuie les mains sur à peu près tout ce qu'il touche, et on est incapable de savoir qui c'est !

– Vous pensez que Marjolin est lié à ces visites ? continua le lieutenant.

– Ce type nous a caché une bonne partie des choses. C'était tout simplement impossible de vivre en vase clos comme il le prétendait, de ne plus avoir aucun contact avec l'extérieur, avec tout son ancien milieu. Voilà ce que je pense.

– Tout de même, il a plutôt bien réussi. Il n'a pas de casier judiciaire, il vit sans téléphone ni ordinateur, il n'a jamais été marié, n'a pas d'enfant ; ses parents et l'homme qui a racheté sa galerie sont morts. Il a coupé les ponts avec sa famille. Bref, il n'a pas d'entourage, mis à part son domestique et Lafont, très probablement. Étonnant tout de même : dans cette affaire, on se retrouve sans cesse avec des valises sans poignées, des gens qui ont vécu seuls, sans attaches. Vous ne trouvez pas ?

– Oui, confirma Le Goff. C'est en effet un dénominateur commun à tous ces personnages, Marjolin, Lafont, et leurs victimes, des gamins des rues : un enfant rom maltraité, sans famille qui le réclame, puis un jeune tout juste sorti de foyer, sans famille ni lien avec quiconque, à part une ex-petite amie, qui ne savait pas grand-chose, d'ailleurs. Comme si ces êtres n'avaient d'intérêt pour personne, qu'ils soient vivants ou morts. Il est très probable que Marjolin soit impliqué dans la tentative d'homicide contre sa cousine, mais nous n'avons pas encore de certitude sur ce point. Ce départ est bien sûr suspect mais, après tout, on peut bien décider sur un coup de tête, quand on est fortuné comme lui, de mettre les voiles pour une destination lointaine. Je suis sûr qu'en tout cas il nous mènera à Lafont.

Lévy aperçut un avion au sol. Il dit en souriant :

– J'aime bien quand vous avez ce genre de certitude, capitaine. Il me semble que nous approchons du dénouement…

– Dieu vous entende, Lévy. Ça va être le moment de passer à l'action : on arrive. Espérons que tout se passe comme prévu.

21

Sam consultait fébrilement son portable toutes les dix secondes.

– Eh bien, que fais-tu à la fin ? demanda Marjolin, visiblement agacé par l'agitation de son serviteur.

– Rien, rien, répondit celui-ci, embarrassé. Je vous laisse cinq minutes, je vais aux toilettes.

– Bon, vas-y, mais dépêche-toi, l'embarquement ne va pas tarder.

Marjolin laissa tomber avec dédain un journal gratuit par terre et regarda l'heure à sa montre ; il lui tardait de se trouver dans l'avion. Il fixait les écrans qui affichaient l'heure de départ du vol Paris-Rio. L'embarquement aurait déjà dû commencer : ils décolleraient sûrement avec un peu de retard. Il se sentait coincé, condamné à attendre. Et puis Sam remuait comme une anguille ; qu'avait-il donc, celui-là ?

*
* *

Le Goff et ses hommes déboulèrent dans le hall de l'aéroport. Ils étaient assez nombreux pour appréhender Marjolin et son complice, sans compter les autres flics en civil déjà postés à l'intérieur de la zone internationale. Son portable sonna :

– Capitaine Le Goff ? Yann Le Guirrec, lieutenant à la police des frontières. Un homme du nom de Paul de Marjolin s'est présenté pour entrer en zone internationale il y a quarante-cinq minutes ; il voyage accompagné d'un autre homme du nom de Samuel Daniel, qui a enregistré ses bagages avec lui. Nous n'avons aucun Jean-Philippe Lafont. Nous avons localisé ces deux hommes, qui correspondent au signalement transmis. Ils font les cent pas dans la zone d'embarquement du vol Air France numéro 442 de 16 h 17 à destination de Rio de Janeiro : terminal 2F, porte 30. Nous avons pu retarder l'embarquement et attendons vos instructions.

– Si vous êtes assez nombreux, procédez à l'interpellation des deux hommes. Nous arrivons dans quelques minutes.

– Très bien, capitaine.

*
* *

Les deux compères étaient debout devant la porte d'embarquement. Marjolin ne quittait pas du regard son compagnon, qui avait les yeux rivés à son portable. Qu'avait-il, aujourd'hui, celui-là, avec ce ridicule appendice ? De qui attendait-il un message, bon Dieu ? Ils avaient coupé les ponts ! Un éclair intuitif traversa Marjolin et, sans avoir même eu le temps de se le formuler dans son esprit, il s'empara de l'appareil.

– Que fais-tu, imbécile, avec ce truc ? Qu'est-ce que tu regardes à la fin, espèce de crétin ? dit-il, exaspéré.

– Rien que des jeux vidéo, pour passer le temps, répondit Sam, qui voulait dissimuler son appréhension.

– Tu te fous de moi ! s'exclama Marjolin en réprimant une envie brutale de le frapper.

Mais le contexte ne s'y prêtait pas. Encore un éclair de lucidité. Le danger le rendait hypersensible aux circonstances, comme un animal. Toute sa vie, somme toute, il avait été assez rusé et habile, ce qui le rassura sur l'avenir très proche.

– Donne-moi ça, immédiatement, ordonna-t-il à Sam.

– Non, il n'y a aucune raison, répondit celui-ci avec une fermeté qui les déconcerta tous les deux.

– Comment ? Tu vas me le donner, oui !

Marjolin arracha l'appareil des mains de Sam. Il vit un numéro affiché sur l'écran, celui de la police. Il releva la tête, saisi d'effroi.

– Alors comme ça, tu veux me donner aux flics…, murmura-t-il, les dents serrées.

Ses yeux s'étaient remplis de haine. La haine qu'il portait en lui comme un indice intermittent de maladie, une fièvre qui se manifestait par poussée. Une haine cristalline, chargée d'énergie électrique. Tout à coup suffocante, insupportable. Une énergie brute, qui rend caducs courtoisie, snobisme et afféterie des manières. De rage, ses yeux s'emplirent de larmes. Lui, son meilleur serviteur !

Sam se tordait comme un ver, fuyant le regard de Marjolin, dans l'attente d'un *deus ex machina* qui tardait à surgir. De toute façon, quoi qu'il arrivât, c'était trop tard désormais. Échec et mat. Séparation inéluctable, consommée.

– Je suis désolé, murmura Sam. C'est rien, je m'en vais, c'est tout.

– Imbécile ! s'exclama Marjolin en le giflant. Tu mériterais de chier dans ton froc pour bien montrer publiquement quel trouillard tu fais ! Et que tu aies honte de toi ! Tu n'es qu'un minable, Sam. Je t'ai tout donné, et regarde comme tu me remercies…

Tandis qu'il prononçait ces mots, Sam sentit dans son dos la présence d'un homme. Il se jeta sur Marjolin pour l'étreindre une dernière fois :

– Adieu ! lui souffla-t-il de manière pathétique.

Marjolin, sidéré, n'opposa pas plus de résistance qu'un nouveau-né lorsque le lieutenant Le Guirrec lui passa les menottes.

Jean-Baptiste Le Goff et ses hommes atteignaient enfin, au pas de course, la porte 30 du terminal 2 F. Ils aperçurent des policiers en tenue, sans doute venus en renfort, et constatèrent avec soulagement que l'opération avait réussi. Le Goff félicita les hommes de la PAF. Il n'eut pas un mot pour Marjolin. Puis il se tourna vers Sam, qu'il examina de la tête aux pieds, et murmura à l'intention du brigadier Chauffour :

– Embarquez-moi celui-là aussi. Il faudra qu'il nous explique son rôle exact dans tout ça, notamment la tentative d'homicide sur la personne de Clothilde de Marjolin. Puis comment il a appris le métier de plombier… M'est avis qu'il ressemble beaucoup à mon visiteur…

22

Paul de Marjolin et Samuel Daniel, dit « Sam », furent placés en garde à vue dans les locaux de la PJ de Versailles. Dès le lendemain matin, Clothilde fut confrontée aux deux hommes. Elle identifia le premier comme son cousin, quoiqu'elle eût de sérieux doutes sur son identité réelle : en effet, elle confessa qu'il avait oublié un certain nombre d'événements pourtant marquants ayant trait à sa famille. Et puis ce qui l'avait surprise était la présence d'antibiotiques chez lui alors qu'elle l'avait toujours connu violemment allergique à cette famille de médicaments. En revanche, il possédait des biens ayant incontestablement appartenu à Paul, comme le fameux tableau exposé chez lui. Physiquement, elle admit qu'elle ne l'aurait pas reconnu si elle n'avait pas été présentée à lui, mais il n'était qu'un cousin éloigné qu'elle n'avait pas revu depuis son adolescence. Alors ? Quant au deuxième homme, Sam, elle le désigna comme celui qui s'était présenté sous l'identité de Jean-Baptiste Lafont au TCP. Elle ne put formellement attester qu'il était son agresseur, certes, en raison du casque qui masquait son visage, mais sa corpulence et sa taille correspondaient assez bien. Le problème, c'était que les caractéristiques physiques de Sam ne cadraient pas avec le profil de « L'Invisible », pensa Jean-Baptiste Le Goff. Il n'y avait plus qu'un seul moyen de le savoir.

*
* *

Madame Lafont ne décrocha qu'au bout de quelques sonneries, un peu essoufflée. Elle était convoquée à l'hôtel de police de Versailles pour être entendue à titre de témoin dans le cadre de l'affaire des meurtres de l'Yvette. Des policiers viendraient la chercher dans la journée, car les circonstances exigeaient une réponse rapide. Elle poussa un soupir exaspéré avant de raccrocher.

Elle se dirigea vers la salle de bains. Elle sortit les boucles d'oreilles, le tube de fond de teint et le rouge à lèvres d'un tiroir. Elle étala la crème sur son visage, sans trop réfléchir. Se faire belle était bien le cadet de ses soucis, mais, voilà, il fallait faire bonne figure. Elle prit dans l'armoire de sa chambre une robe et un blazer, des vêtements qu'elle ne mettait plus depuis longtemps. Après coup, cette sonnerie de téléphone lui fit le même effet que le tintement lent et régulier de la cloche de l'église certains matins. Glacial. Elle soupira. Tout serait bientôt achevé. Elle revit quelques événements marquants de sa vie : sa première communion, des fêtes de famille et des éclats de rire, rayons de soleil fugaces dans une enfance triste, la rencontre avec son mari, vague flirt qu'elle avait fini par épouser, sans grande conviction, mais, là aussi, parce que ça se faisait, qu'elle était en âge de se marier et qu'elle ne voulait pas finir vieille fille. La naissance des enfants, Jean-Philippe, puis Marc, leurs querelles, la jalousie de l'aîné et puis… ce soir terrible. Non, ça, elle ne voulait plus y penser, elle s'était assez torturé les méninges. Mais quand même, pourquoi ça lui était arrivé à elle ? Après, elle avait fait de son mieux pour tenir debout, avec de temps en temps des rechutes brutales. On avait soupçonné Jean-Philippe. Elle, elle savait. Les autres n'avaient rien à dire là-dessus et n'avaient pas de leçons à donner. Peu à peu la vie avait repris ses droits et elle avait trouvé une diversion au chagrin dans le jardinage. Elle en avait tiré un enseignement : le printemps venait toujours après l'hiver, la saison morte. Donc, en somme, ce n'était pas la peine de se faire tout ce mouron ; de toute façon, on n'y pouvait rien, on finirait tous par se présenter bien assez tôt « boulevard des allongés ». Prête à partir, elle s'assit près de la fenêtre donnant sur la rue pour attendre les policiers qui devaient arriver d'une minute à l'autre.

*
* *

Elle se sentait intimidée malgré elle. On la fit entrer dans un petit bureau encombré de dossiers empilés. Ce policier qu'elle n'aimait pas du tout, Le Goff, était assis face à elle et lui expliquait la raison de sa présence dans les locaux de la police judiciaire :

— Madame Lafont, je vais vous présenter deux photos des suspects dans l'affaire des meurtres de l'Yvette. Il faudra nous dire si vous les reconnaissez et, si oui, nous indiquer leur nom et la nature du lien qu'ils avaient avec votre fils.

— Et si je ne veux pas répondre ? demanda-t-elle un peu bravache, quoique déjà défaite.

— Il vaudrait mieux que vous collaboriez. Dans l'intérêt de l'enquête bien sûr, mais aussi dans le vôtre. Si vous refusez, je vous ferai inculper pour complicité d'assassinat ; en clair, vous risquez de la prison ferme. Vous me comprenez ?

Elle hocha la tête. Elle avait juste essayé, pour voir, pour emmerder les flics, pour se laisser croire qu'elle avait encore un tout petit peu la main.

Le Goff glissa la première photo, celle de Sam, sur le sous-main. Madame Lafont la regarda attentivement.

– Non, cela ne lui disait rien, répondit-elle, et elle était de bonne foi.

OK, pensa Le Goff, *sortons l'atout maître*. Il lui plaça la photo de Marjolin sous les yeux. Madame Lafont cligna des paupières, reposa le cliché avant de prendre la parole :

– J'ai une requête à vous faire, inspecteur. Je voudrais être présentée à cette personne, directement, pas sur la photo, comme ça.

– OK, allez chercher le suspect et amenez-le ici, ordonna Le Goff à l'agent qui tapait le P.V.

Marjolin entra dans le bureau. La nuit passée en garde à vue avait considérablement terni son allure. Il avait les yeux cernés, une barbe naissante qui lui donnait un air négligé, le col de sa chemise ouvert. Le dandy accusait le coup. Il ne réagit pas à la vue de madame Lafont, se contentant de dire qu'il ne parlerait qu'en présence de son avocat. Le Goff s'énerva :

– Vous, on ne vous demande pas votre avis ! Alors, madame Lafont, répondez à ma question : qui est cet homme ? Vous devez bien le savoir, non ?

Madame Lafont se leva, s'avança vers l'homme menotté, posé sur sa chaise comme un flan dans une barquette en aluminium évasée : flasque et sans résistance. Il lui fit pitié. Alors, elle rassembla toutes les forces dont elle était encore capable et lui balança une gifle magistrale. Les deux policiers en restèrent baba. Alerté par le bruit, Lévy se pointa devant la porte entrebâillée pour savoir si ses collègues avaient besoin d'aide ; Le Goff confirma du regard.

– Imbécile ! hurla-t-elle.

– Alors, madame Lafont, qui est cet homme ? cria Le Goff, qui voulait profiter de sa perte de contrôle pour lui faire cracher la vérité.

Madame Lafont se tourna vers le capitaine de police :

– Pourquoi me le demandez-vous ? Vous le savez bien, non ? C'est stupide, comme question !

– Je répète ma question, madame Lafont : qui est cet homme ?

Lévy observait Marjolin : sa mâchoire crispée faisait une bosse de colère rentrée dans sa joue. Celui-là avait envie de tout casser.

– Asseyez-vous, madame, proposa Le Goff avec une sollicitude inattendue. Je suppose que ce que vous vivez là est très pénible, ménagez-vous…

La vieille dame retomba sur son siège. Sa fureur avait totalement disparu. Il en restait comme une stupeur, un hébétement, une fatigue immense et soudaine.

– Mais, murmura-t-elle, monsieur l'officier de police, vous le savez bien. C'est mon fils, Jean-Philippe…

23

Lors des auditions, Sam, qui voulait sans doute soulager sa conscience, fut très loquace. C'était lui le motard qui avait tenté d'étrangler Clothilde sur ordre de « Marjolin » ; par ailleurs, il prenait parfois l'identité de Lafont pour complaire à son maître, qui continuait à assurer à ce pauvre Jean-Philippe une certaine existence sociale ; c'était lui aussi qui était allé à sa place au cinéma et aux putes les soirs des deux meurtres. Enfin, ses empreintes digitales correspondaient à celles qu'on avait relevées chez Le Goff – c'était encore lui, le fameux plombier qui avait volé la photo de sa femme et de sa fille. Il y avait de quoi l'inculper pour usurpation d'identité, tentative d'homicide, délit de vol avec violation de domicile, complicité d'assassinat et menaces de mort. Rien que ça !

Jean-Philippe Lafont fut plus coriace et ne passa pas aux aveux, malgré un interrogatoire serré. Il serait donc inculpé pour double meurtre avec les seuls éléments matériels dont la police disposait : la concordance entre sa pointure, l'usure de ses chaussures et les empreintes de pas relevées sur la scène de crime du petit Rom ; et surtout son ADN, semblable à celui retrouvé sous les ongles de la première victime. Il était plus difficile d'être certain de sa culpabilité dans le meurtre d'Yves Tétois. Mais les mensonges de Lafont sur son emploi du temps, ajoutés aux témoignages multiples consignés dans les P.V., seraient sans doute suffisants pour constituer des preuves de sa culpabilité en cour d'assises. Le seul point véritablement inexpliqué de l'enquête restait la disparition de Paul de Marjolin. Lafont l'avait probablement tué mais, en l'absence d'aveux et de corps, comment le prouver ?

*
* *

Le Goff rentra chez lui exténué. Julie, qui était de repos ce soir-là, lui avait préparé un poulet aux morilles. Elle lui servit un verre de porto et l'accompagna d'un bol de cacahuètes. Il s'approcha pour l'embrasser. Ah ! Comme c'était bon !

– Tu as l'air soucieux, lui demanda-t-elle. Pourtant, quand tu m'as appelée tout à l'heure, tu m'as dit que l'enquête était terminée…

– Oui, enfin presque… Tout ça est un peu bancal. J'aurais bien aimé avoir des aveux. Je suis sûr qu'il a zigouillé Marjolin, mais comment le prouver ? Sa mère a l'air d'une femme un peu perdue. À mon avis, il ne lui a jamais rien dit, et d'ailleurs, la perquisition n'a rien donné.

– Et si tu reprenais de plus loin ? Si tu interrogeais ceux qui ont croisé sa route ?

– À quoi penses-tu, par exemple ?

– Tu te souviens du couple qui avait séquestré l'adolescent ? Lui, il avait bien croisé le chemin de Lafont, non ?

– Oui, dans un bar, une banale rencontre de bar, un peu plus poussée quand même que ce qu'il avait bien voulu nous dire, puisqu'on a retrouvé Lafont dans son calepin, sous une fausse identité, Claude. Et un numéro de portable à carte.

– Ça vaudrait peut-être le coup de le revoir, non ? Qui sait ? Il a peut-être plus d'informations que tu ne penses, et puis sa collaboration avec la police pourrait se négocier, non ?

Il finit son verre de porto d'un seul trait.

– C'est pas con, observa-t-il. Je vais tâcher d'obtenir un entretien avec Pichon en prison.

– Dis-moi, continua-t-elle, il y a quelque chose qui m'intrigue. Vous aviez un portrait-robot de cet homme, non ? Comment tu expliques que tu n'aies pas fait le lien quand tu l'as vu la première fois ?

– Après la scène de tout à l'heure et son lot de révélations, j'ai regardé le portrait, tu penses ! C'était approchant, mais pas au point de mettre le nom du faux Marjolin dessus. Mise à part sa forme allongée, il n'y avait pas sur ce visage de détail caractéristique et ses traits étaient assez réguliers ; et puis, quoi de plus banal qu'une quasi-calvitie ? Ou son signalement : un mec grand de cinquante balais qui porte un chapeau. Marjolin ne portait pas de chapeau, évidemment, les quelques fois où je l'ai rencontré. J'aurais pu regarder davantage ses pieds, car du 46, ce n'est pas si courant, mais ça ne suffisait pas à en faire l'assassin. C'est vrai, avec le recul, ça paraît aussi con que de ne pas reconnaître Clark Kent sans ses lunettes dans le costume de Superman, mais vraiment le portrait n'était pas fiable à 100 %.

C'est vrai, pensa-t-elle, *c'est aussi con que le masque de Zorro, et pourtant...*

Alors que Julie se levait pour aller chercher d'autres biscuits apéritifs, Jean-Baptiste posa son verre vide sur la table basse et l'invita à s'allonger contre lui sur le canapé.

24

Pichon et sa femme étaient encore en détention provisoire à Fleury-Mérogis en attente de leur procès. Le Goff obtint l'autorisation, par commission rogatoire, de procéder à l'audition de Pichon, qui fut amené à la PJ menotté et tenu en respect par deux policiers en tenue. Dans le petit bureau surchargé du capitaine, il apparut amaigri et un peu fatigué. Lévy, qui connaissait bien les mécanismes de défense de l'individu, était là pour assister son supérieur. C'était un moment crucial de l'enquête et il ne fallait négliger aucun élément un peu sensible qui pourrait surgir au cours de l'entretien.

– Votre collaboration nous sera très précieuse, commença le capitaine, et elle pourrait bien évidemment peser de manière importante dans la prise en compte des éléments portés à votre dossier en attente de votre jugement. Autrement dit, monsieur Pichon – c'était la première fois qu'il lui manifestait un peu de respect, pensa celui-ci –, vous avez le choix. La balle est dans votre camp, et de cela il résultera un allégement de votre peine ou, au contraire, un allongement de cette peine. Vous me comprenez ?

Pichon se contenta d'acquiescer d'un mince filet de voix.

– Donc, reprit Le Goff, nous cherchons des informations sur ce fameux Claude, que vous auriez croisé une fois en passant dans un bar de Massy. Pour tout vous dire, et en réfléchissant bien, je ne crois pas un mot de cette version. Je pense au contraire que vous connaissiez cet homme de longue date. Vous confirmez ?

Ce n'était que du bluff, mais l'autre n'était pas censé lire dans les pensées du policier.

– Pensez-y, Pichon, continua le capitaine, votre peine pourrait être rallongée ou raccourcie de plusieurs années, ce n'est pas rien, tout de même… Pourquoi continuer à protéger cet homme ? Qu'a-t-il fait pour vous en réalité ? Vous ne lui devez rien, absolument rien. Vous êtes là, et lui, où est-il ? Il s'en tirera bien mieux que vous, croyez-moi. Est-ce cela la justice ?

Lévy observait les réactions de Pichon : assurément, les arguments du capitaine portaient. Ses épaules s'étaient affaissées et il avait pris une mine triste. Oui, pourquoi continuer ? Serait-il seul à payer aussi cher ? Et puis, cette promesse du policier, le juge en tiendrait compte, c'était sûr.

– D'accord, je vais vous dire la vérité, commença Pichon. J'ai connu Lafont sur les bancs de l'école, j'habitais Orsay à l'époque. On était copains, sans plus. On s'est revus plus tard, par hasard, dans des clubs spécialisés, enfin… vous me comprenez… On a sympathisé. On se voyait souvent, on sortait ensemble, on était devenus vraiment copains. Et puis Jean-Philippe a rencontré un homme très élégant, très riche, un aristo, et on s'est un peu éloignés. À mon avis, il n'était pas heureux, et toujours assez seul. Puis on ne s'est plus vus du tout, mais il a continué à m'écrire de temps en temps. Un jour, il m'a appelé chez moi, à peu près au moment des meurtres, je ne sais plus. On s'est retrouvés au bar à Massy. Il m'a demandé de brûler toutes les lettres qu'il m'avait envoyées, parce qu'il avait peur que les flics le retrouvent. Il m'a donné un numéro de téléphone, au cas où ; il fallait que je l'appelle Claude désormais ; ça m'a paru bizarre, mais je n'ai pas demandé pourquoi. Il m'a dit qu'il comptait sur moi, il m'a fait jurer de brûler ces lettres, au nom de notre amitié ancienne. Je ne l'ai pas fait, j'avais peur d'être mouillé à ses trucs, alors je les ai enterrées dans le jardin, près du petit réduit où je range mes outils.

– Vous avez bien fait, Pichon, lui dit Le Goff. Avez-vous quelque chose à ajouter ?

L'homme se sentait soulagé : il avait vraiment tout dit, il pouvait retourner en prison tranquille.

– Non, répondit-il. J'espère que vous tiendrez parole.

Il sortit comme il était rentré, tête baissée et menottes aux poignets.

*
* *

Les policiers fouillèrent l'endroit désigné par Pichon et retrouvèrent un petit coffre hermétique qui contenait un paquet de lettres décachetées.

Darbot résuma pour son chef le contenu de la correspondance de « L'Invisible ». Écrite sur plus de vingt ans, elle racontait comment un homme banal et plutôt médiocre s'était transformé en un assassin vivant dans le grand luxe. Lafont avait rencontré Marjolin, qui tenait alors une galerie dans le 6e arrondissement de Paris ; très vite, les deux hommes étaient devenus amants. D'une possessivité maladive, Lafont avait tout fait pour éloigner Paul de ses amis et de sa famille, allant même jusqu'à lui faire vendre la galerie afin qu'ils puissent vivre tous les deux de ses rentes ; venant d'une famille riche, qui avait des biens, Marjolin n'avait eu aucun problème à leur assurer un train de vie plus que décent. Les lettres racontaient comment les deux hommes avaient passé leur temps à parcourir les capitales européennes, à vivre une vie d'oisiveté dans les plus beaux endroits de l'Italie ¬ – Capri, Rome, Portofino, Amalfi. À Paris, ils avaient continué à mener une vie mondaine, au moins au début, à fréquenter les musées et les théâtres, jusqu'à ce que la jalousie de Lafont prive définitivement Marjolin de compagnie. Celui-ci avait alors commencé à se rebiffer et avait entamé une nouvelle relation ; il avait rompu avec Lafont, qui n'avait pu le supporter, et celui-ci l'avait donc supprimé – un meurtre apparemment accompli dans un moment de fureur et d'aveuglement passionnel. Pourtant, par bien des aspects, il avait fait l'objet d'une préparation méticuleuse.

– Tenez, capitaine, dit Darbot à Le Goff, je ne peux pas résister à l'envie de vous lire quelques extraits qui, après tout, pourraient faire leur effet dans un roman ; ce n'est pas dénué d'intérêt littéraire, après tout. Il a écrit ces lettres comme une véritable confession. Et puis la littérature ne se construit-elle pas sur la folie des hommes, l'*hybris* ? Combien d'assassins la littérature ne compte-t-elle pas, de crimes crapuleux, crimes passionnels, crimes intellectuels, crimes d'État ? Je vous rassure, je vous passerai les banalités échangées avec Pichon.

– OK, Darbot, je vous écoute. Cette lecture pourra peut-être m'éclairer sur la psychologie du personnage.

Darbot se mit à lire lentement son texte :

Paris, le 10 novembre 1988

Paul n'a pas voulu sortir aujourd'hui. Alors j'ai traîné toute cette fin d'après-midi le long du quai Malaquais et contemplé la Seine longuement. Je ne sais pas pourquoi je traîne avec moi depuis quelques jours une tristesse qui me paraît venir du fond des âges. Ça me prend en milieu de journée jusqu'au soir et c'est tenace comme une migraine. Il faudra quand même que je pense à appeler ma mère. Je n'en ai guère envie : elle me pose toujours tout un tas de questions et ça m'énerve. Ça attendra demain. En regardant l'eau couler sous les ponts, je me suis dit que je n'y arriverai jamais ; mais à quoi ? La question est restée sans réponse. C'est comme si rien de tout ce que j'avais espéré ne pourrait jamais vraiment avoir lieu, comme si tout avait été inutile. Je n'ai su inspirer à Paul qu'un amour qui se dissipe au fil des mois. J'ai bien de la peine à croire à la stabilité de ses sentiments. Parfois, il passe des soirées entières sans m'adresser la parole ; il paraît mécontent, mais ne me dit rien. Il semble me considérer avec mépris, comme une chose encombrante et inutile.

Paris, le 10 décembre 1988

Hier soir, Paul est rentré tard, beaucoup plus tard que prévu. Il avait à peine mis le pied dans la maison qu'il recevait un coup de fil. Je lui ai aussitôt demandé qui c'était, il n'a pas voulu me répondre. Cela m'a rendu fou. Je lui ai arraché ce téléphone des mains. Je hurlais pour savoir son nom ! Je pouvais lire dans ses yeux qu'il me cachait quelque chose ! J'ai jeté le combiné, j'ai pris ses livres sur les étagères de sa belle bibliothèque et j'ai tout flanqué par terre. Les lourds et précieux volumes tombaient en cascade et ça faisait un boucan énorme ; je n'arrivais pas à m'arrêter. Pendant tout le temps que ça a duré, il est resté silencieux. Je l'ai regardé droit dans les yeux avec un air de défi ; à ce moment-là, j'ai vraiment eu l'impression de n'être plus qu'un pauvre type. Ça m'a rendu encore plus fou. De le voir indifférent et supérieur. Il ne disait rien, toujours rien. Il n'en pensait pas moins. Le seul moyen sans doute qu'il avait trouvé de me larguer, sans trop s'emmerder avec la procédure et les détails, oui, c'était à cela qu'il devait penser. Je me suis jeté sur lui, nous avons basculé par terre et je l'ai plaqué au sol. J'étais sur lui, il ne pouvait plus bouger, il était à ma merci. Il me regardait fixement, je crois bien qu'il avait peur tout de même. Enfin une réaction ! Je l'ai frappé plusieurs fois ; des gifles en rafale, un coup à gauche, un coup à droite. Jusqu'à l'épuisement, jusqu'à ce que je n'ai plus de colère, qu'une immense fatigue. J'ai roulé sur le côté et me suis allongé. Il s'est relevé, est parti aux toilettes, sans rien dire, puis il est allé se coucher.

C'est alors que je t'ai eu au téléphone ; tu es le seul vieux pote qui me reste, Jean-Claude. J'avais vraiment besoin de parler à quelqu'un. Tu m'as conseillé d'aller m'excuser tout de suite et de m'engager à ne plus jamais recommencer, car à continuer comme ça, j'allais tout perdre, y compris ma liberté. Ça m'a paru un bon conseil. Je suis entré dans la chambre. Paul était allongé dans le noir, mais il ne dormait pas. Je me suis approché doucement et me suis assis à ses côtés. Je ne savais plus quoi dire ; je me sentais honteux et j'avais vraiment envie de me réconcilier avec lui. Je lui ai dit simplement : « Excuse-moi », et j'ai voulu le prendre dans mes bras. Il ne m'a pas repoussé, mais j'ai eu l'impression d'étreindre un morceau de bois mort. Ses yeux étaient fixés sur le plafond. Nous avons fini par nous endormir.

Aujourd'hui, au petit déjeuner, nous n'avons pas évoqué ce qui s'est passé hier. J'ai ramassé tous les livres et les ai remis sur l'étagère. Ils n'ont pas été trop abîmés dans leur chute. Paul est sorti, je n'ai pas osé lui demander où il allait. J'ai tourné toute la matinée à l'attendre, à regarder sans cesse ma montre, sans rien pouvoir faire. J'ai fumé tout mon paquet de cigarettes sur la terrasse, en buvant du café.

Quand il est rentré, à midi, nous avons déjeuné. L'après-midi, nous nous sommes fait une toile au Champo, un vieux film d'Ingmar Bergman, L'Œil du diable, puis nous avons bu une bière au bar-tabac de la Sorbonne. Nous avons un peu parlé du film. La nuit était tombée entre-temps ; je fumais cigarette sur cigarette. Je me disais que peut-être on pouvait repartir à zéro. On a mangé dans une pizzeria un peu quelconque. Je me sentais tellement mieux !

Paris, le 15 janvier 1989

Nouvelle crise aujourd'hui. Qu'est-ce qui me prend ? Je ne comprends pas pourquoi je peux agir ainsi. Mais quand ça vient, je ne pense qu'à une chose : me défouler, faire que ça cesse, parce que c'est insupportable. Et quand je vois ses yeux qui me toisent, qui se détournent, la moue sur son visage dédaigneux, son indifférence, ça me rend fou. Pourquoi est-il si loin ? Pourquoi est-ce que je suis incapable de le comprendre, de le rejoindre là où il est ? Pourquoi fait-il comme si je *n'existais pas ; pire, comme si je devenais une sorte de poids dans son existence ?*

Paris, le 8 mars 1989

Je t'ai donné rendez-vous à la gare du Nord. J'avais tellement besoin de partager un bon moment avec toi ! Cette énorme choucroute au jarret avec une pinte de bière, c'était tellement bon ! Pendant un temps, j'ai oublié tous les problèmes. Nous avons ri, cela faisait bien plusieurs mois que ça ne m'était pas arrivé. Tu m'as raconté la vie des couples hétéros : franchement, ça ne m'a pas fait envie ! Avec les gosses dans les pattes tous les soirs dès que tu mets les pieds chez toi, une femme qui se plaint tout le temps que tu as laissé traîné du linge dans la salle de bains ou que tu as encore oublié de vider la baignoire. Ah là là ! c'était vraiment pas pour moi tout ça. Enfin, toi, tu dois t'y retrouver car, tout compte fait, ça a l'air de te plaire. C'est drôle, mais je me sens plus léger. Je suis même rentré un peu bourré, ça faisait longtemps ça aussi. Il devait être un peu plus de dix heures du soir, et Paul n'était pas encore rentré. Pourtant, il ne devait pas sortir. Où était-il passé encore ? Avec qui ? Je tournais comme un malade dans la cuisine, j'avais envie de tout balancer. J'ai enfin entendu la clé tourner dans la serrure. J'avais vraiment envie de lui envoyer le cendrier à la gueule !

Après, je n'ai pas pu me retenir de hurler pour lui demander où il était, avec qui, pourquoi, etc. Il ne répondait pas. Il est allé se laver les dents, s'est déshabillé, est ressorti dans son beau peignoir bleu pétrole. Toujours aucune explication, aucune excuse, rien. Démerde-toi avec ça. Alors qu'il me tournait le dos, je l'ai agrippé par l'épaule pour l'obliger à réagir. Toujours rien. Il baissait la tête pour m'éviter, je le voyais bien. Devant le frigo, le dos tourné toujours, et les yeux baissés, il m'a dit : « C'est fini. » Je le savais, je le savais depuis bien longtemps déjà ! Et tout ça, c'est de ma faute ! Si seulement j'avais pu me retenir ! Quel gâchis !

Paris, le 15 mars 1989

Il a commencé par donner son congé à Éric, arguant qu'on n'aurait plus besoin d'un domestique et qu'il préférait ne plus voir tous les jours le témoin de notre faillite. Il ne m'a pas parlé de l'organisation matérielle de l'« après ». Pour l'instant, je dors dans la chambre d'amis. Ça s'est fait comme ça, spontanément. C'est moi qui dois partir, j'ai compris. De toute façon, on ne fait plus que se croiser maintenant. Il rentre tard le soir, et même parfois pas du tout. Moi aussi, je rentre le plus tard possible. Je traîne dans les rues ; cela m'est trop pénible, cette grande maison toute vide avec un frigo vide. Je bois beaucoup dans les bars, je rencontre deux ou trois soiffards esseulés et ça peut durer toute la soirée. Ils ne peuvent pas savoir à quel point je suis triste d'avoir perdu mon amour – et tout ça, c'est moi qui en suis la cause. Je ris, je leur tape dans le dos, et je demande au barman de remettre la tournée, c'est moi qui paye. Parties de 421, belotte de comptoir, j'ai trouvé pour ça un petit rade bien sympathique ; le patron est un peu raciste, mais bon, il fait crédit, alors ça va.

Ce qui me mine le plus, c'est de ne pas savoir ce qu'il fait, avec qui il est pendant tout ce temps. Je suis certain qu'il a renoué avec son ex, Jean-Pierre, un type médiocre et falot, qu'il a traîné pendant des années, sans bien savoir pourquoi et en attendant mieux. Ce connard nous a fait tout un flan quand Paul l'a largué – chantage au suicide, course-poursuite en bagnole, pleine déconnade le fusil à la main avec menace de se faire sauter le caisson en direct, lors d'une visite nocturne impromptue. Il se serait même contenté d'un ménage à trois, pas vrai ? Un vrai bonheur. Et que fait ce faiblard de Paul ? Il retourne lui manger dans la main – il aurait changé, paraît-il ! Mon cul, oui. Tu crois que ça se fait comme ça, changer. Je lui donne à peine trois mois pour s'apercevoir que c'est une connerie de plus. En tout cas, d'ici là, je serai parti pour de bon – quand tu reviendras, je serai parti, oui. Chercher le bonheur ailleurs. En attendant, j'ai les boules comme jamais ça ne m'était arrivé. La nuit, quand je dors, j'oublie, mais la première pensée qui me vient quand je me réveille, c'est que c'est fini, qu'on ne fera plus jamais l'amour ensemble, que je ne serrerai plus jamais son corps dans mes bras – et ça fait mal, tellement mal. La journée s'écoule, toujours à ne rien faire, sans but, que le prochain bar, la prochaine bière.

Paris, le 27 mars 1989

Ce week-end, je suis parti chez ma mère. C'est à vingt bornes de Paris, mais on se sent vraiment dans un autre monde. Un monde qui fait flipper, avec des vieux qui t'observent, avec ta vie qui est pas comme la leur. J'ai l'impression de débarquer de la planète Mars à chaque fois. En plus, comme j'ai vraiment pas le moral, je ne dis rien à table et ma mère, elle me pose des tas de questions, elle me demande si ça va et si je mange bien. Alors je lui réponds : « Si, si, ça va, je t'assure, c'est juste que je suis un peu fatigué en ce moment. » Elle me demande si ce sont mes élèves. La pauvre, elle croit toujours que je suis instituteur, mais ça fait déjà un moment que c'est fini tout ça, depuis le jour où Paul m'a proposé de mener la grande vie avec tout son pognon hérité de ses vieux. Il ne s'est jamais posé la question de sa subsistance, lui ; moi, à dix-huit ans, j'étais déjà parti. De toute façon, rester ici, c'était la mort, il n'y a pas de place pour les gens comme nous. Je ne voulais pas être un problème pour ma mère, pour ses copines, qu'elle soit obligée de mentir chez le coiffeur du quartier et de m'inventer une vie de famille bien rangée. De toute façon, je ne lui ai jamais rien dit. Après, elle pense ce qu'elle veut, mais elle me fout la paix, et c'est l'essentiel. Évidemment, j'ai dû venir une ou deux fois avec Paul – ça me paraissait important qu'il rencontre ma mère tout de même, mais il y avait un tel décalage ! Je l'ai présenté comme un ami, elle a même insisté pour nous prendre en photo. Qu'est-ce qu'elle a pensé de lui exactement ? Je ne sais pas. J'avais un peu honte de ma mère et de sa petite maison, avec nos meubles en Formica et Femme actuelle dans le porte-revues. Mais, c'est comme ça, il faut bien l'accepter. Je suis resté dormir samedi soir. J'avais besoin de me reposer.

Paris, le 28 mars 1989

Je suis maintenant certain que Paul revoit l'autre con. Sa voiture était garée devant l'immeuble en bas – une Alpha Spider de merdeux, qui n'a jamais eu à remuer son cul un instant pour bouffer. Je me suis installé sur le banc d'en face d'où j'avais une vue excellente sur l'entrée. Je me suis dit que je le verrais sûrement sortir, seul ou accompagné. J'ai attendu deux bonnes heures, mais il ne se passait rien et je commençais à perdre patience. Je voulais être sûr que c'était lui, mais je me voyais mal débarquer là-haut pour les trouver ensemble. Et puis, passé neuf heures du soir, je me suis dit qu'il fallait bien que je rentre, merde, après tout, jusqu'à nouvel ordre, c'était toujours chez moi ; Paul devait penser que je ne rentrerai pas avant lundi matin. Eh bien, l'ami, c'est raté, me voilà ! L'ex-plus grand amour jamais espéré de ton existence est de retour et, crois-moi, il est énervé !

Au moment où je traversais la rue, j'ai vu sortir Jean-Pierre de l'immeuble. Il paraissait raser les murs, mais il n'avait pas prévu que je me retrouverais pile sous son nez. Il a eu un mouvement de recul quand il m'a vu, une mine à la fois dégoûtée et horrifiée, comme si son pire cauchemar se réalisait. J'ai trouvé ça un tantinet exagéré, dirons-nous. Il se donnait le beau rôle, le connard, qui vient sauver la princesse maltraitée et séquestrée par mézigue. Dans ses yeux, je me suis vu : je n'avais plus rien d'humain, j'étais une créature gênante et répugnante. Putain, qu'est-ce qu'il avait bien pu balancer, Paul ? Il lui avait sans doute parlé des baffes, de la vaisselle cassée, ou que sais-je encore ? Mais son côté poseur et sûr de son fait m'a donné l'envie de lui défoncer sa petite gueule infatuée. Je me suis retenu, il y avait eu assez de scandale comme cela, et je savais que cela ne pouvait que me desservir. Je n'avais vraiment pas besoin d'en rajouter à ce moment-là.

En tout cas, il ne s'est pas interposé pour m'empêcher d'entrer là où c'était encore chez moi. J'ai monté les escaliers quatre à quatre. J'allais lui foutre la trouille, à l'autre, lui faire passer l'envie de me narguer en recevant ce connard chez nous. Putain de merde ! Là-haut, Paul ne voulait pas m'ouvrir ! Il fallait en plus que je sorte ma clé. Ça ne m'a pas vraiment calmé, tout ça. Il était en train de lire – tu parles ! – à son bureau, mais, à sa tête, j'ai vu qu'il avait peur que ça tourne vraiment mal. Les voisins d'en face regardaient la télé. Je me suis avancé pour fermer la fenêtre et j'ai tiré les rideaux. J'ai aussi discrètement débranché la prise du téléphone. Enfin seuls ! Paul avait les foies, ça se voyait, il était blême. Enfin ! Il réagissait ! Enfin ! Et ce n'était que le début, ah ! ah ! Il allait en chier dans son froc, il allait regretter toutes les soirées où il s'était foutu de ma gueule, avec tous ses bobards, ses airs de flûte. Ses yeux tournaient à droite et à gauche, de plus en plus affolés.

*Eh oui, pas d'échappatoire, Paul, rien que toi et moi !
Quel beau tête-à-tête, n'est-ce pas ?*

— Alors, t'as eu de la visite ? lui ai-je dit en guise
de préambule. Vous vous êtes bien marrés en mon
absence ?

*Il n'a pas répondu. Il tournait toujours la tête dans
tous les sens en attendant le Messie. Eh non, mon pote,
rien que toi et moi, je t'ai dit !*

— C'est pas la peine de chercher ton JP, il m'a vu, il
s'est enfui. Ton prince a même pas voulu affronter le
méchant dragon. Je ne sais pas ce que tu lui as raconté,
mais il m'a quand même regardé d'un drôle d'air. Bon,
enfin, j'en attendais pas moins de toi ; tu te souviens, dis,
quand tu disais que tu m'aimerais toujours ? Tu t'en
souviens, dis, réponds-moi au moins ! Non, tu ne veux
pas, je te comprends remarque, manquer de parole à ce
point, c'en est désolant. Quand je pense que je t'ai fait
confiance. J'ai eu bien tort, tu sais, sur ce point. Sauf que
la partie est finie, et tu vas bien mal t'en tirer. Pour te
dire les choses, tu ne vas pas t'en tirer du tout. Je dirais
même, tu descends, c'est le terminus !

— Qu'est-ce que tu veux dire par là ? a-t-il demandé
en tremblant.

— Tu ne comprends pas, mon mignon ? Allons, fais
un effort, tu n'étais pas si bête dans le temps…

— Fais pas le con, Jean-Philippe, tu le regretteras, tu
n'as aucune chance de t'en sortir.

— Oh ! que si, mon petit, tu connais bien mal ton vieil
amant. Mais ça, la gestion de l'après, ça ne concerne que
moi. Toi, tu seras au ciel – ou en enfer, pour expier toutes
tes promesses fallacieuses. Pas vrai ?

À ces mots, il s'est précipité vers la porte d'entrée,
mais j'avais gardé les clés et pris soin de la verrouiller
de l'intérieur.

– *Laisse tomber, Paulo, t'es fait comme un rat. T'as plus qu'à réciter tes prières. Au fait, t'en connais quelques-unes ? T'as bien été élevé dans la religion, un gars comme toi, de bonne famille !*

– *Ta gueule ! a-t-il crié, désespéré.*

– *Reste poli, s'il te plaît.*

– *J'en ai rien à foutre, tu vas arrêter ton cinéma tout de suite et foutre le camp d'ici !*

Il a essayé de se jeter sur moi pour me frapper, mais il n'a réussi qu'à tomber à la verticale sur le couteau de chasse que je m'étais procuré récemment dans une armurerie, et que j'avais dressé à angle droit à travers la poche de mon blouson. La lame en inox de 28 millimètres de large a déchiré ma veste et s'est enfoncée dans son abdomen ; il a eu un râle surpris avant de s'effondrer sur le côté.

– *Jean-Philippe, fais pas le con, appelle les secours, je t'en supplie…*

– *Pourquoi le ferais-je ? Tout le mal que tu m'as fait, Paul, c'est rien en comparaison. Tu ne t'en es pas rendu compte sans doute, mais tu m'as brisé le cœur. Combien de fois ? Des centaines de fois où tu m'as accablé de ton mépris, où tu n'avais même pas un regard, pas un mot pour moi, où tu me regardais comme un meuble, un bibelot banal et poussiéreux, un truc sans intérêt. Toutes tes remarques acides, tout ton mépris bourgeois pour un désœuvré comme moi, un raté, sans ambition, sans avenir. Toutes tes bonnes manières compromises avec un type comme moi, tous tes « sacrifices », comme tu disais ! Le tarif était trop élevé pour toi, Paulo, tu ne me méritais pas, au fond. T'as cru pouvoir t'en tirer et me dire adieu, mais c'était trop pour moi, Paul, car je t'aimais vraiment tu sais. Tu le sais, ça, au moins, que je t'aimais ? Et surtout, pauvre con de moi, je t'ai cru, Paul, quand tu me disais que tu m'aimerais toujours, je t'ai fait confiance !*

Et regarde un peu où ça nous a menés tout ça, tu crois pas que c'est quand même dommage ? Faut pas s'engager comme ça, inconsidérément, faut pas jouer avec les sentiments des gens, tu vois…

— Appelle les secours, merde !

— Va te faire foutre, Paul ! Le sang que tu saignes présentement, c'est le prix de ton mépris. Est-ce que tu sens comme tu as eu tort de me prendre pour un minable, un gars sans envergure ?

— Appelle, nom de Dieu ! Tu vois pas que je suis en train de me vider comme un poulet et que je vais crever si tu ne fais rien ?

— Je vois tout à fait, Paul, et je n'ai pas l'intention de bouger le moindre petit doigt pour toi. Je préfère encore te voir me supplier, ramper à mes pieds — tant que tu es encore en vie.

— T'es complètement cinglé !

— Tu m'as empoisonné, Paul, tu m'as refilé ta maladie. Cette folie sournoise du mépris et de l'indifférence. C'est contagieux, tu vois, tu ne le savais pas ?

— Va te faire foutre !

— Et tu sais ce qui va se passer après, Paul ? Je vais t'enterrer. À la sauvette, faut pas trop en demander quand même. Et après, je me fais la malle avec tout ton blé, car, après, toi ce sera moi, et c'est moi qui vais disparaître, à ta place. Pourquoi est-ce que tu crois que tu as rompu avec tous tes amis, vendu la galerie ? Pourquoi est-ce que tu crois que je t'ai amené à faire tout ça ? J'ai pensé à l'avenir, j'ai pris une assurance, au cas où. J'ai bien eu raison, non ? Tu vois, Paul, si ça peut te consoler, ton personnage va te survivre, c'est pas dingue, ça ? Incognito, en plus. J'ai tout préparé, tout : les signatures, les comptes en banque, les placements, tout.

*Je vais mettre la main absolument sur tout. En ton nom !
Et puis, cerise sur le gâteau : tu sais, ton domestique,
celui que tu as viré ? Eh bien ! ce fut un bien fidèle allié.
Je me contenterai de lui faire un gros chèque pour lui
témoigner ma reconnaissance et, s'il s'avère trop peu
digne de confiance, lui aussi rejoindra ses ancêtres dans
le caveau familial. Tu me suis ? Oh là ! Paul, c'est un
coup dur, je vois que tu as du mal à encaisser... Je tenais
à te faire cette révélation avant qu'on ne se dise adieu.*

*Voilà, Jean-Claude, je t'ai à peu près reconstitué la
scène. Le reste ne vaut pas la peine d'être raconté. C'est
de la manutention – beaucoup de manutention. Le boulot
a été fait, c'est le principal, et bien fait. Pas de traces,
tout est effacé. Le parquet est ciré comme au premier jour
où nous avons mis les pieds dans ce magnifique
appartement. L'odeur de mort, envolée. Et Paul,
transformé en ange, du ciel ou des ténèbres.*

*
* *

Quand Darbot eut fini sa lecture, la nuit était déjà tombée.

– Eh bien, dites donc, Darbot, quelle histoire ! Un vrai
roman, comme vous dites !

– Oui, le bonhomme a raconté tout ça comme une fiction.
C'est bien la réalité pourtant.

– C'est assez incroyable, et assez osé de sa part, que
pendant tout ce temps il ait pu endosser une fausse identité
sans être inquiété.

– Apparemment, ils avaient des physiques assez
semblables. Et puis il a fait tout ce qu'il fallait. La
correspondance de Lafont avec Pichon marque une longue
pause et reprend une dizaine d'années plus tard. Il y est fait
mention du nouveau domestique, Sam, devenu entre-temps
son amant. Lafont avait acheté sous sa nouvelle identité un

appartement dans les beaux quartiers de Paris, avenue de Wagram. Il ne travaillait toujours pas, l'essentiel de son activité consistant à gérer un patrimoine considérable. Le fisc lui a foutu une paix royale, l'État français et la police n'ont jamais mis le nez dans ses affaires ; personne n'a jamais eu l'occasion de le confondre. Marjolin avait bien fait le ménage autour de lui. Sa quasi-disparition pendant plusieurs années avait à peine été remarquée. Lafont, pour entretenir l'illusion, du moins au début, envoyait à leurs amis quelques lettres où il contrefaisait l'écriture et la signature de Marjolin. Lors de la perquisition avenue de Wagram, on a retrouvé quelques cartes postales planquées sous les bouteilles de vin dans la cave de l'immeuble, adressées à sa mère. Toutes provenaient de destinations exotiques – Brésil, Venezuela, Bali. Les dates permettent de reconstruire à peu près son parcours à l'étranger. Comme tout l'entourage était habitué à voir voyager les deux hommes, cette longue absence n'a pas dû paraître si étrange. Et puis, loin des yeux, loin du cœur : après quelques années, on les avait oubliés. Enfin, Jean-Pierre disparaît de la circulation : a-t-il été assassiné lui aussi ? On en saura certainement davantage lors de la mise en examen. À partir de là, Jean-Philippe Lafont n'existe plus que pour sa mère. Il loue un temps, en son nom, un petit studio rue de Paradis pour maintenir un semblant d'existence et il paye régulièrement ses factures de gaz et d'électricité. Pour l'État, il se résumait à une déclaration d'impôt annuelle. Le vol d'identité avait totalement réussi.

– Évoque-t-il dans ses lettres les meurtres plus récents ?

– Malheureusement, non, car la dernière rencontre avec Pichon a eu lieu peu de temps avant les meurtres, donc les dernières lettres n'en font pas état. En revanche, il indique quelques éléments qui feront office de preuve, à mon avis.

– Vous pouvez m'en dire plus ?

– Il évoque sa rencontre avec un homme jeune, qui ressemble beaucoup à Yves Tétois, sans le nommer. Les caprices de celui-ci, ses incessantes demandes d'argent, ses manières de voyou, leurs rencontres régulières à la brasserie de la gare du Nord. Yves Tétois devait le considérer comme une vieille tante dont il pourrait siphonner le compte en banque. Sauf qu'il ne savait pas, pour son malheur, à qui il avait affaire ! Lafont indique clairement qu'il commence à être lassé de cette situation et qu'il cherche une issue... On imagine laquelle.

– Et sur le petit Rom, tu as quelque chose ?

– Il n'en parle pas mais, dans les dernières lettres, il demande à Pichon s'il pourrait éventuellement lui prêter sa voiture. L'autre a certainement dû refuser, car, un peu plus tard, il parle d'un véhicule, « trouvé ». Tu parles ! Volé était le terme exact. Besson n'avait pas menti sur ce coup-là.

– De toute façon, tout l'accuse. Mais quel est le mobile ? Cela n'a quand même rien à voir avec les deux autres victimes, plus âgées, avec qui il entretenait une relation certes vénale, mais régulière.

– Il reste une part de mystère là-dedans. On peut penser au petit frère... Celui qu'il a poussé dans l'escalier. Il répéterait la scène traumatique originelle. Ou un meurtre de hasard : c'était un habitué des prostituées, sans doute des deux sexes. On peut imaginer qu'il a pété les plombs et tué l'enfant, sans consommer, puisqu'il n'y avait pas de trace de violence sexuelle. Le point commun, c'est d'exposer les cadavres, sans sépulture. Pourquoi ? Vengeance, précipitation, désir d'être reconnu comme meurtrier, qui sait ?

Le Goff sortit machinalement une énième cigarette de son paquet déjà bien entamé.

– Lafont voulait qu'on retrouve ses victimes, observa-t-il. Sinon, il aurait pris la peine de dissimuler leur corps. Au contraire, il les a exhibés, en les abandonnant délibérément sur des lieux de passage. Et il n'aurait pas laissé de traces écrites. Voulait-il faire savoir enfin ce qui s'était passé plus de vingt ans plus tôt ? Avec les années, regrettait-il son crime originel ? Était-il fatigué de vivre dans sa thébaïde dorée et le mensonge, avec son domestique à qui il faisait vivre un enfer ? Souhaitait-il, malgré toutes ses dénégations, être démasqué ?

– En tout cas, ses victimes possèdent les mêmes caractéristiques : jeunes, mais aussi marginales, abandonnées ou orphelines, presque anonymes. Comme lui, en somme. Dans sa logique dingue, il avait enfin montré au monde leur visage et révélé leur existence.

– Bravo, Darbot, vous avez bien travaillé. Lafont ira expliquer ses raisons à son avocat et lors de son procès. Quant à Pichon, il faudra aussi qu'il justifie pourquoi il n'a rien dit à la police, car il était au courant de tout. Voilà qui rajoute de l'ombre au tableau. Enfin… En tout cas, notre job de flic dans cette affaire est fini.

Le Goff écrasa son mégot dans le cendrier avant de faire part de sa satisfaction :

– Pour fêter ça, je vous propose qu'on aille tous déjeuner ensemble demain midi.

25

Le capitaine invita tous les hommes de son groupe au Chien qui fume pour fêter le succès de l'enquête. L'ambiance était à la bonne humeur et à la détente. Tous prirent le menu qui garantissait un repas copieux, avec terrine maison, entrecôte garnie, dessert, et du vin en abondance.

– Alors capitaine, dit Chauffour, qui passait un peu pour un fayot, vous allez prendre quelques jours de repos après tout ça ?

– Je ne pense pas, brigadier, répondit le capitaine, je ne suis pas assez fatigué pour ça ! Et puis, je dois consacrer un peu de temps à la recherche d'un nouvel appartement.

– Félicitations, dit Lévy, qui connaissait un peu mieux la nouvelle vie de son supérieur. Buvons !

— Oui, buvons, frappons la terre d'un pied léger, comme dit le poète, fit observer Darbot, l'intello du groupe, en prenant la bouteille de Fleurie pour remplir les verres, tandis que la serveuse apportait les entrées.

— Au fait, fit observer Lévy, pour nos squelettes de l'Yvette, vous avez eu les résultats du labo ?

— Eh bien ! oui, pas plus tard que ce matin, répondit Chauffour. Comme nous nous en doutions, le squelette adulte est celui de ce pauvre Paul, identifié grâce à son ADN, qui concorde avec celui de Clothilde.

— Nous avons rendu ses restes à sa famille, poursuivit Le Goff. Elle le fera sans doute inhumer dans des conditions plus dignes.

— Et l'enfant alors ? Vous avez une idée ? demanda Lévy.

Le Goff resta perplexe quelques secondes. Puis il se retourna vers le lieutenant :

— Mais oui… C'est évident ! …

Emporté par une sorte de révélation, impatient de mettre un point final à cette enquête par une ultime découverte qui bouclerait enfin l'énigme des crimes de l'Yvette, il se leva d'un bond, paya l'addition et quitta ses hommes précipitamment.

— Ben dis donc, fit Chauffour, il est drôlement pressé le patron. Qu'est-ce qu'il a ?

— Rien, dit Lévy, il a eu une idée.

— Tu m'étonnes qu'il se plaint d'avoir des problèmes d'estomac, continua Chauffour. On n'a pas idée de manger aussi vite…

*
* *

Le Goff et Chauffour se trouvaient au cimetière d'Orsay devant la concession de la famille Lafont. Le fossoyeur avait déplacé la stèle en granit noir sur laquelle il y avait une coupe de pensées un peu fanées, des fleurs artificielles, et deux plaques portant l'inscription : « À notre fils chéri » et « À notre camarade de régiment ». Dans le trou profond d'un peu plus d'un mètre creusé lors de l'inhumation, deux cercueils étaient placés l'un sur l'autre. C'était le petit qu'il fallait ouvrir, précisa Le Goff. Le fossoyeur eut une mine dégoûtée : il détestait ces opérations d'exhumations. C'était tout bonnement un boulot dégueulasse. En plus, un gosse... Qu'est-ce qu'on allait trouver là-dedans ! L'homme dévissa le couvercle et le fit glisser sur le côté.

Le fossoyeur poussa un soupir de soulagement, aussitôt suivi d'un grand malaise à la vue de la sépulture privée de son locataire éternel. Ça foutait la trouille, ce truc-là ! Le Goff, qui avait perçu le trouble de l'employé, lui tapa familièrement sur l'épaule et lui dit :

– Je vous rassure, mon ami, celui-là est bien mort, mais, voilà, on l'a changé de place, et on lui a même donné de la compagnie.

Le fossoyeur le regarda interloqué, bien décidé à ne pas entrer davantage dans les considérations sacrilèges de la police, qui avait décidément bien peu de retenue face à la mort.

– Voyez, Chauffour, cette fois-ci, on pourra finir tranquillement notre entrecôte : le deuxième squelette, c'est celui du frère de Lafont, c'est évident maintenant. Le frère qu'il a tué, gamin, volontairement ou pas, d'ailleurs, ça on ne connaîtra sans doute jamais la vérité. Il est allé le déterrer pour le placer ailleurs, près de l'Yvette, car c'est là qu'il jouait enfant, probablement, qu'il avait donné ses premiers rendez-vous amoureux, avec une autre de ses victimes, une victime à laquelle il était passionnément attaché : son amant. Donc il y a là une sorte de mise en scène symbolique, si je puis dire. Deux fraternités réunies par le même destin tragique, mortes de la même main, dans une ambiance familiale ou amoureuse, comment dire, ivre de la fameuse *hybris*, comme dirait Darbot. Avec un prélèvement d'ADN, nous en aurons la confirmation. Allez, je veux bien vous payer une bière, pour me faire pardonner mon départ très précipité de la dernière fois…

Le Goff et Chauffour se rendirent à pied au bar le plus proche, en face de la gare RER, d'où l'on apercevait, derrière les voies de chemin de fer, l'église qui jouxtait le cimetière.

ÉPILOGUE

1

Dans le TGV qui les emmenait à Saint-Étienne, Julie consultait fébrilement les annonces immobilières sur son téléphone.

– Alors, tu trouves quelque chose ? lui demanda Jean-Baptiste.

– Il faudra qu'on rappelle en rentrant. Il y a un chouette quatre-pièces à louer près des Gobelins, rue Geoffroy Saint-Hilaire. Au sixième sans ascenseur, c'est sans doute pour ça que c'est pas trop cher. Il a vraiment tout ce qu'on cherche, avec une pièce pour Marie quand elle viendra.

Jean-Baptiste la félicita pour sa ténacité à trouver la perle rare – l'appartement où ils projetaient d'emménager ensemble. Il aurait bien aimé lire, mais le courage lui manquait. Son polar, un vieux James Ellroy de la trilogie Lloyd Hopkins, resta ouvert sur la tablette.

– À quelle heure on arrive ? demanda-t-il.

– Dans une heure, à dix-sept heures. Le vernissage est à dix-huit heures.

Clothilde de Marjolin avait envoyé au capitaine Le Goff deux invitations au vernissage de l'exposition consacrée au peintre Gerhard Richter, pour laquelle elle avait enfin réussi à obtenir le prêt du « Crâne » retrouvé avenue de Wagram. Elle tenait beaucoup à remercier le policier, compte tenu du rôle qu'il avait joué dans les événements récents qui l'avaient beaucoup affectée. La perspective d'un week-end en province avait séduit les amoureux.

Après avoir déposé leur petit bagage à l'hôtel Terminus du Forez, en face de la gare de Châteaucreux, ils prirent le tram pour se rendre au musée d'Art moderne dans le quartier de la Terrasse. Clothilde connaissait un peu le coin : elle avait eu un petit ami stéphanois quelques années plus tôt et sa relation avait été assez sérieuse pour qu'il la présentât à ses parents.

Le musée était un bâtiment imposant, recouvert de carreaux noirs, qui renvoyaient au charbon extrait de la mine, emblématique de l'histoire de la ville. Il abritait une collection majeure d'œuvres du XXe siècle, la plus importante après celle du centre Pompidou.

Jean-Baptiste et Julie, à l'intérieur, furent impressionnés par l'immensité des salles et la blancheur immaculée des murs. Ils remarquèrent aussi la très forte représentation de jeunes gens excentriques, aux cheveux et vêtements colorés – sans doute des étudiants des Beaux-Arts. Ils s'engagèrent, suivant le parcours de l'exposition et prenant soin de lire les explications et les étiquettes qui accompagnaient les œuvres, puis déambulèrent de salle en salle, parfaitement candides, presque vierges de toute connaissance en matière d'histoire de l'art, ce qui ne les empêchait pas d'éprouver un certain plaisir esthétique. L'exposition rassemblait un vaste panorama des œuvres du peintre, depuis les années 60 jusqu'à nos jours : de grands tableaux figuratifs, portraits et paysages qui ressemblaient à s'y méprendre à des photographies, ainsi que de grandes toiles abstraites. Le Goff s'approcha d'une œuvre intitulée « Betty », un portrait de la fille du peintre, la tête tournée à l'opposé du spectateur. Il se demanda comment c'était possible de faire aussi ressemblant, aussi réaliste.

– Tu ne vas pas saluer la personne qui t'a invitée ? lui demanda Julie.

Un peu intimidé, il n'avait pas osé se diriger d'emblée vers les tables dressées pour l'apéritif, où s'était rassemblé déjà pas mal de monde. En entrant, il avait pu distinguer celui qui, d'après sa faconde, sa prestance et la cour qui l'entourait, devait être le directeur du musée, un homme d'une cinquantaine d'années à l'abondante chevelure blanche. Il avait directement bifurqué vers les salles d'exposition.

Constatant que, en effet, il ne pourrait se soustraire à cette nécessité imposée par les convenances, il eut l'élégance de surmonter sa timidité et s'approcha de Clothilde à un moment où elle semblait disponible.

– Comme je suis contente de vous voir ! s'exclama-t-elle. Comme c'est gentil à vous d'avoir fait le déplacement !

– Cela nous fait également plaisir. Et puis, c'est une occasion d'entrer dans un musée ! dit-il en plaisantant.

– Vous avez visité un peu déjà ? L'accrochage est très réussi, nous allons avoir certainement des critiques très élogieuses. Venez donc boire un verre.

Après quelques échanges autour de l'exposition et quelques petits fours plus tard, il lui demanda de ses nouvelles. Elle allait mieux, cette histoire lui avait ouvert les yeux sur des aspects sombres de l'histoire familiale et, suite à cela, elle avait décidé de déménager et de s'installer définitivement à Saint-Étienne, afin de s'investir davantage dans son métier et de reconstruire sa vie personnelle, enfin. En définitive, ces événements sordides avaient aussi amené un changement profitable. Jean-Baptiste était profondément content pour elle.

Les deux amoureux décidèrent de traîner encore un peu en ville avant de rentrer à l'hôtel. Ils dînèrent dans un petit restaurant de la place Marengo, puis Julie proposa de finir la soirée dans un fameux bar à cocktails, L'Oiseau de nuit, haut lieu de la nuit stéphanoise – *fouilla* ! D'après elle, ça en valait le détour. Puis ils marchèrent un peu avant de rentrer.

– Qu'est-ce que c'est, ces espèces de montagnes ? demanda Jean-Baptiste sur le chemin.

Elle lui expliqua qu'ici, on appelait ça des « crassiers » pour désigner des terrils. La mine, c'était une institution à Saint-Étienne. Il fit remarquer que l'architecture n'était franchement pas terrible ; oui, on avait tout reconstruit en HLM après les bombardements de 1944, mais les habitants, avec leur drôle d'accent, étaient sacrément chaleureux.

Le lendemain, ils iraient à Lyon, la belle et antique rivale, faire un peu de tourisme, manger sans doute quelques cochonnailles locales – pieds de porc panés, grattons et tranches de rosette accompagnés d'un pot de Beaujolais, troisième fleuve de Lyon, sans oublier pour le dessert la très fameuse et savoureuse tarte aux pralines.

2

Jean-Baptiste Le Goff trouva que, quand même, les organisateurs du tournoi de foot de la Pentecôte auraient pu faire un effort pour dégager les abords du terrain : comme il avait plu sans cesse pendant presque quinze jours, on pataugeait dans la gadoue ; ses mocassins étaient pleins de boue et ses pieds, trempés. La perspective de devoir supporter cet inconfort tout l'après-midi était assez désagréable.

Toutefois, son humeur maussade ne résista pas longtemps à l'animation qui entourait le tournoi : jeunes filles et familles des joueurs venus encourager leur champion, supporters bruyants perchés sur les gradins, stands de merguez-frites et de boissons... Ça ressemblait autant à une kermesse de fin d'année qu'à un événement sportif rassemblant les équipes juniors du département. Il aperçut Lucas sur le terrain, et puis ses parents, pas très loin du banc de touche. Il se dirigea vers eux pour les saluer. Le père Trumeaux se retourna pour lui serrer la main, avec une émotion bien perceptible.

– Bonjour, capitaine, comment allez-vous ? demanda-t-il.

– Moi, ça va, je me marie bientôt. Et vous, comment ça se passe ?

– Pour nous, eh bien, ça évolue doucement ! continua madame Trumeaux. Lucas est retourné au collège. Il redoublera probablement son année, on ne sait pas encore ce qu'on va faire. C'est sûr que cette histoire a un peu perturbé sa scolarité, mais s'il n'y avait que ça…

Il y eut un moment de silence, avant que son mari ne reprenne la parole :

– Oui, c'est un peu difficile. Et puis le procès approche. Il devrait avoir lieu au début de l'été et c'est une nouvelle épreuve pour Lucas… On espère bien qu'ils prendront le maximum.

L'arbitre siffla la mi-temps.

– Lucas, viens voir qui nous rend visite ! s'exclama la mère en hélant son fils.

Le Goff s'éloigna un peu du terrain avec Lucas. Il le regarda dans les yeux, avec beaucoup de sympathie. Il lui demanda de ses nouvelles.

– Ça va, répondit l'adolescent timidement, les yeux baissés vers ses crampons.

– Tu sais que c'est fini, Lucas, ils sont en prison, désormais, ils ne viendront plus t'emmerder. C'est fini, à tout jamais, dit le policier, qui voulait le rassurer.

– Oui, bien sûr, mais je sais pas comment dire… ça me perturbe quand même.

– Et avec ta psy, comment ça se passe ?

– Oh ! elle est super gentille ! répondit-il, arborant un sourire radieux à sa seule évocation.

– Qu'est-ce que tu vas faire l'année prochaine ? continua Jean-Baptiste.

– Ma famille veut que je redouble, mes profs disent que ça servirait à rien. Ils me disent que si j'arrivais à me mettre au travail en 3e, je pourrais passer en seconde générale.

– Il y a un métier que t'aimerais faire ?

– J'aimerais bien être infirmier. J'aime bien l'idée d'aider les gens.

– Il n'y a rien d'impossible là-dedans, non ?

– Non, j'espère…

L'adolescent jetait des regards furtifs en direction du terrain. Le match allait reprendre.

– Bon, excusez-moi, faut que j'y aille, y'a mon équipe qui m'attend. Ça m'a fait plaisir de vous voir ! dit-il en s'éloignant.

– T'inquiète, mon gars. Je crois en toi !

Il regarda un moment Lucas s'éloigner puis shoota dans un gros caillou qu'il envoya à quelques mètres devant lui. *Et merde ! Tant pis pour les mocass', tout maculés de boue.* Il jeta un œil sur son portable. Il avait reçu un SMS de Julie : « Suis rentrée. Resto ce soir ? » *Oui, resto ce soir, et puis demain midi aussi, si tu veux, ma chérie.* Il se sentit le cœur joyeux et tranquille. Il avait fait correctement son boulot, au milieu de tout ce merdier, et il n'y avait pas de raison que ça s'arrête.

REMERCIEMENTS ET SOURCES – BIBLIOGRAPHIE

Je tiens à remercier les écrivains, journalistes et policiers qui, à travers leurs écrits, m'ont aidée lors de mes recherches à mieux comprendre le fonctionnement d'une enquête policière concernant notamment la disparition de certains enfants et adolescents, ainsi que la médecine légale :

– Georges Moréas, commissaire principal honoraire de la Police nationale, notamment pour la narration des événements concernant la disparition de la petite Estelle Mouzin (*La PJ, de 2003*, paru sur son blog « POLICEtcetera » :   http://moreas.blog.lemonde.fr/ 2008/02/28/la-pj-2003-christine-malevre-sohane-benziane-michel-fourniret-karl-zero-estelle-mouzin-jeanmarc-bloch/)

– Christophe, brigadier chef de police en brigade mobile de recherche, pour ses articles sur le blog de « lapolicenationalerecrute.fr » (https://www.lapolicenationalerecrute.fr/Blog/Ils-ont-blogue/Christophe)

– Céline Rastello, journaliste, pour son article concernant la disparition d'Alexandre Junca, intitulé *Disparition d'Alexandre à Pau : l'enquête piétine*, paru sur le site de L'Obs le 13 juin 2011 (https://www.nouvelobs.com/

societe/20110613.OBS5066/disparition-d-alexandre-a-pau-l-enquete-pietine.html)

– Le docteur Michel Sapanet, expert judiciaire, maître de conférences des universités et directeur de l'unité de médecine légale du CHR de Poitiers, pour son livre *Chroniques d'un médecin légiste* (Éditions du Légiste, 2014)

– Le Musée d'archéologie et d'ethnologie de l'Université Simon Fraser pour sa page internet « À la rencontre des sciences médico-légales » (http://www.sfu.museum/forensics/fra/pg_media-media_pg/identification/)

– Danièle Thiéry, ancienne commissaire divisionnaire, scénariste pour la télévision et écrivain, auteur notamment de *Des Clous dans le cœur* (Éditions Fayard, 2012) et de *Police judiciaire, 100 ans avec la Crim' de Versailles*, co-écrit avec Alain Tourre (Éditions Jacob-Duvernet, 2012)

– Véronique Willemin pour son ouvrage *La Mondaine, Histoire et archives de la Police des Mœurs* (Éditions Hoëbeke, 2009)

– Jean Larguier, *La Procédure pénale* (Éditions PUF, 2007)

– Christian Jalby, *La Police technique et scientifique* (Éditions PUF, 2009)

– Béatrice Durupt, *La Police judiciaire. La scène de crime* (Collection « Découvertes Gallimard », Éditions Gallimard, 2000).

Enfin, j'ai utilisé pour me documenter et décrire l'œuvre de Gehrard Richter les ressources en lignes suivantes :

– Le site consacré à l'œuvre de l'artiste (https://www.gerhard-richter.com/fr/) ;

– L'interview du peintre par Valérie Duponchelle, datée du 5 juin 2012 et parue sur le site en ligne du quotidien français Le Figaro (http://www.lefigaro.fr/culture/ 2012/06/05/03004-20120605ARTFIG00399-richter-l-histoire-m-a-pousse-a-faire-quelque-chose.php)

– Un article concernant les vanités, notamment dans l'œuvre de Gehrard Richter, écrit par Robert Lim, alors élève de l'ENS Lettres et Sciences humaines, avec l'aide de Karine Lanini, ancienne élève de l'ENS ; cet article est paru sur le site internet conçu autour de l'exposition *Art ancien, art moderne et contemporain... Histoires de filiations* au musée d'Art moderne de Saint-Étienne de mars à mai 2003 (http://filiation.ens-lyon.fr/vanite/richter_1.html)

– Le site des dossiers pédagogiques consacrés à l'exposition *Panorama* au Centre Pompidou de juin à septembre 2012 (http://mediation.centrepompidou.fr/ education/ressources/ENS-Richter/index.html.)

Enfin, j'ai fait référence au Musée d'Art moderne et contemporain de Saint-Étienne Métropole, notamment pour son exposition Fiat flux : la nébuleuse Fluxus, 1962-1978 (octobre 2012 à janvier 2013) et sa collection d'œuvres de Gerhard Richter.